生活宜忌1500例

主编 孟羽贤

H.P.H 哈尔滨出版社

细节决定健康，细节决定品位，细节决定了生活的质量。现代都市快节奏的生活常常让我们觉得琐事繁多，麻烦不断，压力重重，身心都感到疲惫，更无心去留意身边的重要细节。为了帮助读者朋友们注意到这些微小却重要的细节，我们特意编写了《健康从生活细节开始》、《生活妙招 1500 例》、《生活宜忌 1500 例》三本书。

欧阳修曾说：夫祸患常积于忽微。很多疾病都是因为对生活上的小细节不注意、不重视而引起的。《健康从生活细节开始》列举了生活中那些经常遇到而又不可忽视的细节，从衣食住行的方方面面提醒广大读者朋友们提高健康意识，改掉不良生活习惯，远离亚健康的生活状态。

还在为厨房食材的处理苦恼吗？还在为旅行前该准备些什么费神吗？还在为生活中的宜忌苦恼吗？那么请查阅《生活妙招 1500 例》和《生活宜忌 1500 例》。这两本书从饮食、居家、旅行、保健、美容、购物等各个方面介绍了生活中可能遇到的小麻烦和不可忽视的各种宜忌，帮助读者朋友们轻松应对这些琐事，帮助读者朋友们提高生活质量和生活品位。

掌握了处理这些小细节、小琐碎的方法，便能轻松面对生活。希望读者朋友们的生活变得更加精彩温馨，每天都能拥有一份美丽的心情。

目录

PART 01 日常饮食宜忌

一、常见食材食用宜忌

目录

四、烹调方法宜忌

目录 生活宜忌1500例

三、家庭用品使用与保养宜忌

五、勤俭节约宜忌

六、生活细节宜忌

目录 生活宜忌1500例

PART 03 疾病用药宜忌

一、日常用药宜忌

PART 04 日常保健宜忌

一、运动健身宜忌

目录

二、起居保健宜忌

PART 05 美丽时尚宜忌

一、美容护肤宜忌

二、美容饮食宜忌

目录

三、衣物收纳与清洗

PART 06 外出旅行宜忌

 一、旅游健康常识

二、境外旅游宜忌

三、野外露营宜忌

四、特殊人群旅游宜忌

生活宜忌1500例

Part 01 日常饮食宜忌

一、常见食材食用宜忌

大米

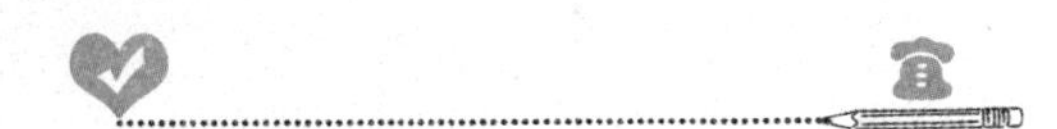

大米适宜所有体虚者及常人食用。高热之人、久病初愈者、女性产后以及老年人、婴儿及消化功能减弱者，可将大米煮成稀粥食用。大米性味甘平，健脾益胃，大多无所禁忌。

糖尿病患者不宜多食用。

患有干燥综合征、更年期综合征等属阴虚火旺者，以及痈肿、疔疮、热毒炽盛者忌食爆米花，因为爆米花易伤阴助火。

粳米不可与马肉一起食用，否则会引发痼疾。

小米

小米饭适宜脾胃虚弱、腹泻、腹胀及体质虚弱者食用。由于小米是补气补血食品，因此更适宜女性产后及婴幼儿食用。

糯米

糯米宜煮成稀粥服用，不仅营养滋补，而且极易消化吸收，调养胃气。

凡属湿热痰火偏盛者应忌食，发热、咳嗽、痰黄、黄疸、腹胀者，以及婴幼儿、老年人和病后消化能力较弱者均应忌食糯米糕饼。

糯米饭不能与酒同食，易醉酒难醒。

玉米

玉米对气血不足、脾胃气虚、营养不良

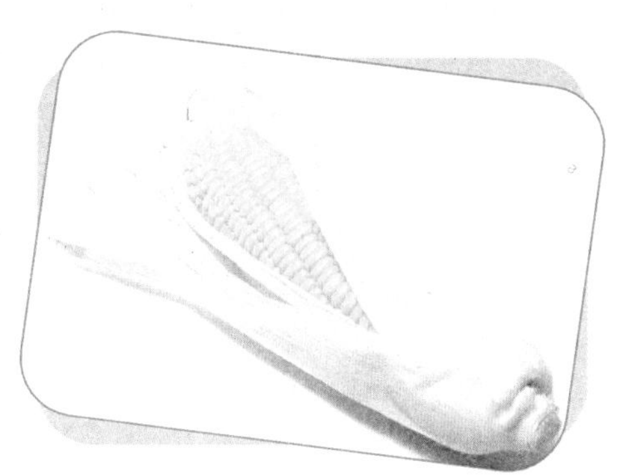

者大有裨益；适宜高血压、冠心病、心脑血管疾病的人食用；适宜肥胖症、脂肪肝及慢性肾炎水肿者食用。

玉米性平，诸病均无禁忌。

凡属阴虚火旺之人，应忌食爆米花，否则易助火伤阴。

玉米受潮变质后产生的黄曲霉素有致癌的作用，所以切勿食用已经霉坏变质的玉米。

薏米

薏米适宜各种癌症患者、慢性肾炎水肿及面浮肢肿者食用；适宜各种赘疣及美容者食用；适宜肺痿、肺痈者食用。

薏米性味平和，补虚抗癌，均无所忌。

女性怀孕早期应忌食，以防流产。

贴心小提示

薏米的营养成份

含有脂肪、蛋白质、薏苡仁酯、亮氨酸、赖氨酸、维生素 B_1 等营养物质。薏米能抑制癌细胞的生长，尤其适宜肠、胃、肺等部位的癌症患者食用，可供多种恶性肿瘤患者食用。

高粱

高粱米适宜儿童消化不良时服食，适宜大便溏薄、脾胃气虚者食用。

糖尿病患者应忌食，经常便秘者不宜多食。另外，稷米不能与瓠子及中药附子同食。

大麦

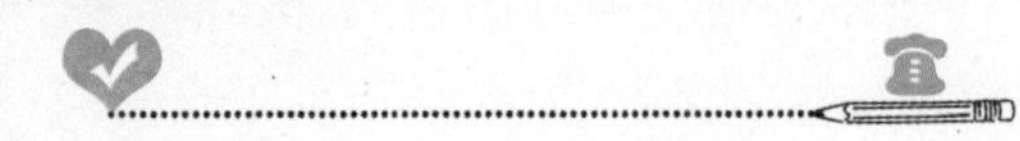

大麦芽适宜伤食后胃满腹胀及妇女回乳食用。不过，用大麦芽回乳要注意，用量过少或萌芽过短都会影响疗效。未长出芽的大麦服后不但没有回乳的效果，相反能增加乳汁。

女性在怀孕期间和哺乳期内不能食用大麦芽，因为大麦芽有回乳或减少乳汁分泌的作用。《本草正》记载："麦芽，女子有胎妊者不宜多服，亦善催生落胎。"《药品化义》中也有记载："凡痰火哮喘及孕妇，切不可用麦芽。"所以，痰火哮喘者及孕妇均不宜食大麦芽，脾胃虚者也不宜食用。

小麦

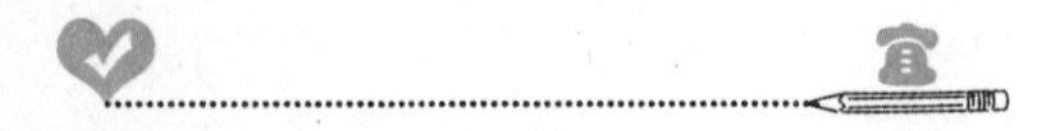

对妇人脏燥者（癔症），可将小麦与大枣、甘草一同食用；对自汗盗汗者，小麦宜

与大枣、黄芪一同食用。《本草纲目》记载："陈者煎汤饮，止虚汗。"

据《饮食须知》记载："小麦勿与粟米、枇杷同食"。凡患糖尿病者，应适当忌食。

荞麦

《本草求真》记载："凡白带、白浊、泄痢、痘疮溃疡、气盛湿热等症，是其所宜。"因此荞麦适宜慢性腹泻、痘疮溃疡者食用。

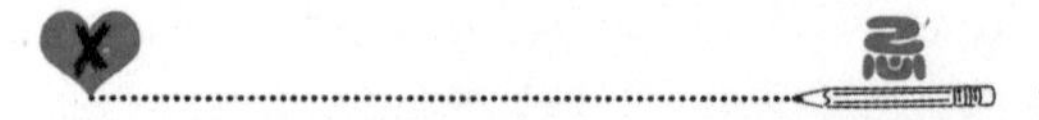

研究表明，荞麦含有大量蛋白质及其他致敏物质，可引起或加重过敏反应，所

以，体质敏感之人应慎食。另外，体虚气弱者不应多食。根据前人经验，荞麦忌与野鸡肉同食，癌症病人食之宜慎。

燕麦

燕麦适宜产妇、婴幼儿、老年人以及空勤、海勤人员食用；适宜慢性病、脂肪肝、糖尿病、浮肿、习惯性便秘者食用；适宜高脂血症、体虚自汗、多汗、盗汗者、高血压、动脉硬化者食用。由于燕麦性温，无所忌。

扁豆

扁豆适宜夏季感冒、急性胃肠炎、消化

不良、暑热头痛、恶心、烦躁、口渴欲饮、饮食不香者食用；适宜女性带下、小儿疳积者食用；适宜癌症病人食用。

扁豆忌生食或半生半熟时食用，因为扁豆中有一种凝血物质及溶血性皂素，生食或炒不透时食用，3—4 小时后部分人会出现头痛、头昏、恶心、呕吐等中毒反应。

腹胀者忌吃扁豆。

黄豆

黄豆对动脉硬化、高血压、高脂血、冠心病有很好的辅助治疗作用；适宜气血不足、营养不良、缺铁性贫血者食用；适宜糖尿病人及癌症患者食用；适宜儿童、发育期少年食用。

由于黄豆不易消化，所以每次不宜多食。

胃脘胀痛及腹胀者忌食。

豌豆

豌豆适宜糖尿病、高血压、动脉硬化者食用；适宜腹胀、下肢浮肿、女性产后乳汁不下者食用。

豌豆性平，均无所忌。

绿豆

绿豆适宜暑热天气或中暑时烦躁闷乱、咽干口渴之时食用；适宜患有疮疖痈肿、丹毒等热毒所致的皮肤感染者食用；适宜食物中毒、药物中毒、农药中毒、煤气中毒时应急食用；绿豆皮适宜眼病患者食用。

由于绿豆性凉，因此脾胃虚寒、易腹泻者应忌食。

红小豆

红小豆适宜各类型水肿者食用；适宜产后缺奶和产后浮肿者食用。《食性本草》中记载："久食瘦人"，故红小豆适宜肥胖者食用。

由于红小豆利水，故尿多者最好少食。据《本草新编》中记载："赤小豆，可暂用以

利水，而不可久用以渗湿。湿症多属气虚，气虚利水，转利转虚，而湿愈不能去矣，况赤小豆专利下身之水，而不能利上身之湿。盖下身之湿，真湿也，用之有效；上身之湿，虚湿也，用之而益甚，不可不辨。"故脾胃气虚之人不宜食用。此外，《随息居饮食谱》记载："赤小豆，蛇咬者百日内忌之。"因此，

被蛇咬伤的人在百日内也不要食用。

黑豆

黑豆适宜脾虚水肿者、肾虚耳聋者、小儿夜间遗尿者、妊娠腰痛或腰膝酸软、白带频多、四肢麻痹者，及对各种食物或药物中毒者食用。明代李时珍在《本草纲目》中记载："古方称大豆解百药毒，予每试之，大不然，又加甘草，其验乃奇，如此之事，不可不知。"因此，黑豆加甘草煮汁饮用，可解食物或药物中毒。

蚕豆

蚕豆适宜肾病水肿者食用；适宜脾胃气虚、不思饮食、大便稀薄者食用；适宜食道癌、胃癌、宫颈癌患者食用。

胃弱者一次不宜食之过多，防止胀气。《饮食须知》中记载："多食滞气成积，发胀作痛。"除此之外，蚕豆中含有巢菜碱苷，是导致"蚕豆黄病"的因素之一，有些人吃蚕豆或吸入蚕豆花粉后，会导致急性溶血性贫血，又称"蚕豆黄病"，产生眩晕、休克、黄疸等症状。所以食用蚕豆时必须将其煮熟。

豆腐

豆腐适宜身体虚弱、营养不良、气血双亏、年老羸瘦者食用；适宜高脂血症、高胆固醇、血管硬化及肥胖者食用；适宜女性产后乳汁不足者食用；适宜咳嗽哮喘者、糖尿病患者和癌症患者食用；适宜饮酒之时食用。

由于豆腐性凉，凡属脾胃虚寒、经常腹泻便溏者忌食。嘌呤代谢失常的痛风病人和血尿酸浓度增高的患者也不宜食豆腐。

豆腐不可与菠菜一同食用。

黄豆芽

黄豆芽适宜癌症病人及癫痫病患者食

用；适宜便秘、痔疮、寻常疣患者食用；适宜女性妊娠高血压者食用；适宜肥胖症者、硅肺患者食用。

黄豆芽属性寒食物，慢性腹泻及脾胃虚寒者应忌食。

白菜

白菜适宜脾胃气虚、大小便不畅者食用；适宜维生素缺乏者食用。

在季节上，适宜秋冬季节食用，另外，由于大白菜性味平和，因此有养胃之功效。

食用腐烂的白菜会引起中毒反应，出

现头晕、头痛、恶心、呕吐、心跳加快等不良症状。这是由于白菜腐烂后其中的硝酸盐变成了有毒的亚硝酸盐，促使血液中的低铁红蛋白氧化成高铁红蛋白，从而使血液失去带氧能力，给机体带来缺氧症状。所以，腐烂的白菜即使除去腐烂部分后仍不宜食用。

贴心小提示

白菜的营养成分

白菜的营养成分比较丰富，含有蛋白质、脂肪、多种维生素、钙、磷、铁以及大量的粗纤维。除此之外，白菜中还含有微量元素锌、锰、铜、钼等，其中锌的含量比肉、蛋类都高。

Tips

芹菜

芹菜适宜高血压、高脂血症、血管硬化患者食用；适宜糖尿病患者，或平素肝火偏旺、经常头痛头晕者食用；适宜小便混浊、面红目赤患者食用；适宜乳糜尿、尿血、淋

病、水肿、小便不畅者食用；适宜缺铁性贫血和女性更年期综合征患者食用。

《生草药性备要》记载："芹菜，生疥癫人勿服。"《本草汇言》中也记载："脾胃虚弱、中气寒者禁食芹菜。"所以，凡脾胃虚弱、生疥疮或有癫痫病的患者应忌食芹菜。

卷心菜

《千金·食治》中记载："久食大益肾，填髓脑，利五脏，调六腹。"由此可见，卷心菜适宜胃及十二指肠溃疡患者食用；适宜糖尿病患者食用。由于卷心菜性平养胃，因此食用时均无所禁忌。

茄子

茄子适宜发热、便秘者以及皮肤紫斑和坏血病等容易内出血的人食用。

据《本草求真》中记载："茄味甘气寒，质滑而利，服则多有动气、生疮、损目、腹痛、泄泻之虞，孕妇食之，尤见其害。"故虚寒腹泻者、皮肤疮疡者、孕妇以及目疾患者应忌食茄子。因为茄科植物都含有一定的茄碱，它对人体健康有害，处于成熟期的茄子中含量更多，所以，这样的茄子不宜多吃。《随息居饮食谱》中记载："便滑者忌之。秋后者微毒，病人勿食。"故此，秋后的茄子不宜食用。过老的茄子应忌食。

韭菜

春天食用韭菜最佳。春天气候冷暖不定，需要保养阳气，而韭菜性温，最适宜补充人体阳气。因此，春天常吃韭菜可补充

人体脾胃之气。韭菜里所含的挥发性酶可以激活巨噬细胞，防止癌细胞转移，预防癌症复发，故韭菜适宜癌症病人食用。

疮毒肿痛者应忌食韭菜，以免使痛痒感更强烈。

由于韭菜中含有大量的硝酸盐，若炒熟后存放时间过长，硝酸盐就会转化为亚硝酸盐，吃了这种韭菜会产生不适感，主要表现为头晕、恶心、呕吐、腹胀、腹泻等，因此，炒熟的韭菜隔夜之后最好不要再食用。

韭菜忌与蜂蜜、牛肉同食。

辣椒

辣椒适宜食欲不振、胃满积食者食用；适宜作为调味品，烹调和作为作料时可少量食用。

凡患有溃疡病、食道炎、肺结核咯血、气管炎咳嗽、高血压、牙痛、咽喉炎、目疾之人忌食。

辣椒容易诱发痔疮和疮疖等炎症，因此，患有痔疮和疖肿者不应食用。

番茄

番茄适宜暑热烦渴、食欲不振者食用；适宜高血压、肾脏病、肝炎、眼底出血者食用；适宜癌症患者食用；适宜维生素缺乏症、烟酸缺乏症（糙皮病）、糖尿病、牙龈出血者食用；适宜作为美容保健品常食。

由于番茄性寒，所以胃寒者应忌食生冷番茄，女性月经期间及有痛经史者忌食。此外，不成熟的番茄中含有的番茄碱具有毒性，每 100 克中番茄碱的含量高达 58 毫克，生食后会使人头昏、恶心、呕吐，严重时可致死亡。所以青色的番茄不宜生食。

菠菜

菠菜适宜痔疮、便血及习惯性大便燥

结者食用；适宜高血压患者和糖尿病患者食用；适宜贫血及坏血病患者食用；适宜醉酒后食用，可解酒毒；适宜皮肤过敏症患者、皮肤粗糙、松弛者食用。

菠菜适宜秋冬食用，其营养价值更高。

由于菠菜性凉，因此大便溏薄、脾胃虚弱者应忌食，肾功能虚弱者也不应多吃。

菠菜不宜与豆腐同吃，因为菠菜中所含草酸颇多，会与豆腐中的钙结合形成草酸钙而不易被吸收。

油菜

据《唐本草》记载："主风游丹肿，乳痈。"因此，油菜适宜女性产后淤血腹痛、乳痈之人食用。

根据前人经验，小儿麻疹、疮疥、狐臭以及患有目疾之人忌食。《中药大辞典》也证实："麻疹后、疮疥、目疾患者不宜食。"

怀孕早期的女性忌食，近代也有学者认为糖尿病患者不宜吃油菜。

胡萝卜

胡萝卜适宜夜盲症、眼干燥症以及皮肤粗糙、头皮屑过多者食用。因为这类情况的发生大多是由于缺乏维生素A所致，而胡萝卜中含有丰富的胡萝卜素，进入人体后会转化成维生素A。同时，胡萝卜还适宜高血压、胆石症患者食用；适宜贫血、营养不良及处于生长发育期的少年儿童食用；适宜食欲不振者食用；适宜癌症患者食用；适宜长期与水银接触者食用。

胡萝卜虽是有益健康的蔬菜，但也不宜吃得过多。因为胡萝卜素属脂溶性维生素，大量食用后会贮藏于人体内，导致皮肤的黄色素增加。此外，胡萝卜不可与过多的醋同食，否则容易破坏其中的胡萝卜素。另外，胡萝卜不能与富含维生素 C 的蔬菜和水果一同食用，如菠菜、油菜、辣椒以及柑橘、柠檬、草莓、梨、大枣等。因为胡萝卜含有维生素 C 的分解酶，会破坏蔬菜、水果中的维生素 C，从而降低其营养价值。

黄瓜

黄瓜适宜癌症患者食用；适宜热性病人食用；适宜肥胖之人食用；适宜高血压、高脂血症以及水肿患者食用；适宜嗜酒之人食用。

脾胃虚寒、腹泻便溏的人不宜食生黄瓜。寒性痛经及女性月经来潮期间忌食生黄瓜。

苦瓜

苦瓜适宜胃满腹胀、食欲不振者食用；适宜糖尿病患者食用；适宜白血病及癌症患者食用，尤其适合鼻咽癌患者。

苦瓜一次不宜食用过多。由于苦瓜性凉，所以脾胃虚寒及慢性腹泻者不宜生食苦瓜。

南瓜

南瓜适宜糖尿病、高血压，以及肝、肾

疾病患者食用；适宜癌症患者食用；适宜习惯性便秘之人食用；适宜坏血病及缺铁性贫血之人食用；适宜腹内生有蛔虫、蛲虫之人食用。

南瓜性寒，因此脾胃虚寒、腹泻之人应忌食。

冬瓜

冬瓜适宜肾病、水肿、妊娠浮肿、肝硬化腹水、胀满、糖尿病者食用；适宜咳喘、泻痢、痈肿者食用；适宜动脉硬化、冠心病、高血压患者食用；适宜癌症患者食用；适宜肥胖者常食、多食；适宜怀孕女性食用。据《随息居饮食谱》记载："若孕妇常食，泽胎化毒，令儿无病。"

平时脾肾阳虚、久病滑泄之人应忌食。癫痫病人忌食。《本草经疏》中记载："若虚寒肾冷，久病滑泄者，不得食。"《医林纂要》上记载："羸者忌食，善溃也。"

香菜

由于香菜性温，适宜小儿麻疹及风疹透发不快者食用；适宜食欲不振、胃呆腹胀之人食用；适宜流行性感冒流行传染期间或已患有流感者食用。

民间认为香菜为发物，凡属气虚体弱或患有胃溃疡者不宜多食；小儿麻疹已经透发后应忌食；患有慢性皮肤病和眼病之人宜忌食。根据前人经验，服补药及中药白术、牡丹皮者，不宜同时食用香菜。

萝卜

萝卜适宜食积不消、胃满腹胀、便秘之人食用；适宜咳嗽多痰或痰嗽失音者食用；适宜急慢性痢疾、肠炎腹泻之人食用；适宜饮酒过量、宿醉未解之人食用；适宜高血压、高脂血症、动脉硬化之人食用；适宜癌症患者食用；适宜维生素 C 缺乏者食用；适宜胆结石症患者及泌尿系统结石患者食用。

通常来说，吃人参、西洋参、地黄、首乌时不能吃萝卜。但若在服用人参、西洋参之后出现腹胀的现象，又需要多吃些萝卜以除胀。由于生萝卜性凉，因此平素脾胃虚寒者不能生食萝卜，虚喘者亦忌食。

马铃薯

马铃薯适宜癌症患者，尤其是大肠癌患者食用；适宜维生素 B_1 缺乏症和坏血病患者食用；适宜脾胃气虚、营养不良者食用。

马铃薯的主要成分为糖类，所以糖尿病患者应忌食。发芽的马铃薯或者皮变绿、变紫的马铃薯都有毒，会危害人体健康，因此不可食用。

藕

藕鲜食或榨汁饮用，适宜高热病人烦热口渴之时食用；适宜高血压、肝病以及便秘患者食用；适宜吐血、口鼻出血、咯血、尿血患者榨汁食用；适宜脾胃气虚、食欲不振、缺铁性贫血以及营养不良者食用。

因为生藕性质偏凉，因此平时脾胃虚寒之人应忌食生藕，女性月经来潮期间和素有寒性痛经者应忌食生藕，糖尿病患者不适宜食用熟藕及藕粉。

煮藕时不能使用铁锅铁器。

香菇

香菇适宜佝偻病患者食用；适宜气虚头晕、贫血、白细胞减少者食用。除此之外，还适宜自身抵抗力下降以及年老体弱者食用；适宜高血压、高脂血症、动脉硬化、糖尿病及肥胖者食用；适宜小儿麻疹透发不快时食用；适宜癌症病人放疗、化疗后食用。

香菇在病后、产后、痘疮发后应忌食。由于香菇为动风食品，因此患有顽固性皮肤瘙痒、痔疮者应忌食。

蘑菇

蘑菇适宜消化不良、食欲不振者食用；适宜白细胞减少症及传染性肝炎患者食用；适宜癌症患者食用；适宜糖尿病患者食用；适宜小儿麻疹透发不快者食用；适宜高脂血症、高胆固醇患者食用；适宜中老年人食用。

根据前人经验蘑菇为发物，所以对蘑菇敏感的病人，应谨慎食用。

苹果

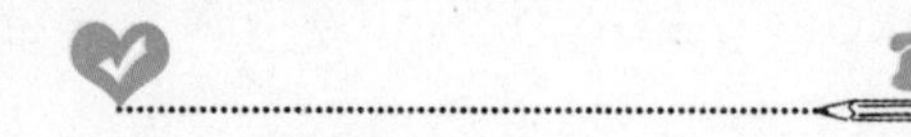

苹果醋是用苹果汁酿造而成的，苹果醋的酸性成分有杀菌功效，有助于排除体内毒素、通畅血管、促进消化吸收。将两小匙苹果醋与两小匙蜂蜜混合，加温开水饮用，能帮助消化、消除疲劳。也可在浴缸中加些苹果醋泡澡，不仅能润肤，更能促进关节的血液循环。

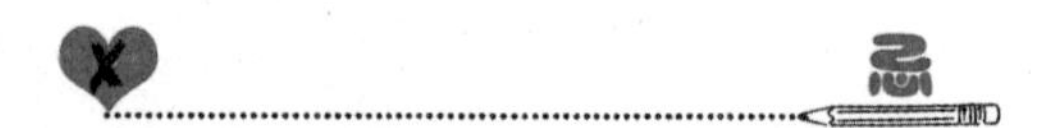

脾胃虚弱者不宜多食。此外，苹果对口腔、牙齿有侵蚀作用，所以，吃完苹果后要漱口。

香蕉

脾胃虚寒、胃痛腹泻及胃酸过多者不可多食。因其钾含量高，有急慢性肾炎的人应忌食；新伤治疗期间也不宜吃香蕉。另外，香蕉含有丰富的淀粉质，体胖的人要少吃。

草莓

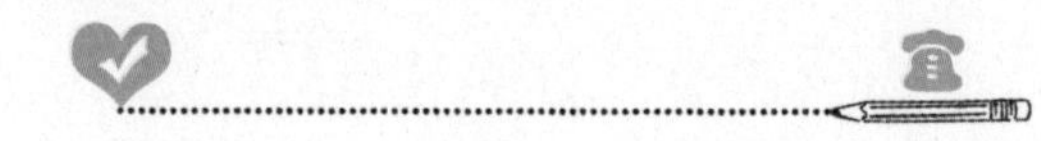

草莓适宜风热咳嗽、咽喉肿痛、声音嘶哑者食用；适宜夏季烦热口干、腹泻者食用；适宜癌症患者，如鼻咽癌、肺癌、喉癌、扁桃体癌患者食用。

草莓性寒凉，所以，有肠胃虚寒、大便滑泻症状的人不宜食用；因草莓是含糖的水果，糖尿病患者应少食。

西瓜

西瓜适宜盛夏酷暑、发热烦渴或急性病高热不退、口干多汗、烦躁时食用；适宜得口疮之人食用；适宜高血压、急慢性肾炎或肾盂肾炎、黄疸肝炎、胆囊炎及浮肿之人食用。

西瓜性寒，如脾胃虚寒、产后、病后、小

便量多、尿频、大便滑泻者，或有慢性肠炎、胃炎的人均不宜多食。健康的人也不可一次食用过多，容易引起消化不良或腹泻。

香瓜

吃香瓜的时候一定要去皮，但果肉也应该先用水冲洗干净，再切块食用。

有吐血、咯血病史者，脾胃虚寒、腹胀、大便稀薄者应少吃。

葡萄

葡萄含糖量非常高，吃多容易引起内热，并产生腹泻、烦闷等症状；容易引起蛀牙和肥胖。其味甘酸，肠胃虚弱的人最好也不要多吃。

龙眼

龙眼容易变质，不宜储存太久，购买后最好尽快吃掉。

有内热、痰火的人不应多吃。痛风患者过量食用龙眼，可能会引发关节肿痛，而对于本身带热的气喘患者，则容易引发肺热咳嗽。所以，燥热、有痰火、胃胀、患皮肤病者应慎食葡萄。

橘子

橘子性凉，脾胃虚弱、风寒感冒的人，或是正处在生理期和坐月子的女性不宜食用。

吃橘子前后一小时内不要喝牛奶，因为牛奶所含的蛋白质遇到橘子中的果酸就会凝固，减慢其消化速度。

橘子中含大量胡萝卜素，短时间内食用过多，皮肤会变黄。

樱桃

樱桃性温，体质过于燥热的人最好不要吃太多，食用过多容易引起恶心、呕吐、上火，甚至流鼻血等症状。

荔枝

荔枝是补火果品，但由于性偏热，吃得过多容易上火。因此，体质燥热的人不宜多吃；胃痛患者更不宜吃冰凉的鲜荔枝。连续大量食用荔枝，会导致暂时肝脂肪变性，食欲有所减退，体内储糖量急剧减少，从而引发低血糖的现象。

杧果

有风湿病、皮肤过敏者或内脏溃疡、发炎的人最好不要多吃杧果；有胃病或风寒咳嗽的人，也不宜食用。杧果含果黄素，吃太多流汗会呈黄色。

猕猴桃

脾胃虚寒的人最好不要多吃猕猴桃，否则容易引发腹泻；肾脏病患者，或需要限制钾离子摄入量的人，都必须谨慎食用猕猴桃；有胃肠道疾病的人，如胃溃疡患者，最好饭后再吃。

椰子

椰子性寒，肠胃不好的人不宜过多食用或饮用椰汁。

梨

梨虽然是佳果，但是不要过量食用，因

为其性微寒，吃太多会助阴湿、伤脾胃，因此，伤风咳嗽、腹泻的人要慎食。

桃

桃若食用过多容易引起燥热，而且由于桃的纤维丰富，吃太多容易导致消化不良。

由于桃仁能活血，因此女性经量过多或月经期间不宜食用，怀孕的女性也不宜食用。

杨梅

杨梅虽然可以开胃，但是胃溃疡患者和胃酸过多者最好不要吃太多；血热火旺的人也不宜多食。吃太多杨梅还容易损伤牙齿。

杨梅不宜与葱一起食用。

柚子

柚子性寒，肠胃比较弱且有习惯性腹泻或腹痛的人不宜多吃；贫血者也不宜多吃。柚子中含有一种可破坏维生素A的醛类物质，因此，长期食用柚子的人最好每天吃一粒鱼肝油，可以防止体内维生素A的流失。

贴心小提示

柚子选购宜忌

挑选柚子，要先看外形，好的柚子呈完整的圆锥形，侧看则是正三角形，底部平整而内凹；外表光滑，稍带黄绿色且有一点儿软，毛细孔细才是比较成熟的柚子。如果买来即吃，应选购果皮呈淡黄色的。

Tips

哈密瓜

体质虚寒或泄泻便溏、脾胃虚寒、咯血、吐血、水肿、寒咳的人，或者肾功能衰竭的患者都不应该食用哈密瓜；体弱或心脏病患者绝对不可以食用哈密瓜。

甘蔗

甘蔗性平、微寒，因此，脾胃虚寒、胃腹寒痛者最好少吃。如果甘蔗剖面已经发黄、

味酸并伴有霉味、酒糟味和生虫变坏，则不能食用，应该把变质部分彻底去掉，否则会引起霉变，易产生甘蔗中毒现象，出现呕吐、抽筋、昏迷等中毒症状。

火龙果

女性大多体质虚寒，不宜吃太多的火龙果，如果喜欢的话可在餐后饮用火龙果汁。

菠萝

菠萝中含有生物碱和菠萝蛋白酶两种物质，对人体有不利影响。生物碱刺激口腔黏膜，会造成口腔瘙痒；菠萝蛋白酶容易引发过敏现象，导致某些人在食用菠萝后15—60分钟内出现腹痛、呕吐、腹泻等症状，这种情况被称为“菠萝中毒”或“菠萝病”，所以有过敏体质的人最好不要食用。

菠萝的酸性较高，空腹吃容易伤胃。因此，消化性溃疡患者也不适宜食用。

木瓜

木瓜食用过量会有胀气、腹泻等症状。除此之外，木瓜中的纤维素会吸附钙、铁、叶酸等微量元素，因此，以高纤食物为主或是吃素的人要适量地补充矿物质及维生素。此外，怀孕女性不宜食用木瓜。

柠檬

柠檬有下气、祛痰的功效，但胃寒气滞、腹部胀满不适的人及由虚寒引起呼吸不畅、痰多的人都不宜食用。此外，伤风、感冒、咳嗽、发烧者也不宜过多食用。

杨桃

多吃杨桃易导致腹泻，影响食欲和消化吸收能力。用其做料理时，不要冷藏后食用。因其含钾量高，并且含有某种神经毒素，易导致洗肾者及肾衰竭患者不断打嗝，建议肾病患者尽量少食。

桑葚

中医认为，桑葚可以滋阴养血、补虚益气、利关节、补肝益肾，还有安神、乌黑头发、滋养眼睛、利水、解酒、治疗便秘等效用。此外，由于桑葚含铁和维生素C，因此还是补血佳品，适合产妇及血虚体弱的人食用。

药材中的干燥桑葚味甘微酸、性凉，有滋养身体、补血、生津化痰、利尿、宁肺镇咳、明目等奇效，可以改善失眠、便秘、阴血不足、头发早白、眩晕等病症。

山竹

山竹性寒，体质虚寒的人不宜多吃。切记千万不要将山竹与啤酒、西瓜、豆浆、芥菜、白菜、苦瓜等寒凉食物同食，如果不慎食用过量，可以用红糖煮姜茶饮用化解。

榴莲

榴莲号称果中之王，论营养可谓是最全面的，不过其性质热而滞，不是人人都适合吃的。癌症患者或患病初愈的人一定要小心食用，不要因一时贪嘴而导致病情恶化。体质属虚寒的人十分适合食用榴莲，因为榴莲性热，能壮阳助火，对加强血液循环、升高体温有良好的功效。如果产后虚寒，也可以此作为补品。

波罗蜜

有些人对波罗蜜过敏，医生认为这很可能与波罗蜜中富含的蛋白酶有关。所以在吃波罗蜜时，可以提前放在盐水里浸一下，这样就能减少过敏现象的发生。

莲雾

莲雾是补充水分最好的水果，有尿频症状的人不宜吃太多，因为它有利尿的作用。

贴心小提示

莲雾的食疗功效

含有脂肪、蛋白质、薏苡仁酯、亮氨酸、赖氨酸、维生素B_1等营养物质。薏苡仁酯能抑制癌细胞的生长，尤其适宜肠、胃、肺等部位的癌症患者食用，可供多种恶性肿瘤患者食用。

Tips

猪肉

营养不良、阴虚不足、贫血、大便干结者适宜食用；女性产后乳汁缺乏，尤以食用猪蹄或猪骨为好；青少年常食猪肉有利于生长发育。

猪肉多食易助热生痰，故风寒及病初愈者忌食。湿热偏重、痰湿盛、舌苔厚腻之人，亦忌食猪肉；冠心病、高血压、高脂血症

患者及肥胖者应忌食肥猪肉。此外，猪肉不得与龟肉、羊肉、马肉一同食用。

现代营养观点认为，猪肉不宜与豆类搭配同食，否则将降低其营养利用率，影响消化吸收，导致消化不良，出现腹胀、气壅、气滞等现象。同时，猪肉亦不可与百合配

食，容易引起中毒。

猪肝

猪肝适宜肝血不足所致的视物模糊不清、眼干燥症、夜盲症、小儿麻疹病、角膜软化症、内外翳障等眼病患者食用；适宜面色委黄、气血虚弱，缺铁性贫血者食用；适宜癌症病人放疗、化疗后食用。

高血压、冠心病、肥胖症及高脂血症患者忌食猪肝，因为肝中胆固醇的含量较高。有病而变色或结节的猪肝忌食。猪肝忌与野鸡肉或鱼肉同食。

猪血

猪血适宜血虚头晕、女性血枯或月经不调者食用，适宜肠道寄生虫病人腹胀嘈杂者食用。

患病期间须忌食，患有上消化道出血者忌食，以免与黑便的病情相混淆。

猪心

猪心适宜心虚多汗、惊悸、自汗、恍惚、怔忡及失眠多梦者食用。

高胆固醇血症者忌食。

牛肉

牛肉适合身体衰弱、久病体虚、营养不良的人食用；气短、贫血、面色萎黄、中气下陷、头昏目眩的人食用也很有益处；适宜手术后的人食用；适宜体力劳动者、运动员等在繁重体力劳动或激烈运动之前食用；年轻的产后女性或失血引起的贫血患者食用也很好。

牛肉和陈皮相宜

陈皮和牛肉都含有丰富的营养，两者一同食用可以促进脂肪的分解，并且有助于营养物质的吸收。

在感染性疾病发热期间要忌食牛肉；牛肉含中等量的胆固醇，所以高脂血患者应忌食。根据前人的经验，牛肉忌和韭菜一同食用，在民间，牛肉被视为发物，所以凡患有湿疹、疮毒、瘙痒等皮肤病的患者均应忌食。患有肝炎、肾炎的人也应慎食。

牛肉和白酒相克

牛肉性温，助火；白酒性热，具有刺激性。两者一同食用，容易引起牙龈上火发炎。

牛肉和红糖相克

红糖含有丰富的维生素 C 和 B 族维生素，牛肉具有滋养脾胃、补中益气、化痰息风、强健筋骨、止渴止涎的功效。两者相克，一起食用会引起腹胀。

牛肚

牛肚适合病后体虚者食用；营养不良、气血不足者也适宜食用；脾胃虚弱之人食用也很有益处。由于牛肚养胃益气，所以无特别的禁忌。

牛肝

牛肝适合血虚委黄、虚劳瘦弱的人食用；适合女性产后贫血、肺结核及小儿疳眼者食用；还适合肝血不足引起的视物昏花、目暗弱视、近视、夜盲症的患者食用。

牛肝忌与鲫鱼一起食用。

羊肉

羊肉适宜胃寒反胃、朝食夜吐、夜食朝吐的患者食用；适合阳气不足、胃寒无力、腰膝酸痛、冬天手足发冷者食用；适宜冬季进补。五劳七伤虚冷者食用也很好。

羊肉和姜相宜

姜具有保暖散寒的功效；羊肉有辟寒

冷、祛湿气、壮阳、暖心胃的功效。二者一同食用，可以治疗腹痛。

羊肉不可与南瓜、何首乌、半夏、菖蒲同食。

羊肉和醋相克

醋性温、味酸，具有刺激性，而羊肉性大热，两者一同食用很容易引起急火攻心。

羊肉和豆瓣酱相克

羊肉大热助火，豆瓣酱咸寒。两者不适宜一同食用，同食属于食物中寒热相克的情况。

羊肝

《药性论》中记载："青羊肝服之明目。"因此，羊肝适宜眼病患者食用；还适合血虚患者、女性产后贫血、小儿衰弱、肺结核，以及维生素 A 缺乏症患者食用。

根据前人经验，羊肝不可以与猪肉、小豆、梅子、生椒一起食用。唐代孙思邈早有记载："羊肝合生椒食，伤人五脏，最损小儿。"

鸡肉

鸡肉适宜气血不足、虚劳瘦弱、面色委黄、营养不良的人食用；适用于女性月经不调、体虚浮肿、白带清稀频多、神疲无力、女性产后体质虚弱、乳汁缺乏等症。

在感冒发热、内火偏旺或痰湿偏重的时候忌食鸡肉。患有高血压和高脂血症的患者忌食；患有热毒疖肿的人和肥胖症患者忌食；患有胆囊炎、胆石症的人最好不要食用，以免刺激胆囊，引起胆绞痛发作。

鸡肉不可以与野鸡、鲫鱼、兔肉、甲鱼、鲤鱼、虾以及葱、蒜等一起食用。

鸭肉

鸭肉适合营养不良、水肿或是产后、病后体虚的人食用；内热内火，特别是有低热的患者食用大有益处；适宜虚弱食少、遗精、盗汗及女性月经少、咽干口渴的人食用；适合糖尿病、肺结核、肝硬化腹水的患

者及慢性肾炎浮肿者食用；还适宜癌症患者及放疗、化疗后食用。

凡是平时就身体虚寒的人，或受凉引起的不思饮食、腹泻清稀、胃部冷痛、腰痛和寒性痛经的患者均应忌食。

鹅肉

鹅肉适合身体虚弱、营养不良、气血不足的人食用；适合咳嗽痰喘的人食用；适合铅中毒的患者食用；癌症患者食用也有益处。

根据民间经验，鹅肉、鹅血都是发物，患有顽固性皮肤疾病、淋巴结核、痈肿疔疮及各种肿瘤的人应忌食。高血压、动脉硬化患者忌食；高脂血症、舌苔黄厚、湿热内蕴的人忌食。

狗肉

狗肉是冬季滋补佳品，适合畏寒怕冷、四肢不温、腰痛足冷的人食用；适合脾胃气虚、腿软无力、阳气不足的人食用；适合性功能减退所致的遗精、阳痿、不育、早泄的人食用。

发热或病后忌食狗肉；阴虚火旺的人忌食狗肉；狗肉性温，多吃容易生热助火，多疾发渴。所以，各种急性炎症、痈疽、湿疹、疮伤者都不宜食用；妊娠女性也应忌食；疯狗肉绝对不能食用。根据前人的经验，狗肉不能与鲤鱼一同食用。

鸽子肉

鸽肉适合身体虚弱、腰酸、头晕和血虚闭经的患者食用；适合毛发稀疏脱落，或者头发早白、未老先衰的人食用；适合男子精

子活力减退、阴囊湿疹瘙痒、睾丸萎缩的患者食用；适合神经衰弱、记忆力减退者食用；高脂血症、高血压、冠心病、动脉硬化症患者食用也很合适；还适宜贫血的人食用。

《随息居饮食谱》记载："孕妇忌食。"

鲤鱼

鲤鱼适合肾炎水肿、心脏性水肿、肝硬化腹水、营养不良性水肿、脚气浮肿的患者食用；适合女性妊娠水肿、胎动不安和产后乳汁缺少的人食用；此外，咳喘患者食用效果也很好。鲤鱼两侧各有一条细线般的腥筋，剖洗时应记得将其抽出。

鲤鱼不宜与绿豆、狗肉一起食用。因鲤鱼属发物，患有淋巴结核、恶性肿瘤、红斑狼疮、血栓闭塞性脉管炎、小儿痄腮、痈疽疔疮、皮肤湿疹、荨麻疹等疾病患者都不可以吃鲤鱼。

鲫鱼

鲫鱼适合慢性肾炎水肿、肝硬化腹水、营养不良性浮肿的患者食用；适合产后乳汁清稀的女性食用；适合脾胃虚弱、食欲不佳的人食用；也适宜小儿麻疹透发不快者食用；痔疮出血、慢性久痢的患者食用也有好处。

鲫鱼不宜与猪肝、砂糖、芥菜、野鸡肉、

鸡肉、鹿肉及中药麦冬、厚朴一同食用。

带鱼

带鱼适合久病体虚、气短乏力、血虚头晕、营养不良的人食用；适合急慢性肠炎患者食用；适合皮肤粗糙干燥的人食用。

带鱼属发物，患有疥疮、湿疹等皮肤病或皮肤过敏的人忌食；癌症患者及红斑狼疮患者忌食；痈疖疔毒和淋巴结核以及支气管炎哮喘患者忌食。

黄花鱼

黄花鱼适合头晕、失眠者食用；适合肺结核、消化性溃疡患者食用；适合脾胃虚弱、食欲不振的人食用。

所有患有急慢性皮肤病的人应忌食；患有支气管哮喘、癌症、淋巴结核、肾炎、痈疖疔毒、红斑狼疮、血栓闭塞性脉管炎的人也要忌食。黄花鱼忌与荞麦一起食用。

鳝鱼

黄鳝适合风湿痹痛、四肢酸疼无力的人食用；适合高脂血、冠心病、动脉硬化患者食用；适合身体虚弱、营养不良、气血不足的人食用，还有助于对脱肛、女性劳伤、子宫脱垂、内痔出血等症状的治疗。

黄鳝动风，瘙痒性皮肤病患者应忌

食；痼疾宿病患者，如支气管哮喘、淋巴结核、癌症、红斑狼疮等患者也应慎食。

青鱼

青鱼甘平补虚，适合各类水肿患者食用；适合高脂血症、高胆固醇血症、动脉硬化患者食用；适合气血不足、脾胃虚弱、营养不良的人食用。

用青鱼做成的糟鱼醉鲞，对于癌症病人、淋巴结核、红斑狼疮、支气管哮喘、痈疖疔疮和皮肤湿疹、疥疮瘙痒者是不适合的。清代王孟英说："青鱼鲊，以盐糁酝酿而成，俗所谓糟鱼醉鲞是也……但即经糟醉，皆能发疥动风，诸病人均忌。"除此之外，青鱼不可以和生香菜、生葵或麦酱一同食用。

虾

虾适合肾虚阳痿、男性不育症以及腰脚瘦弱无力的人食用；适合产后乳汁缺少的女性食用；儿童正在出麻疹、水痘的时候可以多食用；中老年人因缺钙导致的小腿抽筋症状，若食用虾能有所改善。

患有高脂血、动脉硬化、急性炎症和面部痤疮的人忌食；对虾过敏的人忌食。此外，虾是发物，患有皮肤疥、癣者忌食；虾不宜生食；虾不能与鹿肉一起食用。

蟹

蟹适合跌打损伤、筋断骨碎、淤血肿痛

的人食用；适合糖尿病患者食用；适合慢性支气管炎患者食用。

脾胃虚寒、大便溏薄的人忌食；时常腹痛的人忌食；风寒感冒未愈者忌食；患有顽固性皮肤瘙痒的人忌食；月经过多、痛经、怀孕的女性忌食螃蟹，尤其忌食蟹爪。生蟹及未煮熟的蟹是绝对不可以吃。民间虽然有“生吃螃蟹活吃虾”的说法，但这是不可取的。蟹不可同番茄、兔肉、荆芥一起食用。

鳖肉

鳖肉适合肝肾阴虚、营养不良的人食用；适合肝硬化腹水、慢性肝炎、肝脾肿大、糖尿病以及肾炎水肿的人食用；适合冠心病、高血压、动脉硬化以及低蛋白血症患者食用；癌症病人食用也很好；适合肺结核及肺外结核低烧不退的人食用；适合体质衰弱及干燥综合征患者食用。

甲鱼较腻，久食易败胃伤中，会导致消化不良，因此食欲不振、消化不良的人忌食；怀孕女性或产后虚寒、脾胃虚弱腹泻的人忌食；患有慢性肠炎、痢疾、腹泻便溏的人忌食。

鳖肉不能与桃子、马齿苋、苋菜、猪肉、兔肉、白芥子、鸡蛋、鸭蛋、薄荷一起吃。

田螺

田螺适合黄疸、水肿、痔疮便血、小便不通、风热目赤肿痛以及脚气的患者食用；适合糖尿病、癌症、干燥综合征以及脂肪肝、冠心病、动脉硬化、高脂血症患者食用；适合肥胖症者食用；适合醉酒的人食用。

脾胃虚寒、便溏腹泻的人应忌食；田螺性寒，风寒感冒期间应忌食；女性行经期间及产后应忌食。

田螺不能和玉米、猪肉、蛤蜊一同食用。

蛤蜊

蛤蜊适合阴虚盗汗、体质虚弱及营养不良的人食用；适合患肺结核、咳嗽、咯血的人食用；适合瘿、瘤、瘰疬、淋巴结肿大、甲状腺肿大的患者食用；适合癌症患者放疗、化疗后食用；适合红斑狼疮及干燥综合征患者食用；适合动脉硬化、高脂血症、冠心病、高血压患者食用；黄疸以及糖尿病、尿路感染者食用也有一定疗效；适合醉酒的人食用。

蛤蜊性寒，因此脾胃虚寒、腹泻便溏的人忌食；寒性胃痛腹痛的人忌食；女性月经来潮期间和产后忌食；受凉感冒的人忌食。

蛤蜊忌与田螺一同食用。

鸡蛋

鸡蛋最好和大豆或蔬菜一同食用，因为把鸡蛋与大豆放在一起吃，可以大大提高大豆蛋白的营养价值。由于鸡蛋的维生素 C 含量很少，所以吃鸡蛋时宜配食蔬菜。

鸡蛋忌与甲鱼一同食用。

鸡蛋平时应少吃、常吃，不宜短时间多食，以每天 1—2 个最合适。腹中有宿食积滞未清的人最好不要食用。

鸭蛋

鸭蛋适合肺热咳嗽、咽喉肿痛、泻痢的人食用。鸭蛋可用盐腌咸后再食用，味道更佳。

忌

所有脾阳不足、寒湿下痢及食后气滞胸闷的患者忌食；生病期间不宜食用；癌症患者忌食；高脂血症、高血压病、动脉硬化以及脂肪肝患者不宜食用；肾炎病人不可以吃鸭蛋。

鸭蛋不能和甲鱼或李子同时食用，更不可以多食。

鹅蛋

鹅蛋适合体质虚弱、贫血、营养不良的人及产后体虚的女性食用；适合食欲不振者食用。

鹅蛋是发物，因此患有顽固性皮肤疾患、痈肿疔疮、淋巴结核及各种肿瘤疾患的人

忌食；患有高血压、高脂血症、动脉硬化者也应忌食。

葱

葱适合烧鱼烧肉时调味食用。

葱适合胃寒、食欲不振的人食用；适合怀孕的女性食用；适合伤风感冒、头痛、鼻塞、发热、咳嗽痰多的人食用；适合腹部受寒引起的腹痛、腹泻患者食用。

在服用中药地黄、常山、何首乌的时候，忌食葱。除此之外，表虚多汗、自汗以及有狐臭的人也不宜食用。葱虽好，但不宜久食多食。

葱不可以和蜂蜜、大枣、杨梅及野鸡一起食用。

大蒜

大蒜适合肺结核病人及癌症患者食用；适合高血压及动脉硬化患者食用；适合痢疾、肠炎、伤寒患者食用；适合钩虫、蛲虫病人食用；适合春及夏秋季节感染病流行时期食用。食用大蒜来防病治病时最好用生蒜，因为大蒜素是一种挥发性的油类，加热后容易被破坏。

阴虚火旺的人如果经常出现面红耳赤、口干便秘、烦热等症状，应忌食大蒜，因为多吃大蒜容易动火耗血；患有胃溃疡、十二指肠溃疡或慢性胃炎的人应忌食大蒜，因为大蒜会刺激胃黏膜，使胃酸增多；患有眼疾者也应忌食大蒜，因为大蒜对视力有妨碍。

大蒜不能和蜂蜜一起食用。

生姜

生姜适合伤风感冒引起的头痛、全身酸痛、胃寒疼痛、少汗乏力、寒性呕吐的患者食用；适合女性经期受寒、寒性痛经的人食用。

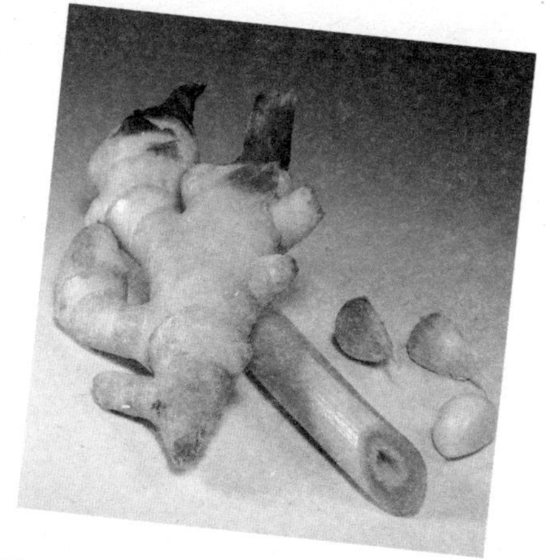

阴虚内热、内火偏盛的人及患有眼疾、痈疮和痔疮的人不应多食；肝炎患者、糖尿病人、多汗者以及干燥综合征患者应尽量不吃。根据前人的经验，怀孕女性不可以多食生姜。

花椒

花椒适合胃部及腹部冷痛、呕吐清水、食欲不振、肠鸣便溏的人食用；适合风湿性关节炎、女性寒性闭经及痛经者食用；适合哺乳女性断奶时食用；适合蛔虫病腹痛者食用；还适合肾阳不足、小便频多的人食用。

凡是阴虚火旺的人应忌食，怀孕期间的女性也要忌食。

胡椒

胡椒适合心腹冷痛、食欲不振、泄泻冷痢的患者食用；适合胃寒反胃、朝食暮吐、呕吐清水者食用；适合慢性胃炎患者食用；适合外受风寒或遭受雨淋后浑身发冷的人食用。

阴虚有火、内热素盛、干燥综合征患者应忌食；糖尿病以及咳嗽、吐血的人忌食；患有咽喉痛、牙疼、目疾的人和痔疮患者忌食。

砂仁

《本草经疏》中记载："砂仁，为开脾胃

之要药，和中气之正品。”因此，砂仁适合食欲不振、不思饮食的人食用；适合寒湿邪、肠鸣腹泻、腹痛胀满、积食不化的人食用；适合呕吐清水、舌苔厚腻的人食用；适合孕妇有妊娠恶阻反应的人食用。

《药品化义》中记载：“肺有伏火者忌之。”因此，凡是阴虚有热的人应忌食。此外，在肺结核活动期、支气管扩张者、干燥综合征患者以及女性产后均应忌食。

盐

盐适合口腔发炎、咽喉肿痛、牙龈出血的人食用；适合胃酸缺乏引起的消化不良、大便干结和习惯性便秘的人食用；急慢性肠炎患者、呕吐腹泻患者也可食用。

有喘嗽、水肿、消渴症的人忌多吃盐；一切水肿患者都应忌食盐，肾脏病、慢性肝炎患者也要忌食或少食；患有高血压、心脏功能不全者应该尽量少食。

醋

醋适合慢性萎缩性胃炎、胃酸缺乏的患者食用；可以预防和治疗呼吸道传染病，如白喉、麻疹、流感、流脑等；还适合患传染性肝炎的人食用；适合高血压及癌症患者食用；适合患小儿胆道蛔虫病剧烈腹痛的人食用；适合吃鱼蟹类过敏、发风疹、全身瘙痒的人食用。

醋适合醉酒的人醒酒。

筋脉拘挛患者应忌食；胃酸过多、泛吐酸水的人也应忌食。

芥末

芥末和胡椒都属于辛辣味的调味香料，性热，过量食用会使胃肠受损，引发胃肠炎，并刺激眼睛。所以，患有眼疾或胃肠疾病的人不要过量食用。

芥末味辛辣，味道芳香，可用于烹炒或凉拌菜肴，但一次不宜食用太多。喝酒时不宜吃芥末，容易刺激肠胃，损害肠胃功能。

患乳腺疾病、肝胆病、感冒的人不宜食用芥末；高脂血症、高血压、心脏病患者应少食；怀孕女性和眼疾患者应忌食芥末。

日式料理中有一种常见的食用芥末的方法，用生鱼片蘸芥末。但是青鱼和鳝鱼不能与芥末同食。

鸡肉、甲鱼也不宜与芥末同食。芥末是热性调料，鸡肉是温补性的食材，二者同食容易上火，对人体健康不利。

白糖

白糖适合肺虚咳嗽、口干燥渴的人食用；适合低血糖病患者和醉酒的人食用。

糖尿病患者不能吃糖；痰湿偏重的人应忌食；肥胖症患者忌食；儿童容易形成龋齿，所以也要少吃糖。

红糖

红糖适合低血糖的人食用；适合孕、产期和哺乳期女性食用；适合女性体虚，或贫

血造成的月经不调的人食用；月经期受寒痛经、腰酸的人食用可以起到一定的缓解作用。

痰湿偏盛者应忌食；肥胖症以及消化不良的人忌食；糖尿病患者忌食；有龋齿者忌食。

咖啡

咖啡适合精神委靡不振、神疲乏力的人饮用；适合嗜睡及春困的人饮用；适合宿醒未消、酒醉者饮用。

咖啡所含的咖啡因对中枢神经有兴奋作用，失眠患者不宜饮用。

儿童脏腑娇嫩，发育还不健全，常饮咖啡会对小儿神经系统的发育产生影响，甚至会出现神经系统活动紊乱的症状。

咖啡对胎儿的发育不利，会导致婴儿出生后肌肉张力降低、肢体活动能力变差，甚至出现弱智或痴呆等现象，所以怀孕女性和哺乳期女性不要饮用。怀孕期间喝咖啡，会增加流产的危险，尤其在怀孕早期，最好不要饮咖啡。

经研究证明，咖啡因会使胆固醇含量增加，导致与动脉有关的低密度脂蛋白增多，所以冠心病患者不要饮用。

咖啡因对交感神经和副交感神经有兴奋作用，饮用后会导致胃酸等消化液增多，故消化道溃疡患者不宜饮用。

在服用痢特灵、异烟肼等单胺氧化酶抑制剂后再饮用咖啡，则会出现恶心、腹痛、头晕、呕吐、腹泻、心律失常等症状。

二、饮食习惯宜忌

进餐时宜保持心情愉快

进餐时如果没有良好的用餐情绪，胃口就会差，这样不仅不利于消化液的分泌，同时也会对消化吸收产生影响。有的人喜欢在吃饭时训斥自己的孩子，往往弄得大人小孩的心情都不愉快，从而降低了食欲，使消化液的分泌受到影响。人在忧郁、焦虑时，血液会向脑部集中，导致胃肠蠕动形成的机械刺激和消化液的分泌量减少。因此，要尝试控制自己的情绪，特别是在吃饭时一定要保持愉快的心情。

人在紧张时往往会增大交感神经的信号脉冲，使支配胃肠活动的副交感神经受到抑制，导致食欲大减，植物神经功能失调，精神紧张，还会导致腹泻、结肠过敏等病症。患者有时会把腹泻归咎于吃了某些食物，这种偏见常常会使人对进食某些食物的兴趣受到影响。反之，精神愉悦、轻松就特别容易使人胃口大增。

进餐时宜专心

人体是一个统一的整体，人所从事的各种活动都是在大脑的统一指挥下完成的，吃饭也是如此。如果边吃饭边思考边做事，就会使精力分散，使大脑的负担加重。这样，原本分配给消化器官的大量血液不得不抽回一部分输送给大脑，致使消化液分泌量减少，这不仅对食物消化有影响，同时也会影响到胃肠功能的正常运转。

进餐宜适量，不宜过饱

进餐过饱不仅会给肠胃造成额外的负担，还会导致营养过剩，可能引发一些慢性疾病和急性炎症。

忌勉强进食

如果没有食欲，不要强迫自己进食，以免进食后造成肠胃不适，引起消化不良。应

该查明食欲不振的原因，最好服用一些帮助消化的药物或食品，并营造一个轻松愉快的进餐气氛，选择色、香、味、形俱佳的菜肴。

66 忌偏食

只有进食多样化的食物才能使人体对营养元素的需求得到满足，而偏食正是导致某些营养元素缺乏的根本原因，长时间偏食会使人体受到损害。如偏爱肉食，很少吃蔬菜，会造成维生素、膳食纤维缺乏，损害肝肾或患肠道疾病；过多食用生冷食物会使脾胃受到损伤。

不偏食包括不贪食过分油腻、过甜的食物，不嗜细喜精，不讨厌粗粮。

进餐宜定时定量

饮食定时定量，既能保持热能平衡，又能使肠胃乃至整个机体代谢活动正常，促进食物的消化吸收及利用，使食物的效能充分发挥。否则会扰乱人体的生理活动规律，不是营养缺乏，就是营养过剩，从而损害身体健康。

不宜忽视早餐

早餐是身体能量的主要来源之一，如果不吃早餐，身体就无法得到足够的血糖能量以供给身体正常的消耗，于是身体就会动用原本储存于体内的储备能源。长期消耗会导致身体储存的能量愈来愈少，从而出现易疲劳、倦怠、反应迟钝、精神不振等症状。而且经常不吃早餐，身体为了取得动力，便会动用甲状腺、副甲状腺、脑垂体等腺体去燃烧组织，这样除了导致腺体亢进外，糖尿病、高血压等慢性疾病也会慢慢找上门来。因此，作为一日三餐中非常重要的一餐，早餐绝不能忽视。

晚餐不宜过饱

晚餐吃得过饱，胃会被撑满，消化功能会相对受到抑制，使整个消化过程延长，肠胃负担加重。而且晚餐吃得过饱，上床睡觉时胃中还会有相当一部分食物有待消化，由于消化的需要，血液循环系统和神经中枢会忙于支配和管理，进而影响到睡眠。睡眠时肠胃也应该休息，如果胃中的消化工作还没完成，便会影响到机体的正常休息。久而久之，肠胃就会因为过度劳累而导致消化功能减弱。

除此之外，如果睡觉时胃里还是满满的，俯卧时会导致胃部往上顶，以致横膈向上，会使心肺的负担加重，甚至会做噩梦。中医所说的“胃不和则睡不安”就是这个道理。

进餐宜细嚼慢咽

咀嚼可消耗一定的热能，吃同样多的食物，细嚼慢咽比狼吞虎咽更有利于保持体重适中。

科学家将咀嚼时人体分泌的唾液加入到黄曲霉毒素 B_1、亚硝基化合物、苯并（α）芘等强致癌物质中，试验结果出乎意料。试验发现，唾液可使细胞的变异原性在半分钟内完全丧失。此外，唾液对化学合成的食品添加剂和天然食品添加剂的某些毒性也具有明显的解毒功能。

老年人群中癌症发病率较其他人群高。据调查，除其他因素外，这与老年人牙齿脱落、咀嚼吞咽能力差、唾液不足、解毒功能下降等有关。由于唾液具有这种神奇的功效，因此有些学者把它誉为“天然的防腐剂”。

同时，研究发现，肥胖的人进食速度较瘦人快，咀嚼吞咽的次数也比瘦人少。于是研究者保持肥胖者食用的营养成分不变，但使其换食不经充分咀嚼就无法下咽的食物，以减慢其进食速度。结果男子经19周后，体重减轻4千克；女子经20周后，体重减轻4.6千克。

不宜吃隔夜的食物

有些绿叶菜中含有硝酸盐，在煮熟后如果放置过久，硝酸盐就会被细菌分解还原为亚硝酸盐，亚硝酸盐对人体有致癌作用，加热后也无法消除。一般来说，硝酸盐含量最高的是茎叶类蔬菜，其次是根茎类

蔬菜,然后是瓜类蔬菜。所以,青菜做熟后最好一次性吃掉,不要隔夜后再吃。

海鲜也不宜隔夜吃,因为冷却后,海鲜中的部分细菌会再生,食用后容易引发各种疾病。

贴心小提示

食物温度宜适中

食物的温度要适中,过热会伤脾胃,过冷会导致腹泻或腹痛,从而使人的消化道黏膜受到损伤,甚至使人患上癌症。

不宜多吃黏食

黏食即用糯米或糯米粉为原料做成的食物,如粽子、年糕、切糕、汤圆等。糯米黏性高、不易消化;有些粽子和汤圆的馅料,油脂和糖分含量很高,不适宜胃肠功能差的人食用,糖尿病患者和肥胖症患者也不宜多吃。老年人肠胃功能普遍下降,咀嚼功能也逐渐减退,吃黏食时不要吃得太快,也不要说话、生气,否则容易造成噎食,十分危险。

吃黏食的时候宜饮茶或搭配一些蔬果,这样能够促进胃肠蠕动,避免消化不良。

忌食水泡饭

习惯吃水泡饭的人,往往为图快而在米饭里加汤水,认为这样好消化。其实这是一种错误的饮食方式。

在人体的整个消化过程中,口腔是第一个关键的消化场所。如果吃水泡饭,就会削弱牙齿对食物的咬、切、磨碎以及唾液与食物的混合作用,而加快食物下咽的速度,减少了食物在口腔内咀嚼的时间,就会导致唾液淀粉酶减少,使食物在口腔内的消化程度大打折扣。

很快吞咽下去的食物,会加重胃对食物的磨烂和搅拌工作的负担。由于水泡饭中水分太多,会冲淡胃液的浓度,也减弱了胃对食物的消化作用。食物消化不充分,会加重肠道的消化负担,最终影响食物的吸收。长此以往,人就会患胃肠疾病,影响身体健康。

“死胎蛋”是在孵化过程中受到细菌或寄生虫污染，或因温度和湿度不适等原因导致胚胎停止发育的鸡蛋。这种蛋所含的营养成分，如蛋白质、脂肪、糖类、维生素和矿物质等都已经发生了变化，在孵化过程中已被胚胎利用掉了，所以其营养价值并不高。

因此，米饭还是要一口一口地细嚼，使其在口腔内经唾液的充分搅拌混合后再下咽。也不要将馒头、烧饼等面食用水泡食，这样也不利于消化吸收，同样会引发胃病。吃饭时少喝些汤，可湿润口腔、调和口味、增进食欲、刺激消化液分泌，有利于食物的消化与吸收。

忌吃“死胎蛋”

食用鸡蛋的误区之一，就是人们认为毛蛋营养价值更高。所谓的毛蛋即“死胎蛋”，是指在孵化过程中被淘汰下来的鸡蛋。有不少人认为这种“死胎蛋”营养价值高、能治病，因此宜吃不宜扔，实际上这是极其错误的认识。

当外界温度、湿度变化时，“死胎蛋”还很容易被细菌污染。此时经过孵化的鸡蛋壳表面的细菌高达4亿—9亿个，而干净的蛋壳表面细菌只有400万—500万个。在细菌的作用下可使蛋清、蛋黄相混合，胚胎死亡。若胚胎死亡较久，被分解的蛋白质还可能产生大量的硫化氢、氨类等有毒物质。在“死胎蛋”里也可查出大肠杆菌、葡萄球菌、伤寒杆菌、变形杆菌等大量细菌，对人体健康十分有害。

食用“死胎蛋”可使人出现恶心、呕吐、腹痛、腹泻等中毒反应或引起伤寒、痢疾等多种疾病。还有专家指出，“死胎蛋”里激素的含量较高，儿童和青少年正在长身体，如果经常吃“死胎蛋”，有可能会影响身体的正常发育。

饭后不宜吸烟

饭后吸烟比平时吸烟的中毒可能性要大得多。饭后消化食物时，胃肠蠕动加强，血液循环加快，这时人体吸收烟雾的能力最强，会比平时吸收更多烟中的有毒物质。因此，饭后不宜吸烟。

进餐时不宜偏侧咀嚼

偏侧咀嚼的人在进餐时，很难使唾液中的淀粉酶和食物中的淀粉充分混合，致使胃肠负担加重，容易患胃病。而且，由于长期使用一侧牙齿咀嚼食物，会加重牙齿的磨损，而另一侧的牙周组织因长期不使用，缺乏正常功能训练便会逐渐萎缩，牙石和牙垢易堆积，容易引发牙龈炎等牙齿疾病。

饭前饭后不宜吃冷饮

饭前吃冷饮，由于冷的刺激造成胃肠毛细血管收缩，使消化液的分泌受到影响，消化过程不充分，时间久了会影响人体的正常消化功能。

饭后吃冷饮，会使胃部扩张的血管收缩，使血流减少，妨碍正常的消化过程。冷刺激使胃肠蠕动加快，营养物质不能在肠道中充分吸收。所以，冷饮不宜在饭前、饭后食用，可选择在两餐之间食用。

胡萝卜与白萝卜不宜同食

胡萝卜和白萝卜是十分常见的蔬菜，人们也常将胡萝卜和白萝卜一起做成菜肴。其实，这种吃法是不科学的。白萝卜中含有丰富的维生素 C，对人体健康非常有益，但是和胡萝卜一起烧煮时，胡萝卜中含有的名为抗坏血酸的分解酶会破坏白萝卜中的维生素 C，使白萝卜中的维生素 C 丧失殆尽，失去原有的营养。胡萝卜也不宜与其他含维生素 C 的蔬菜一起食用，以免使其他蔬菜的营养价值降低。

喝牛奶不宜多

牛奶营养丰富，一般人每天的饮用量应控制在 500 毫升以内，最适当的饮用量为 200—400 毫升，即每天喝两小杯。大量喝牛奶，不利于身体健康。最明显的是，它会生成一种对血管造成危害的分子——高半胱氨酸。这种分子能够损害血管的弹性组织，使血管逐渐阻塞，并使脂类，特别是胆固醇积淀在血管壁上，最终导致动脉硬化。特别是老年人，过量饮用牛奶还易引发白内障。鲜牛奶中含有较多的乳糖，研究人员发现，牛奶里含有一种名为酪蛋白的乳糖，可以在眼晶体内蓄积，并影响晶体的正常代谢。它能使晶体蛋白变性，最终导致老年性白内障的发生。

午餐时宜喝酸奶

午餐时喝一杯酸奶，对于那些经常处于电磁辐射中、吃完午饭就坐在电脑前不运动的上班族来说，非常有益。

酸奶之所以有清爽的酸味，主要是由于酸奶中含有大量的乳酸。这些有机酸可帮助酸奶形成细嫩的凝乳，从而抑制有害微生物的繁殖。这也使得肠道内的酸性增加，碱性降低，从而促进胃肠的蠕动和消化液的分泌。随着酸奶的生产工艺和生产技术的不断提高，一些颇具规模的乳制品厂家已经将酸奶产品中的益生菌由两种增至四种。这样不仅使酸奶帮助消化、抑制有害菌生成的功能得到了进一步的加强，也使得其营养价值高出很多。

经过乳酸菌发酵，酸奶中的蛋白质、氨基酸等颗粒变得微小，游离酪氨酸的含量大大增加。而酸奶中的酪氨酸对于缓解心理压力、减轻高度紧张和因焦虑而引发的机体疲惫有很大的帮助。通过对动物的实验证明，吸入酸奶后的小鼠对辐射的耐受力增强，而且酸奶能够减轻辐射对免疫系统的损害。因此，利用午餐的时间喝一杯酸奶，对健康非常有益。这不但可以使上班族心情放松，整个下午都精神抖擞，还有利于提高工作效率。

牛奶、豆浆宜同时喝

人们越来越清楚地认识到新鲜豆浆和牛奶一样含有丰富的营养成分。牛奶中含有大量的钙以及维生素 D 和乳糖，如果有了豆浆中的维生素 K 和矿物质钾、镁的帮助，那么钙的吸收就可以得到更加有效的提高。对于更年期的女性来说，豆浆中的大豆异黄酮，可以在补钙的同时延缓钙的流失。牛奶和豆浆同饮能获得双重补钙的效果，起到双管齐下的作用。此外，豆浆中含有植物蛋白，牛奶中含有动物蛋白，前者比后者更有利于消化吸收，且人体肠道不易对此产生过敏反应。豆浆的蛋白质含量比牛奶略高，含铁量是牛奶的 25 倍，而豆浆中的脂肪、碳水化合物低于牛奶，对易发胖的人来说更为适合。所以，有人提出牛奶和豆浆是最佳的营养饮料组合，牛奶、豆浆搭配饮用效果会更好。

喝豆浆宜忌

豆浆营养丰富，是许多人喜欢的饮品，不少人都将豆浆作为早餐。但是饮用豆浆时方法一定要正确，否则很容易诱发疾病。只有在饮用时采用正确的方式，才能充分发挥其营养价值。

❶不宜饮用未煮熟的豆浆。

生豆浆里含有皂素、胰蛋白酶抑制物等有害物质。豆浆未煮熟就饮用，易引发恶心、呕吐、腹泻等中毒症状。因此，豆浆最好煮沸五分钟之后再饮用。

②豆浆不宜与药物同饮。

有些药物如红霉素等抗生素类药物会破坏豆浆中的营养成分。

③不宜冲入鸡蛋。

鸡蛋中黏液性蛋清和豆浆中的胰蛋白酶结合，会产生不易被人体吸收的物质，从而大大降低了豆浆的营养价值。

④不宜加入红糖。

红糖中的有机酸和豆浆中的蛋白结合，会产生变质物质的沉淀，饮用后对人体健康不利。

⑤不宜空腹饮用。

空腹饮用豆浆，豆浆中的蛋白质大都会在人体内转化为热量而被消耗掉，不能充分起到补充营养的作用。喝豆浆时吃些淀粉类食品，可使豆浆中的蛋白质在淀粉的作用下，与胃液较充分地发生酶解，使营养物质被充分吸收。

喝牛奶四忌

①忌喝生奶和久煮的牛奶。生奶未经消毒，含有大量细菌，不宜直接饮用；久煮的牛奶不但味道会发生变化，营养成分也有所损失。

②忌清早空腹喝牛奶。因为空腹时牛奶排泄很快，营养成分还没来得及充分消化吸收就被排出体外。同时，牛奶中的左旋色氨酸也容易使人感到疲倦。

③忌热奶加糖。牛奶中的赖氨酸与糖结合容易生成对人体有害的物质。

④忌与巧克力同食。巧克力所含的草酸与牛奶中的钙结合成草酸钙，长期同食容易导致钙流失、发育缓慢、头发干枯等。

饮茶的禁忌

④饭前不宜空腹饮茶。空腹饮茶会冲淡胃液，影响消化。

②饭后不宜立即饮茶。茶水会影响人体对蛋白质和各种微量元素的消化吸收。

③醉酒后不宜饮茶。醉酒后饮浓茶不但不能达到解酒的效果，反而会刺激心血管，加重肾脏的负担。

④胃溃疡患者、营养不良的病人、焦虑症患者以及发热的病人饮茶都会加重病情，不利于身体的恢复。

夏季喝啤酒不宜过冷

首先，温度过低会使啤酒中的营养成

分遭到破坏，影响口感；其次，在低温啤酒逐渐恢复到常温的过程中，酒中所含的蛋白质与鞣酸相结合，会生成浑浊的沉淀物，影响啤酒的观感。5℃—12℃是啤酒储存的最佳温度，因为这时啤酒中的各种成分会达到平衡，味道、口感最好。

蜂蜜不宜用沸水冲调

蜂蜜中含有丰富的酶、蛋白质和维生素等营养成分，如果用沸水冲调，这些营养成分将会遭到严重破坏，使口味发生改变，香味挥发，影响口感。蜂蜜可以含服、调入其他饮品中或用60℃以下的温开水、凉开水冲饮，不宜用沸水冲调或煎煮。

喝咖啡的禁忌

适量喝咖啡可以兴奋大脑、消除疲劳，但是过量饮用或饮用过浓的咖啡会对胃肠产生刺激，影响消化功能，并且容易导致胆固醇升高而引发心血管疾病，还会造成钙质流失。因此，患有高血压、冠心病、动脉硬化的人和胃病患者不宜喝咖啡，骨质疏松症患者和中老年人也不宜喝咖啡。

宜慎食的几种食物

❶鸡肛门上方的肥肉块，俗称“鸡屁股”，是淋巴最集中的地方，储存了很多病菌和致癌物质，所以不宜食用。

❷皮蛋中含有丰富的铁，有助于预防及治疗缺铁引起的贫血症，但经常食用劣质的含铅皮蛋，会引发铅中毒，导致失眠、贫血等症状。

❸新鲜海蜇不宜食用，因为新鲜海蜇含水多，皮体较厚，含有毒素，不易消化，食用过多还会出现食物中毒的现象。

❹秋后的老茄子中含有较多的茄碱，对人体有害，不宜多吃。

不宜凉吃的食物

❶红薯含有“气化酶”，凉吃后有时会出现烧心、吐酸水、肚胀排气等症状。

❷米饭、馒头等主食变冷后淀粉分子会结晶，不易被人体消化吸收，营养价值也会有所下降。

❸粽子、年糕等食物凉吃会伤害胃肠。

❹隔夜的虾蟹等海鲜在冷却之后，内部的细菌会继续繁殖或“复活”，因此一定要加热后再食用。

水果腐烂后不宜食用

水果发生霉变腐烂后，各种微生物都会在腐烂的水果中不断繁殖，在繁殖过程中会产生大量有毒物质。这些有毒物质又不断从腐烂部分通过汁液向未腐烂部分渗透、扩散，导致未腐烂部分也出现微生物的代谢物。水果腐烂后，在距离腐烂部分1厘米处的正常果肉中，仍可发现毒素。

人吃了烂水果中的真菌毒素，可能会出现头痛、头晕、恶心、呕吐、腹胀等症状，严重时会发生昏迷，危及生命。其中危害最大的有毒物质是展青霉素，它除了会对呼吸、神经、泌尿等系统造成伤害外，还有致癌作用。因此，不要吃腐烂的水果。

所以，吃水果应选择表皮光亮、果肉鲜嫩的新鲜水果。如略有小斑或虫蛀，应用刀挖去腐烂、虫蛀处及其周围1厘米左右的部分。如霉变腐烂面积超过水果的1/3，就不要再食用了。

贴心小提示

海鲜和水果搭配禁忌

鱼、虾、蟹、海藻类等水产品含有丰富的钙和蛋白质，这些营养成分遇到鞣酸容易产生不易被消化的鞣酸钙，从而刺激胃肠，不但营养价值会大打折扣，还会使人产生腹痛、腹泻、恶心、呕吐等症状。常见的富含鞣酸的水果有葡萄、山楂、石榴等。此外，桃子、苹果、柑橘等也不宜与海鲜同食，如果要食用，最好在吃海鲜1小时后再适量食用。

Tips

不宜食烂姜

生姜腐烂后会产生一种毒性很强的黄

樟素，食用后会导致肝细胞中毒、变性，损害肝功能。

不宜吃发芽土豆

土豆发芽后会产生一种叫龙葵素的毒素。质量较好的土豆每100克中含有10毫安龙葵素，而发芽、变青、腐烂的土豆中龙葵素会增加50倍或更多。进食极少量龙葵素不一定有明显的害处，但如果一次吃进200毫安龙葵素，15分钟至3小时就可发病。最早出现的症状是口腔及咽喉部瘙痒，上腹部疼痛，并伴有恶心、呕吐、腹泻等症状。如果吃进300—400毫安或更多的龙葵素，症状会表现为体温升高、反复呕吐而致失水，瞳孔放大、耳鸣、抽搐、怕光、呼吸困难、血压下降，可能会因呼吸麻痹而死亡，所以中毒后要尽早送往医院治疗。

预防土豆龙葵素中毒的发生应注意以下几点：

❶不要吃未成熟的青皮土豆，如果土豆已发芽、发青，应将该部分清除。如果土豆发芽的部位很多，应将其扔掉。

❷龙葵素具有弱碱性，所以在烧土豆时可加适量米醋，用醋的酸性作用来分解龙葵素，可起到解毒的作用。

❸烹饪土豆要烧透，长时间的高温可起到分解部分龙葵素的作用。

如果吃土豆时口中有发麻的感觉，表明该土豆中含有较多的龙葵素，应立即停止食用，以防中毒。

不宜吃生鸡蛋

有些人爱将生鸡蛋打在煮好的食物上

吃，或是拿来泡啤酒，认为这样吃有营养。但是专家认为，最好不要吃生鸡蛋。

鸡蛋外壳比较脏，容易滋生细菌，细菌还会通过蛋壳表面的微孔进入蛋内。鸡蛋存放的时间越长，蛋内的细菌就越多。一些病鸡体内的病毒也有可能被带到鸡蛋内。

鸡蛋的主要成分是蛋白质，人体要靠蛋白酶来消化吸收蛋白质，但生鸡蛋的蛋清里含有一种抗蛋白酶物质，会阻碍蛋白质的消化吸收。而鸡蛋在煮熟的过程中，这种抗蛋白酶物质会被破坏，利于营养的吸收。

鸡蛋也不宜煮到七分熟、八分熟。专家认为，鸡蛋中的细菌种类比较多，如果没煮熟煮透，很多细菌病毒就不能被杀死，对人体健康会有很大危害。

不宜吃霉变红薯

红薯在收获、运输和贮藏过程中，薯体部分易擦伤、摔伤，容易被霉菌污染。红薯贮藏于温度和湿度较高的环境中，霉菌容易生长繁殖并产生毒素。引起中毒的物质有甘薯宁、1－甘薯醇和4－甘薯醇。

霉变红薯中毒的潜伏期较长，一般在食用后24小时病发。轻度中毒者的症状有头晕、头痛、恶心、呕吐、腹泻等，严重中毒者有多次呕吐、腹泻、发热、肌肉颤抖、呼吸困难、心悸、视物模糊、瞳孔扩大的症状，甚至会导致休克、昏迷、瘫痪或死亡。

霉变红薯不论生吃、熟食或做成薯干均可导致中毒，所以要学会识别。霉变红薯的表面有圆形或不规则的黑褐色斑块，薯肉质硬，有苦味。只有轻微霉变的红薯，可以去掉霉变部分，浸泡煮熟后少量食用。

不宜吃刚宰杀的鱼

鱼不能现杀现吃，因为现杀的鱼蛋白没有完全分解，营养成分不够充分。宜将剖腹洗净的鱼放置几小时，待毒素挥发得差不多时再进行烹饪，这样可减轻有毒物质对身体的危害。

动物宰杀后肌肉的变化分为四个阶段：僵直、后熟、自溶和腐败。动物宰杀后最先发生的变化是僵直，在夏季一般为 1.5 小时，冬季一般为 3—4 小时。由于肌肉酸度增加，肌凝蛋白凝固，肌纤维变硬僵直，此时的肉质不适宜烹饪，口感不好。随着肌肉中的糖原分解为乳酸，结缔组织慢慢软化，肉质也变得鲜美，这称为后熟。此时的鱼、肉最适合做烹饪原料。刚宰杀的鱼有很多的细菌和寄生虫，在常温下或者在冰箱中放 4—5 小时，会杀死一部分寄生虫和细菌，这样食用更安全。

不宜吃未熟的涮羊肉

在寒冷的季节，人们通常喜欢吃涮羊肉火锅。吃火锅讲究口味，如底料的选配、作料的调制、肉片的精细等。有人会主张吃“嫩”，认为七八成熟的羊肉吃起来才有味，但这种吃法并不科学，容易感染旋毛虫病。

旋毛虫病是由旋毛虫引起的。旋毛虫常在猪、狗、羊的身体中寄生，成虫寄生在病畜的小肠内，幼虫寄生在舌肌、膈肌、心肌和其他肌肉中。人吃了这样的病畜肉后，幼虫在人的肠道内约 1 周即可发育成成虫，成虫交配后，经 4—6 天就可产生大量幼虫，它们能够穿肠入血，并寄居于患者的肌肉中，引起一系列症状，如呕吐、腹泻、肌肉痒痛、运动障碍、呼吸浅短、咀嚼困难等。幼虫如果进入脑和骨髓，还能引发脑膜炎。所以，不要吃没涮熟的羊肉。涮肉时，一次不要下太多肉，要待肉变色、血色退尽后再食用。

吃海鲜时不宜喝啤酒

许多海鲜会使人体产生尿酸，而啤酒会抑制人体中尿酸的排泄，使其聚集在关节或软组织中，易引发炎症。所以吃海鲜时不要多饮啤酒。

不可过量食用猪瘦肉

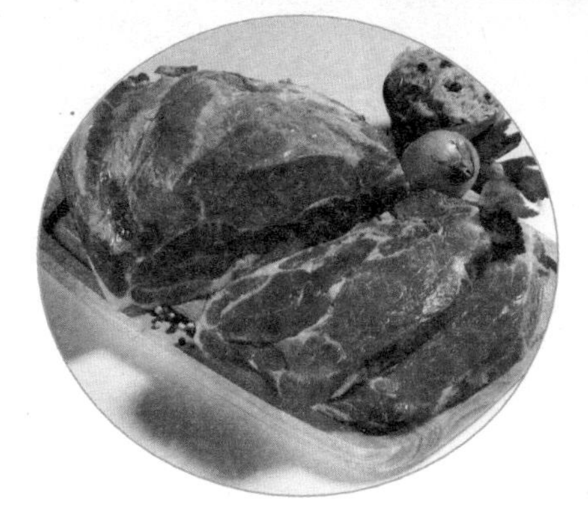

猪瘦肉含有较多水分和蛋白质，且脂肪含量低于猪肥肉，被人们视为猪肉的佳品。但是食用猪瘦肉也应适量，因瘦肉中含有较多的蛋氨酸。医学家研究发现，导致人体产生动脉硬化的主要原因不是人们一直认为的胆固醇，而是同型半胱氨酸。同型半胱氨酸会直接损害动脉内的内皮细胞，使血液中的胆固醇沉积在血管壁上，形成动脉粥样硬化。而同型半胱氨酸是蛋氨酸受人体内某种酶的催化作用而形成的。因此，不可以忽视摄入过多的蛋氨酸所带来的危害，食用猪瘦肉时应适量。

三、食物选购与储存宜忌

新鲜蔬菜购买禁忌

在挑选新鲜蔬菜时，要注意有些菜不宜购买：

不宜购买看上去颜色太鲜艳或不正常的蔬菜，这样的蔬菜往往喷洒了过多的农药或者化学添加剂；

不宜购买形状奇怪的蔬菜，也不宜买根茎、叶片格外膨大的蔬菜，这通常是使用了激素的结果；

不宜购买看上去十分“水灵”的蔬菜，菜商为了增加蔬菜的分量，使蔬菜从外观上看效果好，在蔬菜上喷了水，这些蔬菜可能原本并不新鲜。

在超市选水果的禁忌

选择水果宜选择色泽成熟自然的，不要过于鲜亮。

同样大小的水果，要选分量重的水果，不要选分量轻的，因为较重的水果一般组织较密，水分也较多。

选水果还可以通过声音来辨别，如选哈密瓜、香瓜等水果时，可轻轻摇动，有声音的通常不好。另外，挑选樱桃、葡萄等水果时宜选择硬度较高的。

应注意问题水果

如今市场上水果的品种丰富，有许多问题水果混杂其中，购买时需要小心。如用二氧化硫催熟的香蕉，外皮黄亮，但吃起来口味生涩，口感较硬；用了过量激素的草莓，形状不规则，个头非常大，中间有空心；

未成熟的青葡萄放入用水稀释的乙烯溶液中浸泡，一两天后就会变成紫葡萄；表皮条纹不均，瓜瓤鲜艳，瓜子发白不成熟的西瓜，多半是超量使用膨大剂、催熟剂或者剧毒农药培育出来的，如果食用过多易使人中毒。

新买水果不宜放入冰箱

刚买的水果和非叶类蔬菜，不宜马上放入冰箱中冷藏，因为低温会使果菜中的酵素活动受到抑制，不能有效地分解残留在果菜上的农药和毒素，应先放一两天，待残留的毒素被分解后再放入冰箱中保存。

熟食不宜存放太久

家里总会有剩菜剩饭舍不得扔掉，留着下顿食用，这种做法对人体健康非常不利。一般情况下，在常温中熟食的保存不宜超过两个小时，否则很容易滋生细菌，口感也会变差。将食物保存在冰箱内，也不宜太久，否则营养会流失，味道也会发生变化。

保存松花蛋忌低温

人们通常都会认为把松花蛋放在冰箱里就能保存较长的时间，不会变质，其实这种做法并不科学。松花蛋是用碱性物质浸制成的，蛋内水分很多，如果放在冰箱内储存，水分就会慢慢凝结，原有的味道也会改变。低温还会使松花蛋的色泽受到影响，变成黄色。保存松花蛋时，用保鲜膜密封包好，放在阴凉通风处即可。

冷藏海鲜忌反复冷冻

海鲜可以放在冰箱里以保持新鲜，但是不宜反复冷冻。因为将海鲜从冰箱里取出解冻的时候，海鲜中的细胞膜就会受到一定程度的破坏，即使再冷冻起来，也不能恢复以前的新鲜程度。反复冷冻解冻，会使得海鲜中的营养成分和水分快速流失，口感也会变差。

面包不宜放冰箱保存

很多人喜欢将面包放入冰箱内保存，但这种做法并不科学。低温会加速面包的硬化，使面包很容易变硬，而且从冰箱拿出时面包太凉，吃下去胃会不舒服。此外，冰箱内常常放有其他东西，面包会吸附冰箱中其他食物的味道，导致面包变味。如果不是含有奶类或肉类的面包，尽量不要用冰箱储藏。如果是在夏季，因为天气比较炎热，面包容易变质，可直接放到冷冻室，食用时加热即可。

贴心小提示

不宜放入冰箱内保存的食物

香蕉：12℃以下的环境会加速香蕉变黑腐烂。

番茄：冷藏会使番茄果肉变味，皮变黑。

火腿：冷藏容易使火腿中的水分结冰，加速火腿内脂肪的氧化，失去口感和营养。

豆浆存放宜注意

豆浆不能用保温瓶存放，因为潮湿的环境很容易滋生出不怕高温的细菌，使豆浆变质，对人体健康不利。可将煮沸的豆浆倒入密封的玻璃瓶中，不要倒满，盖上盖子，片刻后再拧紧，待豆浆降至常温后放入冰箱中冷藏。

腌渍肉类不宜冷藏

腌渍肉类通常会加入较多的盐，制作时经过风干、脱水等程序，在常温下也能保存 1 个多月，而且风味犹存，所以不需要用冰箱冷藏。如果将这些肉类放入低温环境的冰箱中也不会比常温保存的时间更长，将其冷冻，效果会比较好。

牛奶应避光保存

新鲜牛奶最怕光照，如果被阳光照射超过 1 分钟，牛奶中的 B 族维生素就会很快消失，维生素 C 也会大量消失。如果阳光比较微弱，在经过 6 小时照射后，牛奶中的 B 族维生素也只会剩下一半。所以牛奶应保存在避光容器和环境中，这样维生素不易消失，鲜味也易保持。

四、烹调方法宜忌

料酒与醋同时使用宜忌

关于烹饪有这样一种说法，即“先烹料酒后烹醋”，这是因为料酒有很强的渗透性，先烹入料酒，料酒可渗入食材的内部，挥发后能够除去食物的腥味，后烹就起不到应有的作用。醋宜后烹，因为醋入锅中香味就会挥发掉，如果先烹入醋，菜肴的味道就会变得酸涩，口感变差。

宜用茶水煮饭

民间一直有用茶水煮饭的习俗，这样不仅能促进消化，还可以防病。事实上，并不一定非要用新米才能吃到清香扑鼻的米饭，用茶水煮饭也可以煮出色、香、味俱佳的米饭。茶叶特殊的香味来自于茶叶中的芳香物质，它能使米饭香味扑鼻，让人食欲大增。而米饭中大量的淀粉也抵消了茶叶苦涩的味道。茶水煮饭还有去油腻、防治疾病的好处。

呈酸性的茶多酚是茶叶中的主要物质，现代科学实验证实，茶多酚可以降低血液中的胆固醇，抑制动脉粥样硬化，还能使微血管的韧性增强，防止由于微血管壁破裂而产生的出血现象。

胺和亚硝酸盐是食物中广泛存在的物质，它们在37℃的温度和适当的酸度下，非常容易生成致癌的亚硝胺。茶多酚能有效地阻断亚硝胺在人体内的合成，所以茶水煮饭可以预防并减少消化道癌症发生的概率。

茶水中的鞣酸可抑制过氧化脂质的生成，避免血管壁失去正常弹性，预防中风的发生。

茶水煮饭的方法：煮饭前，先用500—1 000毫升开水，将1—3克的茶叶浸泡4—9分钟；然后用一小块洁净的纱布将茶水滤渣后待用，再将米洗净，放入锅中；最后将茶水倒入饭锅内，使之高出米表面3厘米左右，煮熟即可。

茶叶中所含的化合物，是保持牙齿健康不可或缺的重要物质。这些化合物浸入牙组织，能增强牙齿的坚韧性，可防止龋齿的发生。

宜用热水煮饭

大米中含有丰富的维生素B_1，维生素B_1是调节体内糖代谢的重要营养成分，城市用水中含有一定的游离氯，容易破坏大米中的维生素B_1，而沸水中的氯气已经挥发，所以，用沸水煮饭能大大减少维生素B_1的流失。大米中还含有其他的B族维生素，如果长时间高温受热很容易被破坏，而用热水煮饭可以缩短蒸煮的时间，减少维生素的损失。

葱不宜长时间烹调

葱中含有一种叫二烯丙基硫醚的营养成分，这种物质可以促进胃液的分泌，增进食欲。葱所含有的挥发油会使其产生特有的刺激性气味，这种物质既可以除去其他食材中的腥味、异味，产生特殊的香味，又具有杀菌的效果。葱所含有的这两种物质都非常容易挥发，如果煸炒或煮炖太久就会失去效用。

葱、姜、蒜炝锅宜注意

葱、姜、蒜被称为“厨房三宝”，有去除荤菜的腥味、增香提味的功效。用葱、姜、蒜炝锅的时候，应切成细丝或细末，易于受热出味。炝锅时油温宜两三成热，油温太高，葱、姜、蒜容易被炝煳。

要注意的是，不是所有的菜肴都需要用这三种材料一起炝锅，有些素菜味道清香，就不宜炝锅，否则会使素菜本身的味道被掩盖。

做鱼宜用的调料

做鱼时，姜和料酒是必放的调料，它们可以去除鱼腥味。根据烹饪方式的不同，还可使用不同的调料。

做红烧鱼时宜加酱油，加适量酱油可使鱼肉的色泽更鲜亮；煮鱼汤时可加入少量醋和胡椒粉，这样可使汤味更鲜美；做清蒸鱼时不宜放太多调味料，以免损伤鱼本身的味道；做酥鱼时宜加醋和糖，加适量醋和糖可使鱼更入味；炒鱼片时加少量糖，鱼肉不容易碎烂。

海蟹宜蒸食

海蟹宜蒸不宜煮，因为如果用水煮，海蟹中的膏脂容易流失到汤里，营养就会被浪费。如果采用蒸制的方法，不但能保留海蟹的营养，还能保持其自身的鲜味。蒸

蟹的时候可等水沸后上笼，用大火蒸10分钟左右即可。食用时可蘸醋和姜末调的味汁。

烹调冻鱼宜红烧

冰冻的鱼通常肉质比较老，不新鲜，因此，不宜用来煮鱼汤，也不宜用清蒸的方式进行烹制。可选用红烧的烹饪方式，在红烧或炖煮时，可加入少量牛奶，这样可使鱼肉更鲜美。

解冻冻鱼的时候宜用凉水，忌使用微波炉进行解冻。

烹制鳝鱼宜用蒜

烹制鳝鱼时可加适量的蒜末或者蒜苗，不但可以除去鳝鱼的腥气，还能够增加鳝鱼的鲜香。而且，大蒜有杀菌防腐的作用，可使鳝鱼的存放时间延长。

烹调海鱼宜清蒸

海鱼中含有丰富的蛋白质、矿物质、维生素，有降血脂、降血压、明目的功效，可促进人体血液循环，改善凝血机制，防止动脉硬化形成。海鱼最佳的烹饪方法是清蒸，清蒸可减少营养成分的流失，保持味道的鲜美。海鱼不宜油炸，高温油炸后会破坏海鱼原有的营养。

炒菜油温不宜太高

一般人在炒菜时习惯待锅中油冒烟时才下入原料，认为这样炒出来的菜很香，但这种做法有很多害处。食用油烧到冒烟时，温度已高达 200℃，这时油脂中所含的脂溶性维生素会被破坏，而食材与高温油接触后，其所含的各种维生素也会大量损失。

食用油在高温中会产生一种丙烯醛，这种气体对鼻、眼黏膜有强烈的刺激作用，使人流泪，并容易产生恶心、头晕、厌食等不良反应。

拌凉菜宜后放盐

拌凉菜宜先放调料后加盐，先加入花椒油、芝麻油、糖、醋等调味料拌匀，以使凉菜更加入味、爽口，待食用前再放入食盐，可防止凉菜水分渗出，带走营养成分。

煮骨头的注意事项

煮骨头应放入凉水中煮，这样可使肉中含的蛋白质充分溶解到汤中，还可在汤中加入少许醋，使骨头中的钙和磷等营养元素溶于汤中，有利于保存汤中的维生素。为防止骨髓流失，可用白萝卜块塞住棒骨的两头，这样骨髓就不会流出来了。

宜用热水炖肉

炖肉时不要用凉水，要用热水，因为热水能使肉中的蛋白质迅速凝固，锁住肉中含有的氨基酸。这样不但防止了营养物质的流失，而且保留了肉质味道的鲜美。

熬猪油忌用大火

如果用大火熬猪油，油温高达200℃，猪油会因高温而发生化学变化，产生丙烯醛，食用后影响消化，会引起胃肠疾病，刺激食道、口腔、气管及鼻黏膜，还会出现咳嗽、眩晕、双目灼热、呼吸困难、喉炎、结膜炎和支气管炎等病症。所以不要用大火熬猪油。

贴心小提示

烹饪油忌重复使用

炸过食物的油因多次高温加热，又长时间和空气接触，其中的营养成分已损失大半，极易产生有毒物质。所以不要将炸食物的剩油重复使用，更不要用来炒菜。

哪些蔬菜炒前宜焯烫

蔬菜中含有丰富的维生素，而且烹饪方法各有不同。有些蔬菜在烹炒之前需要用沸水进行焯烫，以保持其所含的营养成分和良好的口感，如西蓝花、菜花等，焯烫后再烹饪，口感会更好，其所含的纤维素能够更容易被人体消化。如菠菜、竹笋等含草酸较多的蔬菜也应焯烫一下再进行烹调，可减少草酸对人体的伤害。

如何焯烫木耳

木耳在进行烹饪之前也应焯烫一下。先将木耳放在凉水中浸泡1小时，将硬根去掉，清洗干净。然后在沸水中稍微焯一下，大约1分钟后马上取出。千万不要焯太久，否则木耳的肉质会变软、变腻，影响烹熟后的口感。

烹制萝卜宜焯烫

萝卜富含多种糖类和维生素，可以促进钙的吸收，对人体有益。无论是作为主料还是配料食用，在烹制前都应用沸水烫一下，不但可以去除萝卜的苦味，还能使辣味减轻，比较适合儿童食用。

炒蒜薹时宜先焯烫

蒜薹营养丰富，含有大量的维生素和大蒜素，如果直接进行烹制，口感会有些生涩。所以，在炒蒜薹之前，应先用热水焯烫一下，这样做出来的蒜薹不会生涩，口感香脆，而且营养成分也不会流失。

芹菜、青椒宜用热水焯烫

芹菜、青椒等口感硬而脆，烹饪时如果直接下锅，做出来的菜口感不佳，而且不容易消化。所以，应先将芹菜、青椒切成段或块，放入沸水中焯烫一下，去除其生涩味。经过焯烫的芹菜、青椒比较容易炒熟，调料也容易渗透进去。

烫竹笋宜注意

竹笋在烹炒前，用沸水焯烫一下，既可以去除竹笋的生味，又容易炒熟和入味。焯烫时要注意，在水沸之后，将竹笋放在漏勺里，伸入锅中稍微烫一下即可。不要把竹笋放在热水中浸泡太长时间，否则不仅竹笋的营养会流失，还会失去爽脆的口感。

煮海带宜用碱

海带不容易煮软，因为海带的主要成

分褐藻胶比较难溶于普通水。但是，褐藻胶易溶于碱水。当水中的碱适量时，褐藻胶会吸水膨胀而变软。根据这一特点，煮海带时可以加少许碱或小苏打。煮时可以用手试掐软硬，煮软后应该立刻停火。要注意，加碱不可过多，煮的时间也不可过长。

泡发海参不宜用碱水

泡发海参时不宜用碱水，否则会影响海参的口感，味道也不佳。发好的海参在烹制之前不要用热水洗，应放入凉水中快速冰镇一下，肉质会更紧实，口感更爽脆。用水泡发海参时，要注意水和器皿不要被油脂污染，否则会影响海参的涨发率，还有可能会使海参腐烂变质。

解冻肉不宜用热水

有些人急于食用刚从冰箱里取出来的冻肉，就用热水解冻，其实这种方法并不正确。科学的方法是用冷水浸泡冻肉，或者将冻肉放在 15℃—20℃的环境下，使其自然解冻。肉类在速冻过程中，其组织汁液中所含的蛋白质和有机酸也会完全冻成冰。当肉缓慢解冻时，组织汁液的结晶会重新还原成汁液并渗入肉的纤维，使肉类恢复原来的性质，从而保持肉原有的营养。如果用热水解冻，肉的汁液晶体很快就会融化，来不及渗入肉的纤维内，就会使一部分蛋白质和芳香性物质白白丢失掉。

不宜用水浸泡猪肉

有人认为刚买来的猪肉不干净，就把猪肉长时间浸泡在水中，甚至会用热水来浸泡。其实这些方法都是不正确的。猪肉中含有大量的肌凝蛋白和肌溶蛋白，在水中浸泡很容易使肌溶蛋白溶于水中，而被排除掉。此外，在猪肉的肌溶蛋白里还含有谷氨酸盐和谷氨酸等香味成分，一经浸泡后就会丧失，从而大大影响猪肉的味道，也会降低猪肉的营养价值。所以，在处理猪肉的时候，用水快速冲洗干净即可，不宜长时间用水浸泡。

猪肉不宜用热水清洗

在清洗猪肉时，不要用热水浸洗，否则很难除去猪肉的腥味，肉的口感也不好。可先用洁净的纸将猪肉擦干净，然后用凉水快速冲洗。

在清洗猪肉时，可先用淘米水浸泡10—15分钟后再洗，这样能够将附着在肉上的泥土和污物清洗干净。

烧肉宜在肉熟时放盐

很多人习惯烧肉时先放盐，认为这样菜的味道会更鲜美。其实，先放盐的效果并不是很好。盐的主要成分是氯化钠，而氯化钠容易使蛋白质凝固。如果烧肉时在肉即将熟时再放盐，肉中所富含的蛋白质就不会过早地凝固。尤其是烧肉或炖肉，后放盐能避免肉汁外渗，肉块体积就不会

缩小变硬。这样也容易将肉烧酥炖烂，吃起来口感极佳。

煮蛋应凉水下锅

煮鸡蛋看似容易，其实有很多小技巧。最重要的一点就是蛋应和凉水一起下锅，而不是等水煮沸了再把鸡蛋放进去。用凉水煮蛋，能够有效防止鸡蛋裂开或破碎，煮熟后剥皮也更容易。

洋葱不宜炒太久

洋葱具有极高的营养价值，含有多种

微量元素。烹炒时宜等油烧至七成热时再下锅,用大火翻炒,待洋葱的颜色变得透明时即可出锅。不宜炒太久,微辣即可,这样能够最大程度地保存其中的营养成分。

胡萝卜宜熟吃

胡萝卜中含有丰富的胡萝卜素,通过黏膜的作用可转化为维生素 A,被人体吸收后可提高人体的免疫力,还有益肝明目的功效。胡萝卜口感爽脆,味道清甜,许多人都喜欢生吃,以为这样能使人体更充分地吸收其中的营养,但这种吃法并不科学。胡萝卜素是脂溶性维生素,需要溶解在油脂中才能更好地被消化吸收,所以胡萝卜宜与肉类一起烹调,这样营养成分才能充分被人体吸收和利用。

煮鸡蛋宜把握好时间

鸡蛋能有效补充人体每天所需的蛋白质,而水煮能较多地保留鸡蛋中的营养物质。煮鸡蛋需要把握好时间,时间不能太长,因为鸡蛋在沸水中煮超过 10 分钟,内部就会发生化学变化,使鸡蛋的营养价值降低,一般待水沸后再煮 5 分钟即可。这样煮出来的鸡蛋非常有营养,而且软嫩润滑。

煮白肉应沸水下锅

煮白肉是一道美味可口的家常菜,煮出的白肉肥而不腻,软嫩鲜美。制作方法也比较简单,但是需要注意的是,要先把水烧沸,再把加工好的白肉放到锅中。如果在水凉时就把肉放入锅中,随着蒸煮时间的延长,肉中的大部分营养都会流失到水里;在水沸后将肉放入锅中,就可以保存更多的营养成分。

泡粉条的适宜水温

泡发粉条的水温宜控制在40℃—60℃，这样泡出的粉条比较滑嫩、舒展。水太热会使粉条溶解，或者被烫软、烫熟，失去口感。泡发的时间根据粉条粗细的不同而定，比较细的龙口粉丝浸泡时间通常在1小时之内；宽粉条可适当延长浸泡时间，但最好不要超过10小时。

煮大米粥忌加碱

有些家庭在煮粥时习惯加碱，认为这样煮粥熟得快、黏稠、好吃。其实这种做法很不科学，这样会使米中的养分大量损失掉。原因是米中的维生素B_1、维生素B_2和维生素C等都是喜酸怕碱的。

大米和小米中含有丰富的糖、蛋白质、脂肪和矿物质，还含有丰富的维生素B_1、维生素B_2和维生素C，尤其是大米、小米中所含的维生素B_1，是人们日常膳食最主要的维生素来源。有人曾试验过，在400克米里加0.06克碱煮粥，米中有56%的维生素B_1会被破坏。维生素B_1的一个明显特性是在碱性溶液中极易被破坏，而在酸性溶液中比较稳定。因此，放了碱的米粥呈碱性时，自然就大大增加了维生素B_1的损失率。据测定，每100克大米含维生素B_1 0.2毫克，不加碱煮粥后含量为0.11毫克，损失率为45%(包括淘米损失)；如果煮粥加碱，维生素B_1的含量只会剩下0.05

毫克，损失率达75%。由此可见，熬粥加碱比不加碱的维生素B_1的损失高一倍以上。维生素B_2和维生素C也都是喜酸怕碱的物质，其损失情况与上述大体相同。

如果常吃这种加碱煮成的粥，对身体

健康影响极大。人体长时间缺乏维生素C会患坏血病，严重时可出现贫血、心脏衰竭及严重内出血，甚至有猝死的危险。

若人体缺乏维生素B_1，则易患脚气病、消化不良、心跳乏力、浮肿等病；若人体缺乏维生素B_2，就会引起阴囊炎、唇炎、口角炎和舌炎等症状。

海带不宜长时间浸泡

人们在食用海带的时候，会把它放在水中长时间浸泡，将海带上的白粉洗得非常干净，以为那些是霉变物质。其实海带上的这层白粉叫甘露醇，它有利尿、消肿的作用，遇水即溶。所以，在烹制海带前，不用长时间浸泡，也不要用力搓洗，以免损失对身体有益的成分。

炒菜锅忌不清洗连续使用

炒菜锅因使用频繁，常常会产生锅垢，尤其是在烹制含蛋白质和脂肪比较多的菜肴时更易产生。锅垢中有致癌物，所以炒菜锅一定要及时清洗，不能炒完一道菜不清洗锅就直接炒下一道，这样做不利于健康。

冷藏熟食忌马上食用

经过冷藏的熟食最好加热后再吃，因为冰箱的冷藏保鲜能抑制细菌的生长，但并不能消灭耐冷细菌，如肠炎病菌、大肠杆菌、伤寒杆菌等肠道细菌，这些细菌在低温环境下也能生存数月。而且食物在冷藏的过程中可能滋生新的细菌，之前烹制时没有杀死的细菌也会迅速繁殖，如果直接食用很容易引发各种肠道疾病。

不要用菜刀削水果

不应用菜刀切削水果，这样很不卫生。菜刀经常接触鱼、肉、蔬菜，刀上会附着寄

生虫、虫卵或其他病菌，如果用这样的菜刀削水果，水果会被污染，人吃后容易得病。削苹果时如果用菜刀，菜刀上的锈和苹果中所含的鞣酸会起化学反应，产生鞣酸铁盐，苹果就会变色。所以，切削水果最好用不锈钢水果刀。

铁锅炒菜忌加醋

用铁锅炒菜时，加醋不宜多，烹炒时间也不宜过长。因为铁在酸性环境中加热易生成亚铁盐类，一些亚铁盐会使食物中的蛋白质迅速凝固，使食物的营养价值降低，还会影响人体对食物的消化和吸收。

猪肝宜现炒现切

新鲜的猪肝切好后，放置时间太久胆汁会流出，使养分流失，而且炒熟后肝片上会有许多凝结的颗粒，影响菜肴的外观。所以，鲜肝切片后应用调料和水淀粉调匀，并尽早下锅。一般在下锅之前现切为宜。

和饺子面宜加鸡蛋

包饺子时，可在每 500 克面里加 1 个鸡蛋，这样面容易捏合，饺子下锅后也不会“乱汤”，饺子出锅凉后不会“坨”，而且口感很好。

生活宜忌1500例

Part 02

日常生活宜忌

一、家居布置宜忌

居室色调的心理作用

不同的颜色会给人以不同的感受，如红、橙、黄等暖色可以使人感到热烈、兴奋；绿、蓝、紫等冷色使人感到凉爽；奶黄等色使人感到清新、愉快；灰暗则使人感到沉闷、压抑。

为不同主人选择房间色调

在为居室选色调时，可从色调职业疲劳的角度出发，炼钢、司炉及工作紧张的人需要轻松、清爽的环境，居室应以冷色调为主；纺纱女工每天在雪白的环境中工作，有“冷凝感”，所以，居室宜选暖色调；用眼程度高的知识分子选绿色为佳；油漆工、售货员整天工作在五彩缤纷的环境中，回家后需要中性柔和的色调来调节。

贴心小提示

小房间色调不宜过深

小房间不宜用大块深色调来布置，尤其是墙壁，以白、浅蓝色等为宜。家具、窗帘及床上织物的颜色也不要过深，以统一为上，室内配色最多使用两种色系，即两大基本色，并注意颜色相似。

Tips

书房色调不宜过暖

书房是人们工作、学习的地方，如果色

调过暖过杂，会使人产生一种困倦、疲劳感。书房应以淡蓝色或灰绿色为最佳，因为这种色调会给人以明亮、清新之感。

居室配色宜忌

居室配色的方法有两种：一种是统一调和法。用色彩、明亮度都类似的颜色配合，大量使用姐妹色、类似色，方法简便，效果稳定，但较单调；另一种是对比调和法。即用不同色彩、明亮度差别大的颜色配合，效果活泼，能充分表现个性，但难度较高。现代家庭多采用大面积统一、小面积对比的方法，营造既统一又有变化的色彩环境。

不同色彩运用宜忌

为居室配色时应首先构思一种统一的色调，也就是使居室大多数色彩倾向某一色调，这样居室才有统一感与和谐感。如果居室以黄、橙、棕色为主，那就属黄色调，亦可称为暖色调。如室内色彩都淡，那就属亮色调。下面介绍几种常用色的主要特征。

❶红：热情、兴奋、艳丽的色彩，但刺激性太强，用粉红色则表现出“似水柔情”般的细腻感觉。粉红是将内在成熟表现于外

的色彩，最为少女所钟爱，对男性和青少年也具有镇定作用。

②蓝：高深莫测，冷静严肃，令人产生遐想。蓝是清爽色，故常与白搭配或调成浅蓝色。但要注意，蓝色，特别是深蓝色的严肃使之不易与其他颜色调和。

③黄：温暖、明亮、健康的色彩，黄色属于中性而偏暖色。加入白色成奶黄色，易与家具本色或棕色等相配，是居室运用最多的色调，如果想突出黄色的“暖意”，可加入红色，使之变成橙色，橙色是暖色系的代表。

④紫：冷色系列的代表，是极不容易搭配的颜色。其感受多样，既神秘又典雅，既高贵又古朴，为许多女性所喜爱。

⑤绿：安适、稳定的色彩，有新鲜感，色调柔和，令人眼睛舒适，心神安定，而且易使人联想到春天，充满活力。不过，在与红色相配时，要谨慎。

⑥褐：色彩中的“百搭”，可与任何颜色相配，安稳淳厚，可放心运用。

⑦灰：随和多样性的色彩，如果你对自己深爱的色彩不知如何搭配时，用灰色来陪衬则是明智的。此外，室内多色彩缤纷之物时，灰色就是极好的背景色调。

⑧白：清洁，有膨胀感的色彩，有人认为它不是一种颜色，与红、蓝相配效果不错，但不宜作为居室的主要色调。

66 家具、地板与墙壁配色宜忌

有一种配色法是根据家具色彩来决定地板和墙壁的色彩，或用姐妹色，或用对比色。一般家具是中性明亮的木本色或棕褐色，属“百搭”色，可以同任何色彩相配。如果家具有倾向性色彩，那么不可草率从事，最好请专业人士绘出房间色彩图看看效果。另外，需要居室色彩对比较强者，最好应该先绘出色彩样。

贴心小提示

室内配色宜有整体感

地板与墙采用同一色系或对比色彩都可，而天花板除了用白色之外，要与墙壁成同一色系（姐妹色）。

Tips

居室三大生活区的特点宜区分

在设计时，要使休息区、工作区、活动区兼顾各自的生活要求，根据个人爱好来安排室内空间，以反映居住者的个性。可以运用室内的色彩效果控制散乱的现象，还可以用光烘托出室内的和谐气氛，使居室的空间完美地集中在一个统一体内。

①居室休息区："静"是它的特点，此处的家具以卧式为宜，色彩宜淡雅，光线应柔和，给人以静谧、温馨之感。

②居室工作区：工作区泛指写字、看书区。"明"是它的条件，尽可能面壁临窗、色彩清新、光线明亮，有利于专心致志地工作。

③居室活动区："动"是此区的特点，家具造型讲究变化，色彩可采用补色以加强对比，配上合适的灯光，更增添活跃的气氛。

暗厅布置宜忌

有些暗厅位于卧室及厨房的中间，进门先入厅，方厅里没有窗，四周有门，靠门上玻璃或开门来采光，所以很暗。这种暗厅有的较大，做走廊十分可惜，如做客厅则需要在布置上动些脑筋。

①补充人工光源：光源能在立体空间里塑造耐人寻味的层次感，如将日光灯类的光源射在天花板或墙壁上，会收到奇特的效果，也可用射灯将光打在浅色墙面上，也会收到较好的效果。

②统一色彩基调：暗厅忌选用阴暗沉闷的色调，由于受空间的局限，异类的色块会破坏整体的柔和与温馨，宜选用白榉木饰面、枫木饰面、亚光漆家具或浅米黄色柔丝光面砖。墙面先用浅蓝色调试一下，在

不破坏氛围的情况下，能突破暖色的沉闷，起到良好的调节光线的作用。

③扩大活动空间：厅内不要摆放高大的家具，家具应根据客厅的情况而设计。不妨定做一组浅色的壁柜，壁柜不用过厚，可以节省空间，这样在视觉上保持了清爽的感觉，自然显得光亮。另外，应充分利用房间死角，保持统一的基调。在地面处理上，要尽量使用浅色材料，以增强客厅的亮度。

布置房间六要素

①计划布局在先：测量好房间，按简易缩排法，确定一个比较合理与满意的方案。

②选择称心满意的家具：如果是利用现有的家具，要逐件合理安排就位。

③充分利用空间：适当采用活动、多功能的家具。特别要考虑给孩子提供足够的活动空间。

④色彩力求和谐：房间要有一个总的色调，力求协调、统一。大面积的色彩要注意与其他家具的色调统一。要创造一个安定舒适的环境，色彩不能太花。

⑤照明合理、美观：最好有整体照明、局部照明、特别照明等多种用灯，一是满足生活的需要，二是利用灯光烘托调节室内的环境气氛。

⑥陈设格调高雅：墙壁的装饰品要位置得当，注意每一个面的构图，房间要留有空白的地方。有些地方要考虑重点装饰。窗帘和其他织物应力求统一和谐，陈设品应精选，不要到处罗列。

家具风格宜统一

选择家具要考虑统一的风格和整体的韵味。最好是选购成套的家具，如不是成套的家具，那么要尽量挑颜色、款式和格调较为一致的，力求形成统一的风格，如线条的曲直横斜、粗细长短，形式的凹凸起伏、方圆宽窄，以及色彩的枯润浓淡、明暗冷峻，构成部分的疏密开合、虚实显隐及把手与家具脚的形状角度等，都应服从统一的韵味要求。

客厅布置宜简约

客厅总体上宜简不宜繁。色调优雅，简洁、大方、明快；布置上不过分对称，要避免杂乱。在布置客厅时，要考虑家具、室内色彩、灯具的选择是否合适，将有限的空间安排得巧妙、合适，并适当衬托一些植物、工艺品、装饰物等，使之更有生气。客厅家具的选配，要考虑给人以充分活动空间的特点，视其空间大小而定，基本的客厅家具应有沙发、茶几和各种柜架等，或加餐桌、餐椅、灯具、衣架等。客厅应简洁、大方，宜选择淡雅的色调，淡雅的色调使人感觉宽敞、舒适，可选淡绿、鹅黄等颜色。

利用房间凹部

❶可将墙面凹进的部分改成贮藏室或壁橱，里面搭上隔板，用来存放衣物或杂物。

❷可在墙面凹进的地方放置隔板存放杂物，外面挂上颜色淡雅或质地高档的帷幕、布帘，可以作为室内的局部装饰。

❸可在墙面凹进的地方上部安上玻璃镜，下部配备小型家具，可以用来代替梳妆台或摆放日常家庭用具与物件。

❹可在墙面凹进的地方嵌入写字台或书桌，上部设置吊橱。

⑤可在墙面凹进的地方嵌入书架或博古架，用来摆放图书、盆景、花卉或古玩。

⑥可在墙面凹进的地方悬挂大幅风景画或风景照。

布置舒适睡眠区

床要设在卧室的最佳位置。床头靠墙，三面留出一定的活动空间。床不应直接摆在门的对面，应尽可能避免开门见床。卧室不宜过分宽敞，宽敞的卧室不利于睡眠。在不影响活动的前提下，卧室的空间越小越温馨，越隐秘越有安全感。如果卧室的空间过大，可用布帘隔开卧室和活动区，布帘间隔制作方便，使用灵活，可封闭，可开敞，也可半掩，并可调节房间色彩。

贴心小提示

合理利用床铺上方空间

在床的上方，可以设置床头吊柜，用来存放东西。这样还可以省去床头柜或床侧柜。

Tips

摆放家用电器六不宜

❶电视机与沙发面对面放置时，距离一般在2米左右。不宜距离太近，否则电视机屏幕在工作时产生的X射线会对人体健康产生影响。

❷电视机旁不宜摆放花卉、盆景，一方面潮气对电视机有影响；另一方面，电视机的X射线的辐射会破坏植物生长细胞的正常分裂，导致花木日渐枯萎、死亡。

❸电视机不宜与大功率音箱和电风扇放在一起，音箱和电风扇会将震动传给电视机，容易将机内显像管的灯丝震断。

❹机械手表不宜放在收音机上，因为收音机扬声器的磁场会使手表磁化，走时不准。

❺洗衣机不宜放在潮湿的卫生间或厨房等处。长期在潮湿环境下放置，会使洗衣机的铁皮锈蚀，同时内部电动机和电气控制部分也会受到潮气的损害。

❻电烤箱、电饭煲等大功率电热炊具，不宜放在离电源插座太远的地方。因为线长或经常移动会使电线外皮老化、脱落，容

易造成触电事故或引起火灾。

枕头摆设宜忌

枕头的功能是在睡卧时支持头颈部，防止因头部重量下垂造成颈椎的过分弯曲。枕头的高度不要超过肩膀到同侧头颈的距离，也就是说以6—9厘米高为佳，枕头应该较柔软，以减少头部和面部的压力。用野菊花、干茶叶填充枕芯，有清凉明目之效，夏天用石枕、木枕、瓷枕等硬质枕头，有清心消暑的作用。

窗帘选用宜忌

窗帘既有实用价值，又可作为一种装饰品来美化房间。窗帘的种类很多，如布帘、丝绸帘、塑料帘、竹帘、木帘以及金属帘。由于布帘经济实用，色彩及图案丰富而有变化，所以使用很普遍。

❶功能与质地：窗帘具有调节光线、调节温度和防止噪声的功能，它可根据房间的使用性质和要求来调节室内的光线，以防止强光。不同质地的窗帘可以在一定程度上阻挡室外冷、热空气进到室内，尤其是在夏天可遮阳。窗帘的另一功能是防止噪声，丝绸、毛绒、薄毯都是很好的吸声材料，能较好地隔绝噪声，为人营造一种宁静舒适的生活环境。

❷色调与款式：窗帘的色调应与室内的布置相协调，例如室内布置色调清淡和谐，则窗帘的色彩应艳丽些；若室内的色调已经很艳丽，则窗帘的色彩就不宜过于鲜艳。又如，暖色的窗帘会给室内带来一种热烈、温暖的气氛，冷色的窗帘能营造一种

典雅、和谐的环境；满墙落地的长窗帘则会给人一种亲切、稳重的感觉。不同色彩和形式的窗帘必须与房间内的家具、摆设与装饰品相协调，否则会适得其反。

壁纸选用宜忌

❶质地的选择。

纸质壁纸：在普通纸上印上图案，这种壁纸价格低，但易受潮变形。

化纤壁纸：化纤壁纸大都用玻璃纤维和聚乙烯纤维为原料，这种壁纸能防潮，色彩柔和，图案也优雅，但是价格比纸质高很多。

天然纤维壁纸：天然纤维壁纸大都用黄麻、大麻、棕榈为原料，是目前最好的一种，能防潮、防火，且质地结实耐磨。这种壁纸颜色丰富、自然，富有立体感。当然，价格也比纸质和化纤壁纸要高。

❷色调的选择。

房间的大小：宽敞的房间选用细小图案的壁纸，有幽雅、整洁之感，而选大型花朵则可突出花纹；小房间家具多的，就要选花纹细密的花样；家具少的则可选花纹稍大些的，这样就显得比较庄重、雍容。

房间的明暗：比较暗的房间宜选用浅暖色调的壁纸，明亮的房间可以随意选择。

居住者的年龄：年轻人喜欢暖色调，图案新颖、别致的，以增加欢乐的气氛；年长者喜欢偏蓝、偏绿的冷色调，花纹要细巧、雅致。

根据地理位置：炎热的南方或朝南的房间，适宜选择冷色调的；寒冷的北方或朝北的房间，最好选择暖色调的；朝西的房间以及亭子间，也适合选冷色调的。

房间的功能：卧室可选用偏暖色、装饰性强的花纹，会客、学习和起居共处一室的单间房间，宜用颜色浅淡且图案简单的壁纸。

装饰品摆放宜忌

装饰品的摆放和具体位置应随家具而异，它的排列组合没有固定的章法，可以根据个人的兴趣和爱好而定，但有些摆法最好能够避免，譬如行列式，一个挨着一个，或者按中轴线平分的左右对称式布局。为了使小装饰突出，可以考虑用互相对比、互

相衬托的手法来摆放。

❶色彩：五彩缤纷的彩釉小雕塑用比较素净的大块墙面来陪衬。

❷明暗：白色的瓷花瓶用深暗的窗帘布来陪衬。

❸冷暖：豆绿色的背景用红色、黄色的小玩具来对比。

❹质感：表面光滑的玻璃器皿用质地粗糙的亚麻布做衬巾。

灯光选配宜忌

一个赏心悦目的照明环境，会为你的家庭增添光彩。

❶首先要从实用的角度出发。为适应不同季节和环境的需要，可在房间内装上两种不同光源的灯具，日光灯光色偏冷，能给人凉爽之感；白炽灯光色偏暖，能给人以温暖的感觉。不同季节使用不同光源的灯，是一种比较科学的灯光选择方法。

❷根据房间色彩的具体情况，运用色彩的反射知识，精心构思，巧妙安排。例如：浅淡色墙面宜配一种富有阳光感的黄色或橙色为主色调的灯光，从而使室内环境给人以温暖之感，若是一套黄色或褐色的家具，则宜选白色或黄色灯光。夏季，室内灯光以蓝色、绿色为好，可以给人安静、舒适的感觉。

❸亮度要适当。一个 20 平方米的房间，只需要一个 30 瓦的节能灯即可；10 平方米的房间，可装一个 15—20 瓦的节能灯。

厨房布置宜注意

❶在活动线上，必须能将相关的区域——贮藏、洗涤及烹调连接起来，并且不受干扰，以达到省时、省力的目的。厨房的工作流程是由贮藏区到配置区，再到烹调区，然后是供餐、进餐，最后是清洗，主要工

作区在贮藏处、水槽、炉灶这三点。这三点间的距离以不超过6米为好，同时通道最好不穿过这三点的三角区。

❷选用的材质要以坚固、耐用及易于清理为原则，并且要兼顾厨房的功能，以及防热、防潮、隔音等特殊需要。

❸宜留有尽量大的贮藏空间，同时厨具也要精简，去掉多余的东西，这样每件东西才能有自己的存放处，厨房才能整齐、利落。

二、家庭用品购买宜忌

宜按需选购微波炉

市面上出售的微波炉种类繁多，在选购时可根据自己的需要，选择具有不同功能的微波炉。

❶机电控制式：操作简单易学，具有基本的加热功能，可以用来加热饭菜。双职工家庭、有低龄子女及高龄老人的，可以选购这种微波炉。

❷电脑控制式的：它的基本功能与机电控制式相同，只是多了辅助功能。但是，这些辅助功能普通家庭很少用到。

❸带烘烤功能的：一般来说，烘烤在国内家庭中使用频率不高，可依照实际需求选择。

抽油烟机选购宜忌

目前，在市场上有一些超薄型抽油烟机，虽然外形美观、制作考究，但其使用效果却并不理想，而且清洗比较麻烦。最好选购那些深型、大功率（单电机功率在 95 瓦以上）的油烟机。深型油烟机由于风扇为涡轮式，外形结构合理，功率大，因而具有噪音低、拆卸方便、清洗简单、吸排力强的特点。它的另外一个显著的特点是能够三挡调速，能配合使用者的需要，随时对吸排力的大小进行调整，如在煎炸食品、炒菜时用强挡，熬稀饭、炖肉、烧开水时用低速挡，可长时间运转，同时也可以节约电能。

选购电饭锅宜注意

优质的电饭锅配件齐全，外壳光洁，内锅与外锅间的空隙均匀，内锅底部光滑，无外伤。电源接通后，外壳不应带电，手指碰触时无发麻感。按下煮饭开关 5 分钟后，内锅底部温度约为 103℃。此时，限温器触点应自动断开，煮饭开关弹起，然后转入60℃保温状态。

选购电烤箱宜注意

家用电烤箱的功率为500—800瓦就可以。应选购带有控温器或定时器的烤箱，这样使用起来更加安全可靠。在选购时，除检查外观质量外，还要进行通电试验，即用电笔测试外壳，看是否有带电现象；测控温装置，在箱内达到预定温度时，是否能够自动断电；测定时开关，看是否能按时切断电源；检查所有的按键、开关，看反应是否正常，显示是否正常。

选购菜刀宜注意

优质的菜刀，夹钢应无裂痕；刀口要整直；在日光下观察刀口处应无发蓝光、发黄光的地方。另外，优质的菜刀，将其压在另一把菜刀的刀背上，从刀根推至刀尖，刀背上会出现均匀的刀印。

菜板宜选木制品

菜板应选购木质的，因为塑胶菜板不吸水，在瓷砖或不锈钢的调理台上遇水极易滑动，切菜重心掌握不好时有失手的危险。木质切菜板应选择较重的材质，一般以厚重的白果木、柳木制作的为好。

电动剃须刀选购宜忌

选购好的电动剃须刀，除外观精美，并且无划痕外，还应注意其内在质量，打开开关后声音均匀、无杂音。选择旋转式剃须刀应将其网罩拆下，检查刀片是不是都能弹起。试用时应发出较大的声音，且不夹胡子。

瓷器选购宜忌

①验：大多数瓷器的底部都有表示等

级的印记，圆形印记为一等品，四方形印记为二等品，三角形印记为三等品，等外品的底部印有“次品”字样。

❷看：看瓷器表面是否光滑；内、外壁上有无裂纹、釉泡、黑斑，彩绘是否清晰美观。

❸敲：用食指轻轻弹击瓷器边缘，若声音清脆，则表明瓷器胎质细密，质地较好。若声音沉闷沙哑，则表明瓷器有破损或是没烧好，质地较差。

不锈钢制品选购宜忌

❶形状比例是否对称、有规则。

❷花纹是否清晰鲜明。

❸各部位安装是否牢固。

❹看表面有无划伤磕碰和砂眼等情况。

❺用指甲盖沿着边缘滑动，如果没有声音和碰刮感，说明无飞边毛刺；可以用棉纱沿边缘滑动，如棉纱有挂丝、断丝现象，说明有飞边毛刺。

雨伞选购宜忌

看：打开伞，迎着阳光，检查伞面是否有脱线、细洞、色差等现象。

查：检查面料的防雨性能，看布伞伞面经纬度是否紧密；如果是尼龙伞，把手放在伞下，对着伞吹气，不透气的质量较佳。

撑：把伞试撑五六次，手指按动开伞按钮时伞应自动张开，伞打开后，晃动几次，骨架结实者为佳；关伞后晃动几次，不会自动张开者为佳。

蚊香选购宜忌

观色泽：有毒蚊香制作粗糙，有较大颗粒杂质，颜色深浅不均匀，分盘时极易断裂，点燃后易熄灭；无毒蚊香制作精细，颜色均匀，一盘蚊香可点燃 5—7 小时。

看火焰：有毒蚊香点燃时，火焰呈绿色，冒黑烟；无毒蚊香点燃时，火焰呈黄色，烟雾为青白色或白色。

闻气味：有毒蚊香点燃后，香味过于浓重刺鼻，令人头晕恶心；无毒蚊香点燃后，烟雾清薄淡雅，有令人愉悦的芳香味。

察灰烬:有毒蚊香的烟灰呈黑色;无毒蚊香点燃后,烟灰呈白色。

计算器选购宜忌

在计算器输入“11111111”,然后按一下乘号,接着再按等号,如果这时显示屏上出现 1234567.8,则表明这台计算器的数码显示正常。另一种方法是在计算器中输入“11111111”,然后乘以 9,如果显示屏上出现 99999999,则表明计算器的数码笔画不缺。

竹凉席选购宜忌

❶量好家中床的宽度,不要选购过长、过宽、过窄或者过短的凉席。

❷凉席面的色泽要基本一致,篾条的厚薄、粗细都要均匀。

❸凉席四角应方正统一,整个席面应紧密、平整,篾条无破口,包边要整齐,接头要隐蔽。

藤质家具选购宜忌

❶应选购藤材优质的家具。如质地表皮起皱纹、粗松,则是采用幼嫩材料制造的。这种材料没有韧性,容易腐蚀折断。

❷双手抓住家具边缘,轻轻摇一下,看看框架是否稳固。

❸最后观察家具表面的光泽是否均匀。

三、家庭用品使用与保养宜忌

洗涤衣物宜定时

应根据衣物的脏污程度和数量来确定洗衣机运行的时间。衣服的洁净程度主要与衣服的脏污程度、洗涤剂的品种和浓度有关，而同洗涤时间没有关系。即使超过规定的洗涤时间，衣服的洁净程度也不会有很大提升，而电能却白白耗费了。所以，要根据衣物的脏污程度和种类，合理地控制洗涤时间。一般来说，洗涤毛织品、丝绸等精细衣物的时间应该短一些，可将洗涤时间定为2—4分钟；洗涤麻、棉等粗厚织物的时间应该稍长一些，洗涤时间定为5—8分钟；特别脏的衣物在洗涤时间上可再相应延长一些，但最好不要超过12分钟。减少衣物的洗涤时间不仅能够节电，而且还能适当延长衣物和洗衣机的寿命。

抽油烟机宜早开晚关

早开晚关指的是应在点燃煤气的同时或之前开启抽油烟机；关上煤气后，应过一会儿再关抽油烟机。一般说，煤气燃烧20分钟，对人体有害的氮氧化物超标9倍以上，一氧化碳超标10倍以上。而在点燃煤气后就使用排烟设备，则只超标1倍。如再延长排烟时间，可很快将燃烧所产生的有害物质排除干净。

电磁炉的使用保养宜忌

电磁炉是应用电磁感应加热原理制成的新型炉具，它有别于煤气炉、微波炉、电炉和其他传统炉具，在使用与保养方面，宜注意以下几点：

❶用专门插座。电磁炉功率很大，一定要用安全性高的插座。

❷锅具忌过重。电磁炉不同于砖或铁等材料结构建造的炉具，锅具一般不应超过5千克。

❸放置要平整。放置电磁炉的桌面要平整，特别是在餐桌上吃火锅时更应注意。

❹锅具有讲究。最好选配铁磁性材料制作的锅具。如铁锅、不锈钢锅、搪瓷锅。使用时要放置在电磁炉中央，并且锅底保证有一定的平面与电磁炉充分接触。

❺电磁炉加热至高温时，瞬间功率忽大忽小，容易损坏电磁炉机板，应避免将锅具拿起放下。

❻避免干烧。不要让铁锅或其他锅具空烧、干烧，以免电磁炉面板因受热过高而裂开。

❼正确关闭。电磁灶产品使用完毕后，应把功率挡位调至最小位置。关闭电源后，再取下铁锅，这时面板仍在加热中，切忌用手直接触摸。

高压锅使用五不宜

❶不宜过满。锅内食物应不超过容器的五分之四。要留出五分之一的空间，以使蒸汽有循环流动的余地。

❷不宜马虎。使用前要仔细检查阀座

中心孔是否通畅，安全阀是否完好，两只手柄是否完全复合。

❸不宜用其他金属片代替安全阀熔片。如发现安全阀排气，说明阀中的低熔合金片已经熔化，应更换上新的专用合金片再用，切忌用布条或铁丝等堵塞。

❹不宜在限压阀上放东西，否则会阻塞锅内的气体正常排出。

❺不宜在离开炉火后马上取下限压阀。蒸煮时，蒸汽从气孔内徐徐排出后，再加限压阀。当发出较大的声音时，应立即减火降温。锅盖应自然冷却或用冷水冲，待锅内气压降低时，取下限压阀，放净气后再开盖。否则，锅内气体会喷伤人。

电饭锅使用宜注意

❶用电饭锅焖饭时，把内胆放入外壳后要左右转动几次，使内胆与电热板紧密接触。

❷内胆与电热板表面要保持干净，以免接触不良。

❸电饭锅的内胆是铝制品，应避免碰撞变形。如果内胆和电热板接触不吻合，可能会烧毁电热板和控温器。内胆变形后应及时更换，不可用普通铝锅代替使用。

❹电饭锅只有在煮饭时才会自动跳闸，如果炖其他食物，要煮到水干时才会自动断电。所以应掌握火候，适时拔掉电源插头。

❺不要煮酸、碱类或太咸的食物，也不宜放在潮湿处，以防锈蚀。用电饭锅煲汤、炖肉时应有人在场，防止水外溢流入电器内而损坏电热元件。

❻电饭锅的内胆可以用水刷洗，但是它的外壳、电热板和开关等都不能湿洗，可用干布擦净。

❼要先放内胆，再插电源插头。取内胆时也应先将电源插头拔掉，以免触电。

开关电视机不宜直接拔插头

关闭电视机时，不宜采用直接拔电源插头的方法，因为插头在插进拔出时，会造成电路时断时续，使电流突然间增大，既消耗电能，又很容易使电视机内部零件损坏。正确的开关方法为：先将电源插头插在插座上，再打开电视机开关；看完节目后应先将电视机开关关闭，再将电源插头拔出。切忌用直接拔插电源插头的方法代替电视开关来关闭电视。

电热水器宜常通电

如果每天都要使用电热水器里的热水，并且家里的电热水器具有比较好的保温效果，那么最好让热水器始终处于通电状态，并将电热水器设置为保温状态。因为保温一天所消耗的电能，比把同体积的凉水加热到相同温度所消耗的电能要少。这样不仅使用热水十分方便，而且还能达到省电的目的。

巧使热水器喷头出水通畅

燃气热水器的淋浴喷头经过长时间使用，便会使喷头里外留下许多水垢，水流就会变得越来越细。可以在一个口径比喷头大一些的碗或杯子里倒入适量的食用醋。把喷头卸下来后（喷水孔朝下）泡入醋内。浸泡8小时后取出，用清水冲洗干净后，就可正常使用了。

安装空调宜注意

空调最好安装在远离门口的位置，避免因为开关门而造成能量损失。应当使空调内侧回风吸入口与相邻墙壁保持50厘米的距离，室外部分也应当距墙壁25厘米以上，以便使空调的制冷效率得到提高。切忌在空调通风口附近堆放杂物，避免因冷气流通受阻而使制冷效率降低，从而造成浪费。另外，通风管道的通风口被灰尘等污染物堵塞，也会降低制冷效率。经常对通风口进行清洗，可加大10%的风量，从而达到节能的效果。

装空调宜选背阴面

在安装空调时，应该尽量选择房间的背阴面或背阴的房间，使空调避免接受阳光的直接照射，夏日的灼热阳光很容易将外机晒热，从而降低空调自身的散热效果，并且将使电力消耗增加约16.5%。如果条件不允许，室外机只能选择装在向阳的一面，应该在外机顶部上加装遮阳篷。

空调使用宜忌

在使用空调时，可将房间内的空气提前换好。在空调的使用过程中，宜尽量避免开门开窗。如果想停机让室内外的空气进行交换，最好在开门开窗前20分钟将空调关闭。窗式空调和有换气功能的空调在室内没有异味的情况下，不宜经常开通风（新风）开关换气，这样可以节省5%—8%的电能。在夏天，最好避免在空调房内使用热气炉、吹风机、电炉等发热器具。否则，会使室内温度升高，加重空调的运转负荷。

空调宜常清洗

空调在使用一段时间以后，过滤网上便会积聚大量的灰尘。这些污垢能够使气流循环受到阻碍，对输出冷空气造成阻碍。所以，最好半个月左右对过滤网清扫一次，如果积尘太多，应将其放在不超过45℃的温水中洗净。此外，还应对制冷器和接水盘进行清洗擦拭，不仅能够减少能耗，还可以避免空调滋生细菌。条件允许的家庭也可请专业人士对室内机进行清洗、对室外机的热翅片进行更换。做到以上几点，可以节省约30%的电能。

微波炉的保养宜忌

①微波炉在清洁前，应将插头从电源插座上拔掉。外壳用一般软布擦拭即可。

②炉门要保持透明、密封。油腻或渣子可选用中性洗涤剂或肥皂水擦拭。

③炉盘架和玻璃盘可取出炉外，用中性洗洁精擦拭，再用清水冲洗、擦干。

④要经常保持炉体内干燥。使用后，将炉体内的水蒸气散发后，再将门关上。

⑤开关炉门要轻，否则易损坏密封装置，缩短炉门的使用寿命，并造成微波泄漏。

燃气热水器保养宜忌

①使用时，不要将全部窗户都关死。

②在使用前先检查有无漏气、漏水现象。

③宜放置在室内通风良好处，周围切忌有热源。

④热水器不要装在洗澡间。不要堵死墙上的通气孔，要保持窗户与通气孔或门窗空气对流。

实木地板保养宜忌

①首先要避免使地板受潮，应在地板靠近水的地方作防潮处理，例如在浴室门口铺一块踏垫，避免把水汽带到木地板上，雨天时关闭窗户，避免雨水溅入。

②阳光的照射也会对实木地板的木质造成损坏，从而影响使用年限，因此最好尽量避免让日光直射木地板，并使室内保持

通风。建议加装窗帘或把木地板铺设在阳光无法照射到的地方。

③养护天然漆木地板应该将地板清洁干净以后，涂上一层稀释的地板上光剂。如果地板的使用率相对频繁，可适当将上光剂的浓度加大。一般情况下，起居室应该每月养护一次，而经常出入的客厅、厨房等每周都要进行保养。

④养护油蜡木地板时，可先将地板完全清理干净并保持干燥，然后将一薄层轻油蜡涂在地板表面，用软布擦拭地板并擦去多余的油蜡，从而避免产生亮斑。不要急于使用涂过轻油蜡的地板，应等其自然风干后再使用。

贴心小提示

木地板凹坑巧复原

把一块比地板坑大的棉花浸湿拧干后，平铺在坑内，然后用电熨斗的蒸汽熏蒸，很快坑就会膨胀起来并恢复原状。

TIPS

瓷器裂缝如何修补

洗刷瓷器时有时会不小心失手，导致瓷器出现裂缝，这会影响瓷器的美观，但扔

掉又可惜，特别是成套的瓷器。下面介绍一种方法，只要一些牛奶就可以让瓷器表面的裂缝迅速消失。先将牛奶倒入锅中加热，然后将有裂缝的瓷器放入奶锅中，煮10—15分钟，取出瓷器，冷却后裂痕就消失了。如果瓷器是深色的，可以将牛奶换成咖啡，因为咖啡中的主要成分也是蛋白质和脂肪。若瓷器是其他颜色的，可以用颜色与其相近的含有胶质的饮料来消除其裂缝。

换气扇转速慢怎么办

在运行换气扇时，如果风扇转速很慢，通常转几秒钟后又会自动停下来，有时甚至会停止转动，只剩下电机发出的“嗡嗡”响声。导致这种现象出现的原因可能是电机内积存了过多的油垢、灰尘所致。积存的灰尘、油垢经过长时间的混合后，会产生很大的黏性，最终导致风扇难以转动起来。遇到这种情况，只需在电机的轴承处滴上几滴机油，同时边滴油边转动电机，使机油将轴承内的污垢溶掉，即可恢复转速。

镜子漏光点巧修补

如果镜子背面的镀银因为局部脱落而发生漏光时，可选取一片比漏光点略大的锡箔（如烟盒中的锡纸），用透明胶将它粘在镜子背面的漏光点处，即可使漏光点消失，让其完好如初。

家具擦痕巧消除

如果擦痕只伤到漆面，而漆面下的木质并没有受到损伤，可采用以下方法为家具除痕。

❶软布蜡液法。对于家具上的细小擦痕，可以用软布蘸取少许已经熔化的蜡液，将其涂在漆膜擦伤的地方，并使伤痕被完全覆盖。等蜡液完全变硬后，再涂一层，如此反复，便可掩盖漆膜的伤痕。

❷蜡笔法。选用和家具同一颜色的颜料或蜡笔，将其涂在家具的创面上，并使外露的底色被覆盖，然后用透明的指甲油薄薄地涂一层即可。

❸咖啡法。如果是深色的家具被擦伤，可用软布蘸取适量咖啡涂抹在刮伤处。待咖啡干了之后，再用湿布擦干净，依照上法再涂抹一次。经过这样的处理之后，刮痕就不那么明显了。

如已经伤及漆下的木质，则可采用修补家具的混合剂修补，但必须保证家具油漆的颜色与使用的混合剂颜色相同，修补后再打蜡抛光，使其平整即可。

铝锅不宜久置不用

铝锅长期不用，若存放不当会受到酸性物质或空气中的水腐蚀，在锅的表面出现一块一块的斑点，甚至还会出现一个个小洞，影响正常使用。因此，若长期不用铝锅，宜用干净的纸包裹起来，放在通风干燥的地方储存。

不宜用电饭锅烧水

将相同温度、相同体积的水烧开，相同功率的电饭锅的耗电量是电水壶的4倍。

铝铁制品不宜混用

铝是人体所需的微量元素之一，日常饮食中对铝的摄入量已经能够基本满足人体的需要。如果铝在体内积累得过多，将会对人体造成很多危害，如影响钙的吸收而易骨折，抑制胃酸而使消化功能紊乱，易使脑功能受损而出现痴呆症等。如果铝铁炊具混用，会使更多的铝进入菜肴中，使体内的铝含量迅速增加，因此，烹饪过程中不宜将铝铁炊具混用。

餐具不宜装饰过多

釉彩靓丽的陶瓷餐具、装饰可爱的塑料餐具、被漆上色彩的木质餐具……这些装饰过多的餐具外表好看，却存在着很多安全隐患，在选购和使用时要格外注意。这些不同的装饰中通常都会含有铅、镭、镉、汞等金属元素，在制作和使用的过程中极易析出，从而对身体产生不同程度的危害。还有一些不法的加工制作者，用釉彩、油漆等掩盖原材料的劣质和缺陷。因此，为了自身的安全，不宜选用装饰过多的餐具。

沙锅的使用禁忌

沙锅适合炖煮食物，不宜用来炒菜或熬制很黏稠的食物。新沙锅在使用之前可以煮一次淘米水，这样可以堵塞沙锅微细的小孔，防止渗漏，延长沙锅的使用寿命。每次使用沙锅时，要擦干表面，放在火上宜用小火，不宜干烧。此外，刚从火上移下的热沙锅不要放在瓷砖或水泥地板上，否则会因骤然遇冷或冷却不均而炸裂。

使用不锈钢厨具禁忌

❶不锈钢厨具不宜长时间存放汤、菜或各种调味品，否则会发生化学反应，使有毒的元素释放出来。

❷不能空烧，否则会使表面镀层老化脱落，影响使用。

❸清洁不锈钢厨具不宜使用强碱性、强酸性的清洁剂和漂白粉等，也不宜用质地过硬的钢丝球，每次使用完要及时清洗干净，保持干燥。

刀具的使用禁忌

❶厨房使用刀具忌一刀多用，出于健康的考虑，切生食、熟食的刀具要分开，切肉食、砍骨的刀具也要分开。

❷砍、切骨头等硬物卡住刀刃时，切忌左右摇晃拔刀，这样容易使刀刃断裂或出现缺口。

❸使用刀具时为避免发生危险，一定要集中精力，不可三心二意、张望左右。暂时不用的刀具收放时要避免刀尖和刀刃暴露在外。

菜刀防锈、除锈宜忌

把磨好的菜刀浸泡在石灰水中，使用时取出，用后再放进去，能防止菜刀生锈且很干净。另外，每次用后用开水浇一下，也可防锈。

对于已经生锈但不严重的菜刀，可用

食醋先擦洗一遍，再用温水清洗，就能洗掉锈迹；用盐水洗擦锈处也有同样的效果；或者用淘米水浸泡，防锈且除锈。

使用酒精炉的禁忌

忌在封闭的环境中使用酒精炉，保持通风良好才能避免空气中因酒精含量过高而引起燃烧或爆炸。在户外使用酒精炉时，应尽量避免环境温度过低，否则酒精会燃烧不充分。添加酒精时一定要先灭火，以免发生火灾。酒精燃料最好密封，存放在阴暗通风的地方，远离其他易燃物品。

使用铜火锅的禁忌

铜火锅使用之前要清洁干净，去除铜锈，这是因为铜锈是有毒的化学物质，会对人体造成危害。使用时一定要先加水，避免空烧导致火锅变形、开焊或损坏。用完后要把锅内剩余的食物倒出，及时清理干净，否则，残余的汤汁会与铜火锅发生化学反应，使火锅被腐蚀。

电冰箱除霜宜忌

大多数电冰箱都装有除霜装置，及时除霜可以保证电冰箱的制冷功效并节省用

电。对于无法自动除霜的电冰箱，可采用下面的方法。首先，切断电冰箱电源，清空箱内食品。然后，找一个或两个铝制饭盒，装上开水后放入冷冻室内。冷冻室壁上的霜块数分钟后就会脱落(尚未脱落的，可用手轻轻取下来)。要注意的是，冷冻室顶部如果是塑料蒸发板，就要盖上铝饭盒的盖子，以免低温下的塑料内壁突遇高温热气

而变形。比起断电后让冰箱自行升温化霜，这种方法省时得多。

厨房台面日常保养宜忌

干净光洁的不锈钢、珐琅质的厨房台面，很受家庭欢迎。可用久后，台面表面就会变得雾蒙蒙的，没有光泽。水流中的氯离子是导致台面暗沉的罪魁祸首。只要每次使用后，随手用抹布把台面擦干净，就能保持操作台面光洁如新。一般情况下，用湿布就可以擦净台面。湿布擦不净的污渍，可用肥皂水或中性清洁剂清洗，切忌使用腐蚀性强的清洁剂。而且，不同材质的厨房台面要用不同的清洁用品。磁砖台面可以用刷子蘸去污粉刷洗。特别脏的地方用厨房专用漂白剂漂白；珐琅质的台面要少用去污粉，用普通的厨房洗洁剂即可。特别脏的污垢才可用去污粉清洗；不锈钢台面最好用海绵蘸厨房专用洗洁剂清洗。洗不掉的污垢，可用牙膏刷一刷。如果上述方法都没有效果，再考虑使用去污粉。不锈钢台面要避免使用钢丝球或尼龙刷，以免擦伤。非镜面的亚光台面，可使用黄色菜瓜布蘸洗洁精，以画圆的方式轻轻擦。另外，不要将热锅直接放在台面上，也不要让台面直接接触丙酮、松香油、染料剥离剂等粗糙的化学品。这些动作都会损坏台面，所以准备一些隔热垫非常有必要。平时切东西时准备砧板，不要把台面当砧板使用。这些小习惯能帮您保持台面光洁如新。

食盐的妙用

❶撒盐能铲下粘在锅上的面。

一般来说，炒面时粘在锅上的面用铲子把它铲掉的难度是非常大的。此时可以将盐撒在锅面上，这样，就很容易铲下来了。

❷用盐水清洗下水。

清洗猪肚、猪肠时，加适量盐和碱，反复揉搓，不仅能清洗干净，还可除去异味。

❸藕切好放入盐水中不变色。

藕切好后放入盐水中腌一下，再用清水冲洗，这样，炒出来的藕就不会变色了。

❹豆腐在淡盐水中浸泡不易破碎。

白嫩的豆腐先在淡盐水中浸泡半小时，烹调时不易破碎。

❺淡盐水漱口预防感冒。

用淡盐水漱口，不仅对喉咙疼痛、牙龈肿痛有治疗和预防作用，还能预防感冒。

❻桃放入盐水里浸泡易剥皮。

把鲜桃放入盐水里浸泡 1 分钟后，用手轻轻一搓，桃皮便很快脱落。

糖的妙用

❶糖能除牙齿烟垢。

吸烟者牙齿变黄或变黑后，先取适量的红糖含在口中 10 多分钟，使牙齿都浸泡在糖液中，然后用较硬的牙刷反复刷 2—3 分钟，漱净。再用盐碱水（放等量的食盐和食碱溶于水中）刷牙 1—2 分钟，早晚各一次，一星期后，一般牙垢即可去除。

❷给花加糖寿命长。

插花瓶中加点糖，可延长开花时间。

❸炒苦瓜放白糖更可口。

炒苦瓜时加点白糖，再淋少许醋，不仅能减轻苦味，还能使烹出的菜吃起来特别清香可口。

❹皮革在糖水中浸泡更有光泽。

皮革手套和皮帽使用久了以后，在硝化处理时，在糖水中浸泡一会儿，皮革就会柔软而富有光泽。

四、物品清洁与收纳宜忌

清洁马桶忌用热水

有的家庭清洁马桶时喜欢用热水，认为那样会更干净，其实不然。清洗马桶不可以使用热水，热水易使马桶裂开，用温水加中性清洁剂清洗即可。

家具清洁两忌

❶不要用干抹布擦拭家具。

很多人习惯用干的抹布来清洁擦拭家具的表面，其实这是错误的，抹布中含有大量的灰尘，而灰尘又是由纤维、沙土构成的。这些细微颗粒在来回擦拭的摩擦中，已经损伤了家具漆面。虽然这些刮痕微乎其微，甚至肉眼都无法看到，但久而久之，就会导致家具表面黯淡粗糙，光亮不再。

❷不能用肥皂水擦家具。

肥皂水、洗洁精等清洁产品不仅不能有效地去除堆积在家具表面的灰尘，也无法去除打光前的硅砂微粒，并且因为它们具有一定的腐蚀性，因而会损伤家具表面，使家具的漆面变得暗淡无光。

布艺沙发清洁宜忌

布艺沙发要定期吸尘，有时间的话最好每周进行一次，沙发的扶手、靠背和缝隙也必须顾及。用吸尘器时，不要用吸刷，以防破坏纺织布上的织线，甚至可能导致织线被扯断，可考虑用小的吸尘器来清洁。隔一段时间后再用清洁剂清洁一次，但必须要把清洁剂彻底洗掉，否则更易染上污垢。带护套的布艺沙发一般均可清洗，弹性套可以在家中用洗衣机清洗，较大型棉布或亚麻布护套则可拿到洗衣店清洗。

凉席忌用水清洗

在夏天，人们为了凉爽，喜爱铺一些用黄麻、棉纱等编织而成的凉席。但凉席容易变脏，需要经常清洗，于是有人把席子直接浸泡在水里刷洗，认为这样才能彻底去汗去污。其实，这样只会让席子更易霉变或被损坏。要保持凉席的清洁卫生，应该将潮湿干净的毛巾或布拧干后，按凉席的纬向轻轻擦拭，多擦几次至水清，晾干即可。

电视机清洁宜忌

在清洁电视机的外壳时，先将电源插头拔下，切断电源，用柔软的布擦拭，不要

用汽油、溶剂或任何化学试剂清洁机壳。

电视机的荧屏极易招灰，应经常清洁，可用专用清洁剂和干净的柔软布团擦拭，能清除荧屏上的手指印。污渍及污垢用棉球蘸取磁头清洗液擦拭，最后一定要擦干。

电视机在使用一段时间后，内部会积满厚厚的一层尘埃，对电视机的使用寿命产生影响，电视机的内部要每年清洁一次。清洁前先切断电源半小时，再打开电视机的后盖，用电吹风将积尘吹净，然后用蘸无

水酒精的棉球擦洗电路板，用干布团轻擦内部线路，最后用电吹风吹干即可。

空调清洁宜忌

在清洗空调时，将空调功能键选在送风状态下运转 3 小时左右，使空调内部湿气散发。然后关闭空调，拔掉电源插头，用柔软的干布擦净空调外壳的污垢，注意千万不要用热水或可燃性油等化学物质擦洗。然后，可取出空调的过滤器，用清水冲洗或用吸尘器清洁过滤网，晾干后重新装入空调内。需要注意的是，清洁室外机时，可用清水冲洗室外机冷凝器表面，待晾干后将机罩盖好，其他部位不可进水。

笔记本电脑清洁宜忌

应该养成定期清洁笔记本电脑的习惯，这是十分必要的。在清洁时，要注意一定要先关机，并且取出电池，然后用无绒毛湿布轻轻擦拭。对于经常使用的部件更要着重清

洁，如鼠标触摸板因表面有污垢而不能正确响应时，可用一块柔软微湿的棉布轻轻擦拭其表面，然后再用干软布擦干。清洁键盘时，应先用真空吸尘器装上最小的软嘴，将键与键之间的灰尘吸净，然后再用软布擦拭键帽。

若笔记本电脑外壳采用了碳纤维合金材料，一般来说，油性较重的如圆珠笔、油性水笔等留下的污迹可以比较容易地用纸巾或湿巾擦拭干净。但在镁铝合金等传统材质上，这些污渍是比较难以除去的。

电风扇清洁宜忌

在清洗电风扇时，先将风叶、网罩、电机壳和底座上的尘土污垢擦拭干净，以保持其外表整洁，防止污物腐蚀电风扇，然后用软布蘸肥皂液擦拭，再用干布擦干即可。

清洁电风扇时，切勿用汽油、酒精、苯等溶剂擦拭，以免损伤油漆而失去光泽。

相机镜头清洗宜忌

照相机的镜头很容易沾上灰尘，镜头上若有少许灰尘，不会对拍摄产生多大影响，所以不要过于急着处理，以免因手边没有恰当的工具而损伤镜头。

照相机镜头的擦拭步骤为：先用软毛刷或吹风机将灰尘除去，再将镜头布打湿，轻轻擦拭相机镜头即可。

打印机清洗宜忌

清洗打印机时，首先应取出打印色带，松开打印头的固定螺丝或锁紧装置，卸下打印头和打印头电缆，然后将打印头的前端朝下放入无水酒精中浸泡数小时。经过浸泡后，如污物仍没除去，可用小毛刷、医用注射器等工具刷洗或冲洗，也可以手持打印头直接在酒精溶液中涮洗。最后接好打印头电缆，将打印头安装在字车上，调整好打印头与打印胶辊的间隙，即可完成打印机的清洗。

饮水机清洗宜注意

如果发现饮水机加热时效率下降并发出噪声，可能是因为饮水机长期使用，纯净水或矿泉水形成了水垢。可用食用柠檬酸配成一定浓度的清洁液，像常规的饮用水一样，将配制好的清洁液桶扣置在饮水机上放置4个小时，打开放水阀门，放出水垢粉尘液，再冲灌三四桶清水，水垢即可被彻底清除。

醋去污法

❶醋能清除异味。

将白醋倒入敞口瓶或碗中，放入冰箱中可除异味。用醋擦拭碗橱，可除碗橱异味。

刷过油漆的房间，放上一碗醋可除异味。手或刀上沾了鱼腥味，用少许醋搓擦，再用清水冲洗，即可除去腥味。将毛巾在醋溶液中浸湿后在房间里挥动，可消除房间里的烟气。

❷醋能清除厨房油垢和锈斑。

厨房中的木质用具沾染上油垢，用醋水擦洗可使其恢复原来的面貌。

厨房中的塑料用具如篮、筐等，网眼积存油污，用刷子蘸醋和肥皂水刷洗，再用清水冲刷后会光泽如新。

新铁锅壁上有一层黑灰和锈斑，可在锅里倒些醋，放火上烧，待醋发出响声时，用丝瓜络蘸醋擦拭，然后用清水冲净即可。

将菜刀或剪刀在醋中浸泡一夜，既光亮又锋利。

洗涤有铜绿锈迹的织物时，用10%的醋酸溶液浸过后，即刻用温热水搓洗，铜绿锈迹即被除去。

白酒的妙用

❶白酒可保鲜。

醋瓶内加点白酒，可增加醋的美味，久存不坏。

将鲜姜浸于白酒内，可久存不

坏。

在活鱼嘴里滴几滴白酒再放回水里，放在阴暗透气的地方，即使在夏天也能活3—5天。

油炸花生米盛入盘中后，趁热洒少许白酒，可保持花生米酥脆不回潮。

❷白酒的烹调妙用。

在姜汁鸡蛋汤里加一些白酒，味道鲜美。

做菜时醋放多了可加点儿白酒，能减轻酸味。

烹调油脂较多的肉类、鱼类时，加点儿白酒，可使菜味美而不腻。

将河鱼在白酒中浸一下，再挂糊油炸，可去泥腥味。

在冻结的鱼体上洒些低度白酒再放回冰箱，鱼很快即解冻，也不会出水滴和异味。

切忌勤洗抽油烟机

在清洗抽油烟机时不需对风叶进行擦拭，可选择将清洁剂喷洒在风叶上，然后让风叶旋转甩干，避免因风叶变形而增加阻力造成电能的浪费。频繁对抽油烟机进行拆洗也会导致零件变形，从而使阻力增加，加大电能的消耗。其实，油烟通常是不会进入电机的，只要对其表面进行擦洗就可以了。

洗衣前宜先浸泡

无论是用手洗还是机洗，都要将衣物

先浸泡在液体皂或洗衣粉溶液中10—15分钟，衣物容易脏的部位，如袖口、领子、被头等还要在浸泡后进行人工搓洗，这样做

可以减少漂洗次数，起到节水的作用。

洗涤剂添加宜适量

洗衣时适量添加洗涤剂可以使衣物洗得更干净，过量投放则会导致漂洗不净。肉眼看到漂洗完的水已经基本清了，用手一摸，很滑，水中尚有很多泡沫，如果不再漂洗几遍，晾干的衣服上就会出现一个个白圈。因此，洗涤剂要按照水量、衣服的多少、污渍的多少和污渍的难洗程度来投放。以洗衣粉为例，额定洗衣量 2 千克的洗衣机，在低水位时使用低泡型洗衣粉，洗衣量少时约需 40 克，高水位时约需 50 克。按用量计算，最佳的洗涤浓度为 0.1%—0.3%，这样浓度的溶液表面活性最大，去污效果最佳。

菜刀清洗宜注意

菜刀用完之后一定要洗干净，并要擦干水分，这样不容易变钝或生锈。此外，菜刀洗净后最好用热水烫一下再抹上一层食用油以防生锈，若遇上晴天就将菜刀拿出来晒晒，可起到杀菌消毒的作用。

巧去砧板异味

砧板用久了会产生异味，即使用洗洁精也很难清除。这时只要用洋葱或生姜擦一遍砧板，再用热水冲洗即可。

将砧板放入淘米水或泡豆腐水中浸泡 10 分钟，再加碱、食盐刷洗，用热水冲净后异味就消失了。

贴心小提示

用砧板切鱼

每天都要使用的砧板，有了异味可不好，其中鱼腥味就特别容易残留在砧板上。使用有鱼腥味的砧板，还会影响其他食物的味道。要避免这种情况，最好固定用砧板的某一面来切鱼，加上标记。现在，市面上也有销售单面加印“切鱼专用”字样的砧板。

Tips

塑料制品清洗宜忌

厨房内的塑料制品使用频繁，难免会

相互碰撞而产生裂纹。使用洗洁精也很难清除堆积在这些裂痕中的污垢，可利用漂白剂的杀菌消毒作用，加水冲洗。另外，塑料制品不能用温度过高的水清洗，因为塑料遇高温会释放出对人体有害的物质。这种有害物质会导致视力减退、视野狭窄、夜盲症等疾病。因此，不要长期使用塑料餐具，也不要用塑料餐具盛装热的食物。

餐具清洗宜忌

热水中放少许面粉，打成极稀的面汤，可清除餐具上的油污，而且特别干净。

盆、碗上粘有油污，可用草木灰或锯末儿擦一擦，再用温热的淘米水洗净。

长时间不用的碗、碟、筷堆积了污垢，可用食盐和醋洗刷，也可用去污粉。

切菜用的砧板，不要用太烫的水清洗，以免木板开裂变形。

塑料餐具上的污垢，只能用布蘸醋、碱或肥皂擦洗。去污粉、洗洁精会磨损餐具表面的光泽。

盛放面粉、鸡蛋液的餐具应该先用凉水浸泡，再用热水清洗，以免残剩的食物遇热黏附在餐具上。

茶杯、茶壶有了茶垢，可用细盐、食用碱或牙膏擦洗，熟石灰调成糊也可去除茶垢。

用醋擦拭铝质器皿，待干后用水冲洗，即可光亮如新。

洗餐具宜按顺序清洗

很多人洗东西不分类，直接倒入洗洁精，抓到什么洗什么。这样做既浪费洗洁精又浪费时间。下面就介绍一些小窍门，帮助你高效率地完成清洗工作。

首先，根据油污的多少来安排清洗顺序。先洗油污少的，再洗油污重的。洗完油污重的餐具，洗洁精的去污效果就会大减，必须适时添加。相反，如果餐具没什么油污，洗洁精就可以一用再用。所以，从比较干净的东西开始洗，会节省很多洗洁精。另外，橘子皮、柑橘皮的擦拭效果也很不错，其中包含的柠檬酸能有效分解油污。

平底锅清洗宜忌

把平底锅一端微微抬起，挤适量洗洁精在湿的百洁布上，仔细擦掉锅内油污。转动平底锅，反复擦洗直至每个部位都干净。最后，用清水冲净、抹干，放在通风干燥处。

去除瓶内油污

瓶内倒入半瓶淘米水，按住瓶口用力摇动，可去除油污。如瓶内油垢较重，可放入一把米上下晃动，冲洗干净即可。

用热碱水，按上述办法冲洗。

对于不易冲洗的瓶底油污，可用铁丝钩住棉花或者布条，对准油污来回擦洗。

碎蛋壳加少许醋，倒入瓶中用力摇晃，也可去除油污。

妙方除水锈

用苏打水除水锈。壶内加满水，倒入适量苏打粉加热几分钟，倒掉苏打水，即可轻松刷除壶体内侧的水锈。此法尤其适用于铝质水壶。

用丝瓜络防水锈。使用水壶时，放入适量丝瓜络。每隔一段时间，取出丝瓜络，清除上面积累的水锈，然后放回水壶继续使用。此法可有效防止水壶生锈。此外，干净的棉花或“豆包布”也有同样的效果。

用土豆去水锈。壶内放几个洗净的土豆，煮上三四个小时，就可清除壶内的水锈。

微波炉清洁宜忌

微波炉内壁很容易粘上油垢，尤其是烹调肉类时，飞溅出来的油点黏附在内壁上，很难清洗。首先，将一大碗热水放在炉中加热至沸，利用热水产生的蒸汽，用湿布擦净油渍。然后，用洗洁精擦拭一遍，再分别用干净的湿布和干布抹擦。如果仍不能除净污垢，可用塑料卡片刮除，忌用金属片，以免刮伤箱体。最后，将微波炉门打开，使炉内彻底晾干。

煤气炉顽垢清除宜忌

煤气炉方便又好用，是厨房中不可或缺的好帮手，却因为使用频繁而经常堆积污渍油垢。堆积的污渍油垢一旦清理不及时就变成了让人头疼的顽垢。此时，要想让煤气炉改头换面，就得分解油污、按部就班地清洗。用旧牙刷蘸清洁剂，均匀涂抹到每个煤气孔内。待污垢被溶解后，用破布或废纸拭去油渍。接着用洗洁精擦拭干净即可。

厨房垃圾除臭宜忌

厨房垃圾放久了，会发出令人作呕的臭味。在不能及时处理的情况下，就要学会一些除臭的技巧。最快速的方法就是在厨房的垃圾上滴几滴醋，让醋酸把臭味中和掉。另外，喝剩的茶叶和咖啡渣也是除臭的宝物，撒在厨房垃圾上，也可以消除臭味。再者，用柠檬皮擦拭放过厨房垃圾、臭味犹存的地方，能除去臭味。

厨房宜明细储物格

把琳琅满目的调料收纳在整齐排列的抽屉式小储物格中，可以一目了然地找到所有的东西。再也不会因杂乱无章的放置而遇到急用却找不到的尴尬。在装修厨房时要提前作好规划，把收纳调料的格子直接设计在灶台两边。利用吊橱下方不太好规划的空间，设计上分类明确的格子，让橱柜也富于变化。

珍珠的收纳

珍珠高雅的气质赢得了许多女性的青睐，但是要记得在每次佩戴以后，用干净的布将汗渍擦干，才不会损害珍珠表面。平时用软布蘸一点儿橄榄油轻轻擦拭，可以保持珍珠表面的润泽与光亮，不戴的时候要用软布包好，放在盒子里面收藏。

黄金的收纳

黄金项链或戒指上设计较精致的地方，用软毛刷或软布蘸上牙膏（不含研磨料）擦拭，就可以将污垢去掉，再用清水冲洗后，放在不含棉绒的毛巾上风干。

宝石的收纳

镶嵌宝石的饰品除了平时用软布擦拭以保持亮度外，如果有污渍，可以蘸上少量的酒精擦拭，就可以擦干净了。也可以用不

含蜡质的牙线来清除宝石上及镶爪之间的污垢。

遥控器的存放

很多人常常在准备看电视的时候找不到遥控器，翻箱倒柜把房子弄得乱糟糟。由于遥控器体积小，没有固定的位置是很难找到的，最好是把它放在桌子底下。可以利用尼龙带扣。收纳方法很简单，只要在遥控器后面和桌子底下安装上尼龙带扣就可以了。

卫生间宜同类收纳

卫生间在进行小物品收纳时最好将同类物品放在一起。如可将洗发用品、牙具等按种类摆放在一起，这样每样物品还剩多少就可以一目了然了。

宜多用小提篮收纳小物品

浴室的清洁用品很多，也很零碎，摆在一起看起来很凌乱，借助几个小提篮，就可以让浴室看起来错落有致。可以把小提篮放在马桶上方，放置一些马桶的清洁用品。也可以把小提篮挂在浴室的横杆上，放置一些沐浴乳等。用小提篮放盥洗用品，放在镜子旁，拿取也很方便。

家庭宜预备小竹篮

在日常生活中，并不是所有的东西时刻都会收纳在固定的场所。比如说报纸、杂志等没有看完就会扔在桌子上，这样一来房子里就会显得很杂乱。所以，可以准备一个小竹篮，把东西暂时放在竹篮里，过一段时间以后，就能很容易地把要清理的东西清理好，收纳起来更方便快捷。即使有客人临时来访，也不会手忙脚乱。

五、勤俭节约宜忌

冰箱节电宜注意

❶冰箱最好放在通风条件良好、温度低的地方。冰箱要远离热源，避免阳光直射机身，要给冰箱的顶部、左右两侧及背部都留有适当的空间，以方便冰箱机身对外散热。

❷要尽量减少开门时间和开门次数，取存食物时开门角度要尽量小，因为开一次冰箱，冰箱内的冷空气便会向外扩散，压缩机为了恢复冷藏温度就得多运转10分钟。

❸注意根据季节的变化、食物数量及种类的多少，对温度控制器进行合理调整，使电冰箱始终处于最佳的工作状态。

家电不使用时不宜待机

家电在不使用时，通常会处于待机状态。例如空调，如果通上电源，它的红外线接收器就开始处于待机状态，随时准备接收遥控器发出的开机命令。一般来说，每台电器在待机状态下消耗的功率为其开机功率的10%。

电饭锅省电宜注意

❶不要使用电饭锅的内锅来淘米，最好使用别的容器淘好米后再放入电饭锅内，加入适量清水浸泡30分钟，然后再通电煮饭，可以节约用电。

❷做汤、煮饭时，只要食物成熟的程度合适就可切断电源。

❸让电热盘保持清洁。电饭锅的主要发热部件是电热盘，它在通电后将热量传到内锅。如果电热盘表面保持清洁，就会使其热传导性能保持良好，提高功效，达到节电的目的。电饭锅的电热盘应与内锅吻合，并且确保中间无杂物。

宜选择功率大的电饭锅

电饭锅的功率决定了煮饭时间。实践证明，煮1千克的饭，500瓦的电饭锅需30分钟，耗电0.25千瓦；而用700瓦的电饭锅约需20分钟，耗电仅0.23千瓦，选用功率大的电饭锅，省时又省电。

微波炉省电宜忌

❶附近切忌有磁性物质。

让磁性物质远离微波炉，可以避免干扰炉腔内磁场的均匀状态，使微波炉的工作效率下降。同时，还要与收音机、电视机保持一定的距离，否则微波炉会对这些电器的视听效果造成影响。

❷切忌使微波炉空载运行。

因为微波炉在空烧时，微波发出的能量无法被有效吸收，这样做不但会平白消耗许多电能，而且很容易损坏磁控管。为预防因一时疏忽而造成空载运行，可在炉腔内放置一个盛水的玻璃杯。

❸宜封闭后再加热食物。

在需要加热食物的外面封好保鲜膜或盖好盖子。这样在加热食品时，水分不易蒸发，而且加热后的食品味道也好。同时，加热的时间会相应地缩短，能够达到省电的目的。

❹宜为加热食物加湿。

在加热过程中，微波炉只会加热那些含脂肪或水分的食物。如果加热较干的食

物，可在食物的表面喷洒少许水，这样不仅可以使加热速度得到提高，同时也减少了电能消耗。

❺烹饪期间切忌打开微波炉门。

许多人用微波炉长时间烹调食物时，

都会时常打开炉门查看，如果食物还没完全受热就再进行加热。其实，微波炉在启动时的用电量最大，使用时应该尽量掌握好时间，以减少打开炉门查看的次数，努力做到一次启动就能完成烹调。此外，频繁打开微波炉门还会使微波炉的烹调质量下降。

⑥加热菜肴宜适量。

用微波炉对菜肴进行加热，菜肴的数量不宜过多，否则不仅会延长加热的时间，而且还会使菜肴的表面变色或是发焦。所以每次在加热菜肴时，容器内菜肴的数量应少一些，这样不仅可以保证菜肴加热的效果，还能节省用电量。一般来讲，烹调一道菜以0.5千克为宜。

⑦宜选择相应的火力。

使用微波炉烹调时，应根据烹调食物的数量和种类来选择微波的火力。在相同时间内使用微波中挡所消耗的电能只有微波强挡的一半。如果需要保持肉片或蔬菜的嫩脆、色泽，适合选用强微波挡烹调，而煮粥、煮汤、炖肉则可选择中挡强度的微波进行烹调。

⑧宜利用余热。

微波炉在关闭电源后，不要马上取出食物。此时炉内还有余热，食物还在继续烹调，最好等一分钟之后再取出。

66 照明宜选节能灯

照明节电是在保证照度的前提下，使用高效节能照明器具，以提高电能的利用率，减少用电量。荧光灯比一般白炽灯节电70%，还减少了散发在空气中的热量。紧凑型荧光灯发光效率比普通荧光灯高5%，细管型荧光灯比普通荧光灯节电10%。因此，紧凑型和细管型荧光灯是首选的高效节能电光源，而且节能灯的使用

寿命也比白炽灯长5—6倍。

选择灯具时，除考虑环境光分布和限制炫目的要求外，还应考虑灯具的效率，选择高光效灯具。在各灯具中，荧光灯主要用于室内照明，汞灯和钠灯用于室外照明，也可将二者装在一起做混光照明。这样做光效高，耗电少，光色逼真、协调，视觉舒适。

宜合理选择照度和照明方式

照度太低会损害人的视力，不合理的高照度则会浪费电。选择照度必须与所进行的视觉工作相适应，在满足标准照度的条件下，为节约用电，应适当地选用一般照明、局部照明和混合照明3种方式。当一种光源不能满足对显色性的要求时，可采用两种以上光源混合照明的方式，这样既提高了光效，又改善了显色性。

如果使用白炽灯，可根据面积选瓦数。一般来说，卫生间的照明每平方米2瓦就可以了；餐厅和厨房每平方米4瓦就足够了；书房和客厅要大些，每平方米需8瓦；写字台和床头柜上的台灯可用15—60瓦的灯泡，最好不超过60瓦。

室内照明若改用三基色节能灯，一只5瓦的节能灯相当于20瓦日光灯的亮度，11瓦的节能灯相当于60瓦的白炽灯的亮度；采用电子镇流器，电压在150伏即能启动，每小时功耗仅0.1瓦，耗能低且安全。

宜充分利用自然光

正确选择和充分利用自然光，尽量减少耗电，也能改善周围环境，使人感到舒适，有利于健康。充分利用室内受光面的反射性能，也能有效提高光的利用率，如白色的墙面和浅色的地板，其反射系数可达

70%—80%，可提高照度20%左右，同样也能起到节电的作用。充分利用反射与反光，如灯具上配有合适的反射罩可提高照度。

宜用焯青菜的水刷碗

在烹调过程中，焯烫完青菜后的沸水也能够用来清洗那些油腻的碗筷，不仅能够使洗洁精的用量得以减少，而且去除油腻的效果也很好。

烧开水省气窍门

❶在烧水之前，在冷水中加入一些热水，这样可使水分子的运动加快，既省时又节

能。这种做法能够将烧一壶水的时间缩短3分钟左右。

❷水在越接近沸腾时，需要吸收的热量就越大，消耗掉的天然气也就越多。所以，在烧热水时，不要将水烧开后再兑入冷水，这样可省气10%左右。

❸烧开水的火焰应该大。有人认为小火焰可以节约煤气，其实烧水所使用的时间越长，煤气燃烧散失的热量就会越多，反而要多消耗煤气。

洗餐具省水宜忌

❶宜先擦后洗。

有些餐具有很多油垢，先擦去餐具上的油污，然后只用一小滴洗洁精和一点儿热水将其清洗一遍，最后使用较多的温水或冷水冲洗干净即可。这样不但节省了洗洁精，也节约了用水。

❷收拾后的碗盘不宜叠放。

在收拾碗筷时，不将碗盘进行叠放可避免使碗底、盘底沾上油污，也可节约冲洗时的用水量。

在清洗餐具及蔬菜时，先将餐具或蔬菜泡在清水槽中并清洗干净，再放入冲洗池中用水冲洗一遍。餐具或蔬菜在冲洗时应调好水龙头流量，将不间断冲洗改为间断冲洗。用食用碱水、煮面条水等来清洗碗筷，既可以除去油污，又不用多次冲洗。

忌重复烧水

许多人认为烧开水的时间越长越好，其实这种想法是错误的。因为水蒸气大量蒸发，既费气费水，也会使水中的镁、钙、重金属、氯等成分有不同程度的增加，对人的肾脏造成不良影响。

煮饭前宜先泡米

将淘洗干净的米加适量的水，放在电饭锅内预先浸泡20—30分钟，再通电加热，可缩短煮饭时间，饭好吃还省电。如果煮粥时，先烧开水，再将开水与米一起放入锅中煮，使米一开始就处于高温度的热水中，有利于淀粉的膨胀、破裂，使其尽快成为糊状，可省电30%。如果一开锅就拔掉电源，盖紧盖焖 10 分钟左右，粥也可以做好，省电省心，一举两得。

食品宜冷却后再放入冰箱

不要把热的食品直接放入冰箱，因为热的食物放入冰箱后，会使箱内温度急剧上升，同时会增加蒸发器表面的结霜厚度，使压缩机的工作时间过长，耗电量增加。

冰箱门要保持密封

电冰箱门应经常保持密封。冰箱使用时间长了，门缝垫圈会老化变形，门缝垫圈损坏时应立即修复，否则耗电量会增加 5%—15%。对老化变形的垫圈可采取用电吹风吹热的办法，使之受热鼓起。

冰箱宜定期除霜

霜是热的不良导体。如果冰箱壁挂霜太厚，会产生很大的热阻，影响冷冻室的热交换效率，降低电冰箱的制冷能力，从而增加电冰箱的耗电量。因此，定期除霜和清除冷凝器及箱体表面灰尘、保证蒸发器和冷凝器的吸热和散热性能良好、缩短压缩机的工作时间，可节约电能。当冰霜厚度达到 10 毫米时，冰箱的制冷能力将下降 30% 以上，为了达到温控器选定的温度，冰箱将会比正常情况下增加 1/3 左右的耗电量。因此，当霜层达到 4—6 毫米时必须清除。

停电时忌往冰箱内放食品

停电时，要减少冰箱开门的次数，尽量不再往冰箱里放食品，以减少冷气的散失，这样在来电时，会减少耗电量。

饮水机不用时宜关掉电源

许多家庭使用饮水机图方便，不管冬夏几乎长年通电，睡觉时也很少切断电源，这样不仅费电，还缩短了饮水机的使用寿命。正确的使用方法是：不用时一定要关掉电源，否则饮水机会一直处于保温状态，耗电量大。另外，定期给饮水机除垢，既可提高加热效率，又可节省电能。

宜选用节水型喷头

沐浴用的喷头是节水的关键。普通龙头流出的水是柱流，水量大，70%—80%的水被白白浪费掉，使用率只有20%—30%。如果选用花洒式喷头，既能扩大淋浴面积，又控制了水流量，可达到节水的目的。节水花洒式喷头多是在节水器具上加入特制的芯片和气孔，吸入空气后产生一种压力，并进入水流中。空气和水充分混合，相当于把水流膨化后喷射出来。因此，在达到节水目的的同时，还具有一定的冲刷力和舒适度。现在市场上销售的花洒式喷头多种多样，可任意选择。

刷牙宜用口杯接水

每天早晚刷牙时，如果打开水龙头不间断地放水，30秒钟的用水量约为6升；如果选择用口杯接水，口杯的用水量约为0.6升。每日两次，长期坚持此种方法，一个三口之家每月节水量可达486升。

家庭绿化用水宜注意

为净化空气、美化环境，许多人家中养了各种花草树木。别小看这些植物，天长日久用水也不少。怎样做才能既保证花木茁壮成长，又节约用水呢？

❶把握浇水时间。植物浇水时间应选择早晚阳光微弱、蒸发量少的时候，以免蒸发过快，浪费水资源。尤其不要在夏天的中午浇水，因为天气太热，蒸发量大，水还没有被植物吸收，就已经变成蒸汽飘走了。

❷按植物所需水性分区栽种。庭院绿化应选耐旱的植物，以便分区调整浇水用水量。如果有小院子，在种植物的时候，应把耐旱的和喜阴的植物分开，这样浇水时可以区别对待，该多浇、该少浇心中有数，

不会浪费，也不会影响植物的生长。

③按季节浇水。冬天，只有连续干旱时才浇水；春秋季节，大部分的植物只需夏天时水量的一半；夏天燥热，要增加浇水次数，但每次水量不必太多，多喷洒植物的叶子为宜。

绿化用水宜多途径选择

用自来水浇植物，不仅让人觉得可惜，而且其中的氯气对植物有害，会影响植物的生长。其实家庭中有许多非饮用水都可以用来代替自来水浇植物。

①养鱼水浇花草。鱼缸水中有鱼的粪便，比其他浇花草的水更有养分。用养鱼水浇花，天长日久能节省很多水，还能使花草长得更好。另外，在换水时，可以用吸管将鱼缸底下的沉淀物吸到盆里，待沉淀后，再将盆里的水过滤一遍，然后将过滤出的清水用来第二天给鱼缸换水，剩下的脏水用来浇花。这样每次鱼缸换水只需要补充一少部分清水就可以了，又节省了一部分水。

②雨水浇花。准备一些雨水贮存设备，收集雨水代替清水浇花草，不但节水，还能使花草长得更好。

③残茶水浇花。残茶水用来浇花，既能保持土质及水分，又能给植物增添氮等养料。但应视花盆的湿度情况而定，定期、有分寸地浇，而不能随倒残茶随浇。

④变质奶浇花。牛奶变质后，将其稀释用来浇花，有益于花草的生长。但要注意

的是，发酵的牛奶不宜浇花，因其在发酵中产生大量的热量，会使花草烂根。

⑤淘米水浇花。经常用淘米水浇米兰等花卉，可使其枝叶茂盛、花色鲜艳。

⑥渗漏法浇花。因事外出十天半月不在家，无法给花浇水时，可将一塑料袋装满水，用针在袋底刺一个小孔，放在花盆里，小孔贴着泥土，水就会慢慢渗漏出来润湿土壤。或者在花盆旁放一盛满凉水的器皿，找一根吸水性较好的宽布条，一端放入器皿水中，另一端埋入花盆土里，这样，至少半个月左右土质可保持湿润，花不致枯死。

宜使用低泡洗衣粉

在洗涤衣物时，使用适量的优质低泡洗衣粉，可以减少衣物的漂洗次数。洗衣粉出泡的多少与洗净能力之间不存在必然的联系。优质低泡洗衣粉有着极强的去污能力，又十分容易漂洗，用它洗完的衣物一般可比用高泡洗衣粉洗完的衣物少漂洗1—2 次。

六、生活细节宜忌

室内不宜铺地毯

现在有很多人喜欢用地毯来装饰居室。地毯分为化纤、毛织两种。化纤地毯色彩艳丽，价格便宜。羊毛地毯做工精细，柔软且保暖、耐用。虽然地毯在视觉上给人以美感，但也会给人们带来麻烦，地毯中会藏匿许多污染物，引发各种过敏性疾病。

有的人一走进铺有地毯的卧室或房间中，就会感到全身瘙痒不适，流鼻涕，打喷嚏，甚至引发哮喘病，但一离开这种环境，种种不适感就会很快消失。这就是由致敏物引起的过敏性疾病。引起疾病的致敏物

通常寄生在室内的尘螨身上。

尘螨也叫嗜皮螨，它的身体很小，体长约 1/3 毫米，由于身体半透明，所以人类的肉眼很难看到它，尤其是当它藏匿在尘埃里时就更难发现。用显微镜观察，会发现尘螨外形有点像有足有须的甲虫。近年来科学家经研究证实，尘螨是一种强烈的致敏原，能够引起过敏性鼻炎、尘螨性哮喘及过敏性皮炎等疾病。尘螨及其排泄的粪球（直径 20 微米），都会使人产生过敏性反应。而尘螨最佳的藏身场所就是地毯，地毯清洗周期长，并且容易吸附灰尘，因此为了减少致敏原，家中最好不要铺地毯。

不宜提早入住新居

有些居民为了尽早感受入住新房的喜悦，通常会装修完就马上搬进去住。实际上，这种急于住进新居的做法是不可取的。因为，现代装修材料大多属于化学品，新房的空气中含有大量对人体有害的化学物质，这种居室环境的污染对居住者的健康会造成严重的危害，使人出现头昏眼花、疲乏无力、昏沉思睡、恶心呕吐、食欲不振等症状，严重者甚至会引发癌症。

这些引发疾病的装修材料包括油漆、胶水、清洁剂、复合地板、涂料、壁纸等。新房装修后空气中会混合着这些材料所释放出来的有毒化学物质。根据《民用建筑工程室内环境污染控制规范》的规定，应对甲醛、苯、氨、氡、TVOC 五项污染物进行控制。刨花板、密度板、胶合板等人造板材和墙纸是空气中甲醛的主要来源，释放期长达 3—15 年，可经呼吸道进入人体。甲醛对人体的危害具有长期性、潜伏性和隐蔽性的特点。长期吸入甲醛可引发鼻咽癌、喉头癌等严重疾病。苯是一种无色、具有特殊芳香气味的气体。胶水、油漆、涂料和黏合剂是空气中苯的主要来源。苯被人体吸入后，可使人体出现中枢神经系统麻醉现象，抑制人体的造血功能，使红血球、白血球、血小板减少，再生障碍性贫血患病率增高，还可导致女性月经异常，胎儿先天性缺陷等。因此，房屋装修以后，应先进行室内空气检测，以确定室内空气污染的实际情况。采用什么样的治理产品和治理方法，应当根据室内空气中何种有害物质超标以及超标程度的实际情况作出选择，对症下药，进行治理。

不宜封闭阳台

许多居住在楼房的居民为了达到扩大自家使用面积、安全防盗、挡住风沙尘土等目的，都选择将自家的阳台封闭起来。不可否认，封闭阳台是有优点的，但需要注意的是，如果方法不当，不但达不到效果，反而会使居住环境不利于人体健康。

空气是否流通是首要问题。封起来的阳台使屋子多了一层窗户，房间门窗和阳台的窗户都被迫关闭，使得室内通风不畅，导致室内空气污浊度增加，有害气体浓度升高。这些污浊的空气很难排到室外，结果导致居室内环境不佳，氧和氧的负离子浓度下降，有时还会产生难闻的异味。如果人们长时间居住在这样的环境里，免疫力会下降，容易生病。室内采光也会受到封闭阳台的影响。封闭后的阳台阻碍了阳光对室内和人体的照射，使室内长期处于紫外线照射不足的状态，对室内杀菌不利。同时，人体皮肤接触阳光少，也不利于合成维生素 D，尤其是老年人很少下楼，他们十分需要阳台的阳光和空气。老年人缺少阳光照射，易导致骨质疏松。婴幼儿阳光照射不足，会患佝偻病和软骨症。

长期居住在楼房里的居民应多接触大自然的空气和阳光。树木、花草、河流和天空可以使人心情舒畅，还可以陶冶情操、调节心情、激发灵感，对人的身体、精神以及工作都有益处。

可以利用阳台的空间做花房，这样既美化了居住环境又有利于身心健康。

室内养花不宜多

养花是许多家庭用来美化环境和调节室内湿度的首选，因为花草在光合作用下，吸收人体呼出的二氧化碳，释放出人体所需的氧气，可净化空气，有利于人体健康。

但常被人们忽视的是，绿色植物在新陈代谢过程中，同时进行光合作用和呼吸作用。当光照不足时，绿色植物主要进行呼吸作用而不是光合作用。植物进行呼吸作用是吸入氧气，放出二氧化碳。这时如果居室绿色植物太多，就会增加二氧化碳的浓度。特别是晚间，植物的光合作用受到抑制，而呼吸作用却十分旺盛，加上空气不够流通，居室中二氧化碳浓度较高，时间长了就会影响人的身体健康。

所以居室里养花一定要适量，并且要有选择性地养花。什么花对人体最为有益呢？最好是选择那些在夜间也吸收二氧化碳的花草或者具有杀菌作用的花草，例如仙人球、仙人掌、昙花等。

当然，还要考虑到室内的条件，如光线的强弱、窗户的大小、通风的好坏等，需要了解掌握植物的生活习性。因为植物有着不同的发育期，对环境也有着不同的要求，

更需要有一个合适的房间来适应其生长，所以室内养花不宜过多。

贴心小提示

有电脑的卧室宜养的植物

在有电脑的卧室里可以养几盆芦荟或者吊兰，这两种植物除了可以帮助净化空气、吸收辐射外，还会始终释放出氧气、吸收二氧化碳，对身体健康有益。

TIPS

不容忽视的“电脑病”

现在，电脑已经成为人们生活中不可缺少的工具，不论是工作需要，还是消闲娱乐，在不知不觉中人们的生活已经离不开电脑，每天大部分时间都与电脑做伴。然而，据统计，长期使用电脑的人比其他人更容易患精神方面的疾病。主要原因是电脑有很强的逻辑性，但它同时存在一个缺点，那就是它只能处理数据化的资料，而无法感知和反映外界事物的变化。人是有思想的，长期对着电脑，就可能会被数据化的事物困住，觉察不到外界事物的变化，从而导致一系列精神方面的疾病。

电脑所提供的是不符合实际的虚拟世界。在那里，人们可以暂时忘记现实中的各种身份来与人交流，久而久之，一些人离开网络就会有失去自我的感觉。他们总在虚幻里漫游，也就无法正常地生活和学习。沉迷于网络游戏的人，由于精神长时间处于兴奋状态，离开电脑仍然会保持这种状态，时间长了可能会出现很多精神问题，甚至诱发精神上的疾病。

更值得关注的是，电脑中的微波对神经中枢可造成一定的影响，它会引起一系列神经衰弱的症状，主要表现为头晕、失眠、嗜睡、记忆力下降、精神不能集中等。

虽然电脑给人类的健康带来了新的难

题，但它又是工作和学习的必需品。那么应该如何正确地使用电脑呢？这就要求操作者不要沉迷于虚拟的网络世界，应该进行更多的户外活动，合理安排电脑的使用时间。

小心电脑综合征

时代在发展，科技在进步，电脑在社会的各个方面得到了越来越广泛的应用，同时也为人们的工作和学习提供了许多方便。可是，一种名为“电脑综合征”的病症也正悄然出现，主要表现为以下两个方面。

心理方面。很多人，特别是中年人，对电脑会产生一种恐惧感，这是由于他们在以往的经历中没有接触过电脑或接触得非常少，不具备相关的知识。当电脑日益普及时，这些人不知该从何学起。所以在工作生活中，遇到使用电脑的情况时，就会产生紧张、焦虑感。而一些青少年对待电脑的态度却恰恰相反，他们对电脑有着一种狂热，甚把操作电脑看成自己全部的生活乐趣，沉溺其中，无法自拔。

生理方面。很多每天接触电脑的人都感到他们的视力在不同程度上受到损害，会觉得视力模糊、眼睛刺痛、头疼等。为了减轻或避免这些症状，最好注意眼睛始终和显示器保持 40 厘米的距离，把显示器放在低于视线水平面约 20°（约在胸部）的位置上。每次工作 2 小时最好休息 15 分钟左右。如果从事重复或高度紧张的工作，最好每小时休息一次。

另外，电脑的键盘、工作台与工作椅等附属设备对操作者也有很大的影响。如果椅子和工作台高度不合适，在工作中过度频繁地操作键盘，工作时间过长就会引起指关节、肩部、颈部、背部等处疼痛、肿胀、麻木。这就需要工作人员必须保持一个正确的姿势，根据自身的具体情况来调节坐椅的高度，消除不适，达到缓解疲劳的目的。

小心电脑键盘藏“病毒”

日常生活中，电脑键盘的清洁常常被忽视。其实，电脑键盘就如同平常接触的电话，或洗手间中的马桶一样，存留着大量的病菌。相关学者经过调查分析发现，电脑键盘表面藏匿着大量肉眼无法看到的细菌。这些细菌多靠使用者的汗液、唾液和键盘里沉积的灰尘、污垢等媒介来传播。其中隐藏着一些可引发疾病的致病菌，如链球菌、金黄色葡萄球菌、烟曲霉等。无论是办公室或网吧的电脑键盘，还是家中的电脑键盘都是如此，其中网吧里的情况尤为严重。所以，不要图省事而不清洗键盘。另外，平时的清洁保护也很重要，尽量不要在电脑边吃东西，要养成良好的使用习惯。

影响人体健康的植物

虽然在房间内养一些植物可以帮助美化房间，但有一些花草却不适宜在房间内养植。如接骨木、玉丁香、松柏类植物等，在室内养植会影响人的情绪。

玉丁香散发出的异味会使人气喘烦闷。松柏类植物分泌的脂类物质，会释放出

较浓的松香油味，长时间闻这种气味，会出现恶心、食欲下降等症状。而夜来香、丁香等植物进行光合作用时，会消耗大量氧气，排出的废气会引发心脏病和高血压，使患者无法正常呼吸。天竺葵、五色梅、洋绣球等花草，人如果经常抚摩、触碰，会引起皮肤过敏，甚至出现红疹。另外，经常闻百合花所散发出来的香味，会使中枢神经过度兴奋而容易导致失眠。

家具摆放不宜贪多

宽敞的空间、适当的温度和充足的阳光是人们对居住环境的追求。相反，如果屋子内的空间被各种家具、物品侵占，会大大减少人的活动空间，也无法使人们享受到充足的阳光。家具过多反而给自己制造了障碍。居室空间越大，空气对流交换的速度越快，空气纯净程度也就越高，在这种环境下生活自然会很舒适；相反，如果人长年在阳光不足、空气不够新鲜的房间里生活，对健康的影响可想而知。

为了保证空气流通及有充分的活动空间，建议在房间里只摆放生活必备的家具，如床、衣柜、写字台、电视柜、沙发等。这样不但节省了空间和金钱，也有利于身体健康。

工业城市不宜清晨开窗

众所周知，开窗通风可以将有害气体甚至病原体通过空气的流通吹到室外，使室内有害气体或病菌的含量降低，从而达到给空气消毒的目的。但是在现代工业污染和汽车尾气排放加剧的情况下，清晨通风可能并不合适。

专家认为，工业化城市大气污染比较严重，这与气象条件密切相关。尤其是冬季，由于风速较小、气压偏低、温度低且昼夜温差大，极易形成“气温逆温现象”。这是指随着距地面高度的升高，温度上升，使得大气中的各种污染物不易向高空和远处扩散，从而使城市空气中的微生物、细菌等含量升高。汽车行驶时产生的废气在日光作用下形成的“化学烟雾”也形成了二次污染。一天中，空气污染有两个高峰，也有两个相对清洁的低谷。两个污染高峰一般在日出前

后和傍晚，两个相对清洁时段是上午10时和下午3时前后。因此，市民可以根据所在区域的实际情况，酌情选择开窗时间，但最好避开一早一晚这两个污染高峰。

在阳光下看书对眼睛有害

人们在写字看书时，需要合适的光线，瞳孔的放大与缩小，可以控制光线进入眼内。阳光中含有人眼无法看到的红外线和紫外线，如果长时间在强烈光线下看书（比如太阳光），瞳孔就会持续缩小，引起眼球肌肉痉挛、疲劳，眼球胀痛，甚至头晕目眩。人眼若受紫外线直接照射过多、时间过长，就会伤害角膜细胞，使双眼感到剧烈疼痛，几天后才能恢复正常。另外，由于光线太耀眼，会觉得眼前有一团亮光，经久不消，看到哪里就亮到哪里，这是视网膜黄斑区受强光刺激后引起的，看东西当然也就不清楚了。

看完报纸后应该洗手

印刷在报纸上的染料含有铅、铬、镉、汞等具有一定毒性的重金属元素。一页彩色报刊约含铅2 000微克，这虽然是一个比较小的数字，但当人体内的铅积累到一定程度时，人就容易出现精神障碍、噩梦、失眠、头痛等慢性中毒症状，有的甚至会出现乏力、食欲不振、恶心、腹痛、腹泻等不良反应。铅还能造成脑损伤，尤其是对儿童的脑发育产生阻碍作用，儿童对铅的吸收量比成人高出几倍。铅毒会影响儿童的智

力发育。因此，每天看完报纸后，应把手洗干净。

不要在上厕所时看书报

很多人习惯在上厕所时看书或看报，一蹲就是很长时间，这是一种非常不好的习惯。要知道，大便时看书或看报会分散人的注意力，使人的神经低级中枢和高级中枢共同参与抑制排便的活动。这样时间一长，就会造成粪便在直肠内停留过久，失去了直肠对粪便刺激的敏感性。久而久之，就会引起便秘。

另外，大便时看书或看报，坐或蹲的时间过久，就易导致盆腔血液回流受阻、血管贲张，易诱发痔疮，还会使脑部暂时供血不足，起立时易发生昏厥、跌倒等意外。而且，厕所里环境差，光线比较昏暗，读书、看报有损眼睛的健康，长时间处在这种空气污浊的环境中，也会损害人体健康。

乘车时不宜阅读

有些人常利用乘车时的空闲时间阅读书籍、杂志或报纸，其实这是一种非常不好的用眼习惯。汽车一路上都在颠簸（不管你是否注意到），而眼睛一直注视着书，这对眼睛十分有害。

由于眼睛睫状肌的调节，眼睛才能看清楚远近的物体。在看距离相对固定的物体时，人眼睛睫状肌的收缩和伸张才能保持相对稳定，眼睛也不容易感到疲劳。乘车时阅读，随着车身的颠簸和摇晃，必然会造成书报等读物与眼睛的距离、方位变化不定。而眼睛要看清读物，睫状肌就要被迫不停地进行调节，极易导致眼疲劳，甚至引发晕车、头昏等症状。

无论是白天还是夜晚，车内的光线均不适宜阅读。随着外界光线的变化，眼睛所受的光刺激时强时弱。眼睛要适应这种明暗不定的变化，会不断进行调节。但眼睛的调节无论如何也赶不上光线的千变万化，这就使眼睛始终处在高度紧张的调节状态下，使眼睛持续处于疲劳状态。如果眼睛的疲劳长时间得不到缓解，就会打乱眼睛的正常调节，出现视力减退、散光、近视等症状。因此，要尽量改掉乘车时阅读的坏习惯。

使用电话宜防疾病传播

电话是人们生活中主要的信息传递工具，但同时也是传染疾病的一个重要途径。有关部门对 100 个单位的电话进行卫生检测的结果表明：受检的电话中有 98% 带有病菌和病毒，包括甲肝病毒、乙肝表面抗原及结核杆菌等 480 多种病菌和病毒。其中污染最严重的是公用电话、长途电话和酒楼饭馆的电话，从这些电话机中检出的病原体有细菌、寄生虫卵等各类微生物。健康的人使用这些电话，就有可能将这些病菌、虫卵、病毒吸入口中或沾到手上，以致发生交叉感染，造成危害。

因此，人们在使用电话时，应加强防范意识。同时，必须做到以下几点：

❶每隔一段时间要用消毒剂或酒精对电话进行消毒。

❷使用电话时要与话筒保持一段距离，不要把话筒紧贴在面颊或耳朵上。

❸打完电话，要及时用香皂或洗手液

洗手。

❹打电话时，不要吃东西，以防将病菌吸入口中。

饮水机要常消毒

人们喝桶装水是因其水质纯净，有益健康。但如果饮水机的消毒不够彻底，很容易导致水的二次污染。这样不但达不到有益健康的目的，反而增加了发病率。因此，给饮水机消毒应引起人们足够的重视。

一般来说，饮水机消毒应分为以下几个步骤：

❶关掉电源，拔下插头，取下水桶，将饮水机后面的排污管打开，排净余水。排污管里的余水很容易引起水源二次污染，应打开饮水机开关，将饮水机内胆中的水放尽。

❷用镊子夹住酒精棉，认真擦洗饮水机内胆。由于饮水机内胆直接与空气接触，很容易积聚细菌。经过酒精擦洗后，可以去除上面的污垢，为下一步消毒作准备。

❸将 300 毫升消毒剂溶解到 2 升左右的水里制成消毒液，然后把消毒液装进饮水机内胆中，并放置 10—15 分钟。

❹打开饮水机的开关及排污管，将消毒液排净。

❺用 7—8 升的清水连续冲洗饮水机内胆，然后打开所有开关，排净冲洗的液体，确保消毒液不会残留在饮水机中。

❻待水全部排净后用酒精棉擦洗开关处的后壁，因为用杯子盛水时，会经常碰到饮水机开关处的后壁，所以要防止此处细菌的堆积。

清晨起床宜喝杯清水

清晨空腹喝杯水，对身体健康、延年益寿有以下好处：

❶利尿作用：清晨空腹饮水，15—30 分钟就可有尿意，一小时后可达到高峰。

❷排毒作用：因动物蛋白质在体内经过代谢分解会产生一定的毒性物质，所以早上起床后有必要饮水，以促进排尿。

❸可防止高血压、动脉硬化的发生。早上起来喝杯温开水，可以把前一天晚餐吃

进体内的氯化钠(即食盐)很快排出体外。平时饮水多及爱喝茶水的人，高血压、动脉硬化的发病率相对较低。

❹通便作用。清晨饮水可预防习惯性便秘。

❺防治泌尿系统结石及泌尿系统感染。早上饮水能马上起到利尿、稀释尿液的作用，使尿酸盐结晶不易沉积。

❻对防治胆囊炎、胆结石症有好处。

隔夜龙头水不宜使用

很多人习惯清晨起来后打开水龙头就接水用来刷牙、洗脸或者做饭，更有人在夏天早晨起床后直接饮用水龙头里的自来水。实际上，这些做法都会严重影响身体健康。

研究发现，隔夜水龙头的水里含有一种细菌——军团菌。如果人被这种细菌感染，就会患上一种症状酷似肺炎的“怪病”，而医生也会将患者当做肺炎来诊治，但病情却未见缓解。感染了这种细菌后，患者常有嗜睡、胸痛、抑郁、烦躁、定向障碍、神志不清等中枢神经症状，有的还会出现腹痛、腹泻、呕吐、恶心等消化道疾病症状。美国费城曾暴发过一次军团病，在 221 名被军团菌感染的患者中有 34 人相继死亡，病死率高达 15%。因此，军团菌引起医学界的高度重视。经大量研究证实，军团菌存在于湖泊、饭店、医院以及家庭自来水管道的水样中。

要预防军团菌的感染，最主要的一点就是正确合理地使用自来水。在清晨用水时，应先把水龙头打开，让里边的隔夜水流出来，减少军团菌残留的可能，然后再接水做饭、刷牙或洗脸。

不宜在居室中饲养宠物

有些人喜欢养一些小动物，并把宠物养在房间中，这种做法是极不利于身体健康的。因为小动物如猫、狗、小鸟等身上大多有寄生虫，宠物会在到处活动时将身上的各种细菌和病毒沾染到居室内。特别是猫的身上很容易带一种叫弓形虫的寄生虫，怀孕女性一旦受到这种寄生虫的感染，就会使胎儿的大脑发育受到损害。

宠物每天还会排泄很多粪便，不但气味不好，还含有大量的病菌和病毒。人一旦不小心吸入这些致病微生物，很容易会出现头痛、发热、咳嗽等症状，时间一长，会损害身体健康。

入住二手房前须消毒

根据调查显示，入住新购置的二手房前能够进行有效消毒的人不足10%。大多数的入住者只是打扫一下或简单装修后就搬进去住。其实，二手房虽没有装修污染的问题，但一样也存在着健康隐患。

研究发现，有些病毒细菌是可以在一定条件下长时间存活的，例如乙肝病毒、结核菌等。如果原房主患有这类传染病，很容易传染给新住户。

实际上，给二手房消毒并不麻烦，例如，开门窗通风换气就可以稀释空气中细小病菌的密度。在阳光充足的时候把旧房中的家具移至室外晒太阳，也能起到消毒的作用。

长时间无人居住的老房子，长期不通风，室内湿度高，不见阳光，极易被大量细菌污染，所以有必要使用浓度高一些的酒精或一定浓度的化学消毒剂进行消毒。

防肺癌宜防室内污染

有关专家指出，目前我国肺癌发病率每年增长 26.9%，如果不及时采取控制措施，到 2025 年，我国肺癌患者将达 100 万，将成为世界第一肺癌大国。

虽然肺癌患者增加的原因很复杂，但国内外的研究证实，室内污染是其重要原因之一。目前世界医学界对肺癌病因所作的定量研究表明，吸烟和氡分子辐射是肺癌的两大诱因。吸烟者比不吸烟者的肺癌发病率高 10 倍；吸烟家庭的孩子比不吸烟家庭的孩子患肺癌概率高 2.8 倍。另外，居室内氡的含量与肺癌也有直接关系。中国每年因氡元素致肺

癌的人数达5万以上。

由于我国目前对于肺癌早诊断和早治疗的手段相对缺乏，所以预防肺癌就显得尤为重要。目前，戒烟、选择环保型室内装饰装修材料、防止化学性污染和放射性污染、加强厨房油烟治理和室内、车内环境污染的检测及净化等，都是预防肺癌的有效手段。

吃饭时不宜看电视

很多人有吃饭时看电视的习惯，其实这种边吃饭边看电视的习惯是不好的，会危害身体健康。

①易患慢性肠胃病。人的精力是有限的，边吃饭边看电视会把精神集中在电视节目上而影响吃饭。这样会使饭菜变凉而且咀嚼食物也不够仔细，长时间如此，就会引起慢性肠胃疾病。

②影响食物的消化与营养的吸收。人在吃饭时，需要消化液和血液帮助胃肠消化食物。吃饭时看电视，大脑也需要大量的血液，二者相互竞争着血液供应，结果是两方面都不能得到充分的血液。这样既吃不好饭，也看不好电视。时间长了，还会出现头晕、眼花等症状。

③对大脑产生不利影响。边吃饭边看电视，血液会流入消化器官，这时大脑就会出现血液供应不足、缺氧等现象。时间一长，可能会引起神经衰弱、头痛等疾病。

④容易影响食欲。除了生理因素可以影响食欲外，外部因素也可以通过条件反射来影响食欲。边吃饭边看电视时，人往往以电视为主，忽视了食物的味道，使食欲因受到电视的影响而降低或消失，久而久之，就会导致营养不良。

因此，为了自己的身体健康，最好饭后休息 20 分钟再看电视。

饭后不宜立即刷牙

有些人习惯饭后立即刷牙，认为这样可以及时清除口腔内的食物残渣，保护牙齿。其实，这样做会适得其反。牙组织由牙釉质、牙本质、牙骨质三种钙化的硬组织和牙髓软组织组成。牙釉质位于牙冠表面，呈乳白色，有光泽，主要由磷酸钙及碳酸钙组成，是人体中最硬的一种组织。

饭后立即刷牙有害牙齿，这是因为在牙冠的表面有一层釉质，叫做珐琅质。吃酸性食物或果汁时，其中蕴涵的酸性物质能够使珐琅质晶体变得松弛。如果进食后立即刷牙，就会轻易把珐琅质晶体刷去，牙齿很容易受到损害，易使人患上牙本质过敏症，吃东西时牙齿就会出现酸、痛的症状。

不宜滥用消毒剂

给居室消毒对家居的清洁卫生无疑是有益的。但是，现在市面上有许多不同种类的消毒剂，在购买时应该认真选择，因为选错消毒剂也会危害人体健康。

清洁时使用消毒剂是为了消灭居室内的有害菌。但是，这些消毒剂不仅会杀死有害的微生物，同时也会杀死有益的微生物，导致空气中生命力强的有害微生物还会有再生的可能，从而损害人体健康。长期大量使用消毒剂、杀菌剂会使有害微生物产生抗药性，从而大大降低灭菌效果。在人们生活、生产的过程中，药剂的使用越来越多，这已成为新的污染源，新的有害微生物严重威胁着人类的身体健康。比如过氧化氢会严重损伤人体皮肤黏膜，易引发支气管炎、肺炎等，如使用不当，溅入眼中还会引起疼痛、畏光等症状。人们夏季常用的室内杀虫剂、蚊香等，其中含有苯，会引起再生障碍性贫血，甚至引发白血病。蚊香燃烧后微粒直径很小，可从人体的呼吸道进入支气管及肺泡。蚊香燃烧后还会产生铅、镉、铬等重金属，这些物质对人体也有一定危害。

不宜迷信保鲜膜

现在，越来越多的人都习惯使用保鲜膜来保存食物和蔬菜瓜果。有的将保鲜膜覆盖在盛装剩菜剩饭的碗盆上；有的使用保鲜膜包装食物，存入冰箱；有的在用微波炉加热剩饭剩菜时覆盖保鲜膜；有的覆盖在切开的半边西瓜上。其实很多时候人们对保鲜膜的使用存在误区。

保鲜膜，顾名思义，应该是一种能使食物保持新鲜的产品。但是，保鲜膜真的能保鲜吗？

专家指出，保鲜膜并没有多大的使用价值，相反，还会带来副作用。市场上销售的保鲜膜跟普通薄膜并没有什么区别，只不过名字中有“保鲜”二字，使消费者产生了误解。实际上，保鲜膜只能保持食物和瓜果蔬菜的水分，而真正的保鲜，温度是首要条件，只有温度维持在10℃左右，食物才能保持新鲜。如果在常温下用保鲜膜保存食品，不仅起不到保鲜的效果，反而会使食物变质、腐烂的速度加快。如果买到“水货”的保鲜膜，即未经过消毒的塑料膜，则危害更大，用它来保存食物，很容易引起食物中毒。

选择适宜的睡眠姿势

什么样的睡眠才是最好的？睡眠应该是一种无意识的愉快状态，就算睡眠时间短，但是第二天起床能够很有精神，就表示有好的睡眠质量，但是如果在睡了很久之后仍然觉得很累，就表示睡眠质量很差，而睡眠姿势也会影响睡眠质量和身体健康。

不当的睡姿常常会引发一些疾病或增加某些疾病的发生率，所以，保持正确的睡姿对身体健康有着不可忽视的作用。尤其对于患有某些疾病的老年人来说，选择适合自己的睡眠方式就更为重要了。在选择睡姿时，略为弯曲的侧睡姿势比仰睡和俯睡好。因为在侧睡时，人体的脊柱略向前弯，四肢容易放到舒适的位置，使全身的肌肉都得到较满意的放松。而向右侧的睡姿优点较多，因为人的心脏在胸腔内的偏左位置，如果采取右侧睡眠，就会减少心脏受压，可减轻心脏的负担，有利于心脏排血。肝脏位于腹部右上位置，右侧卧时肝脏处于低位，供应肝脏的血液会增多，有利于对食物的消化和对营养物质的吸收，并对代谢及排毒有益。

日常生活中，人们整夜的睡眠过程是不可能固定一个姿势的，会为获得舒适的体位而自行翻身或改变四肢的位置，所以只要感觉舒适，能迅速入睡，不必拘泥于是何种卧位。

健康裸睡新体验

关于裸睡的说法众说纷纭，有人认为裸睡不文明，有人则认为裸睡无拘无束，非常舒适。那么，到底裸睡的习惯可不可取呢?

有研究显示，60%的妇女病是因穿着过于紧身的内裤引起的，因为穿着过紧的内衣会影响人体皮肤的气体交换，减慢新陈代谢的速度。而裸睡能增强皮脂腺的分泌，有利于皮肤的排泄和再生，能有效地防治阴道炎等妇科疾病。而且裸睡对神经的调节作用也很明显，特别是腹部内脏神经系统，常裸睡的人患便秘、腹泻、腰痛、头痛的概率非常低。裸睡还可以改善失眠，缓解妇科病中常见的腰痛、痛经等症状。

宜经常梳头

梳头是促进脑部血液循环最理想的方式。梳头不仅可以增强头发根部的血液循环，以供应头发所需的营养，还可以改善和增强脑部的血液循环，以滋养气血，促进新陈代谢。梳头时的温和刺激，通过神经的反射作用可加快细胞的新陈代谢，增加对头皮及毛发的血氧供应，使头发变得乌黑亮泽。

梳头的好处有很多。我国传统面部保健养生的三大法宝是“发宜常梳”、“面宜常揉”、“耳宜常摩”。我们每一个人都应持之以恒，养成天天梳头的好习惯，可用牛角或桃木梳子，由前额向后梳，用力适中，动作缓慢柔和。两分钟内梳 100 次为 1 回，每天早晨梳 2—5 回，下午或傍晚也可经常梳头。常梳头对人体的益处主要有以下几点：梳头对头部穴位有按摩作用，可使头部经络气血通畅，加强头皮经络系统与全身各器官部位之间的沟通，促进诸阳上升、百脉调顺、阴阳和谐，具有舒通经络、运行气血、清心醒目、开窍宁神的功效。

坚持梳头对预防感冒、高血压、脑动脉硬化、脑中风、老年性痴呆等大有裨益。临床实践证明，梳头对防治肌肉紧张性头痛、神经性头痛、偏头痛、三叉神经痛，以及高血压、神经衰弱引起的头痛等效果良好。可见，经常梳理头发具有祛病强身的作用。

另外，对梳子的选择也要有所注意，最好选择疏密适中的梳子。过尖、过密的梳子容易损伤头皮，扯断头发；而过于稀疏的梳子又不能理顺头发和按摩头皮。

梳头的好处很多，如果养成天天梳头的好习惯，就可使头发变得浓密，且达到健康养生的功效。

鼻涕不宜用力擤

当患有鼻炎或鼻窦炎时，鼻腔内会产生很多分泌物。有的人在擤鼻涕时，会把两个鼻孔同时捏住用力一擤。殊不知鼻腔是通过咽鼓管与中耳相通的，这样擤鼻涕会引起突然的耳胀感，甚至有引发咽管炎或中耳炎的危险。

鼻塞者不宜用力擤鼻涕，可以用脸盆打一盆清洁的冷水，先吸足一口气，然后再将鼻子和脸在冷水中浸泡片刻。这样会使血管收缩，有助于鼻子通气。

正确的擤鼻涕方法是，用手指压住一侧鼻孔，用另一侧将鼻涕向外擤出，然后再用相同方法擤另一侧。也可将纸或手绢放在鼻孔下，两手轻放在鼻两侧，稍用力将鼻涕擤出。有时可将下巴向上抬起，通过鼻子抽吸，将鼻涕从后鼻孔排出，然后经鼻咽部咯出。但要注意，无论用什么方法擤鼻涕，都不可用力过猛。

若鼻腔堵塞较严重，鼻涕不宜擤时，可适当滴用麻黄素或滴鼻净，待鼻腔通气后再擤。若在擤鼻涕时，感到有气进入耳内，听到耳内有进气声音，并感到耳内发胀、发堵，有的甚至疼痛时，则应到医院进行详细的检查，确定是否引发了中耳炎，并积极配合医生进行治疗。

不宜舔嘴唇

嘴唇干燥是人们生活中很普遍的现象。舔嘴唇之后，经风吹、水分蒸发，嘴唇肌肤会变得更加干燥，甚至会引起皲裂，这是因为唾液当中的蛋白分解酶会在舔嘴唇时留在嘴唇上，进而加深干燥程度。当有唇皮翘起来时，不要用手去撕，否则容易撕裂嘴唇，导致疼痛和流血。可用小剪刀细心地对着镜子剪掉唇上翘起的皮。

嘴唇干裂或发炎的原因有两种，缺少水分和缺少维生素。由于嘴角开始干裂是缺少维生素的表现，应多补充维生素，多吃水果、青菜，避免偏食。缺少水分，或是说话太多而口干都会导致唇部干燥，使嘴唇或嘴角处堆积废皮。这时就要大量饮水，并且要保持嘴唇的清洁。

风大或是寒冷时，皮肤表层水分供应不及时，水分被干燥的空气带走，嘴唇最容易干燥。这时最好擦含有矿物油、植物油或含有合成性脂类成分的护唇膏，以保持嘴唇的湿润。凡士林也是很好的护唇品。此外，要注意改掉舔嘴唇或用唾液湿润嘴唇的习惯，否则会使嘴唇本身的水分很快蒸发掉。

解决嘴唇干燥、脱皮的最好办法就是多喝水。充分地摄入水分后，再仔细涂好润唇膏，才能把水分锁住。如果嘴唇太干，以致出现脱皮现象，不妨用一些药物及时为嘴唇补充水分营养。平时多喝水，保持饮食均衡，是保持嘴唇湿润有光泽的最简单、最有效的方法。

生活宜忌1500例

Part 03 疾病用药宜忌

一、日常用药宜忌

老年人用药常识

老年人疾病较多，相对用药也多。因此，应掌握必要的用药常识，有利于药效的发挥和疾病的康复。

严格掌握药物特征，一定要对症下药，切忌滥用药物。对一些老年慢性病患者，应尽量少用或不用药物治疗，多用针灸、推拿、按摩、理疗及锻炼与饮食相结合等其他疗法。一定要用药时，应选择针对性强、疗效好、药物不良反应小的药物。而且用药品种要少，尽可能避免多种药物同时服用，避免因药物相互作用而发生不良反应。有些能口服的药物，就不必通过注射给药。

老年疾病的治疗要同时从精神和药物两方面进行。

老年疾病有固定的特点，如出现情绪改变、失眠、食欲减退、头晕、气喘、心慌、乏力、尿频、便秘等症状。用药也应因人而异，体质肥胖、壮实或患有高血压、高脂血症、高胆固醇的老人，应慎用大温、大热、滋补的药物；体质单薄、瘦弱、贫血的老人，切忌使用大寒、大凉、发散的药物。

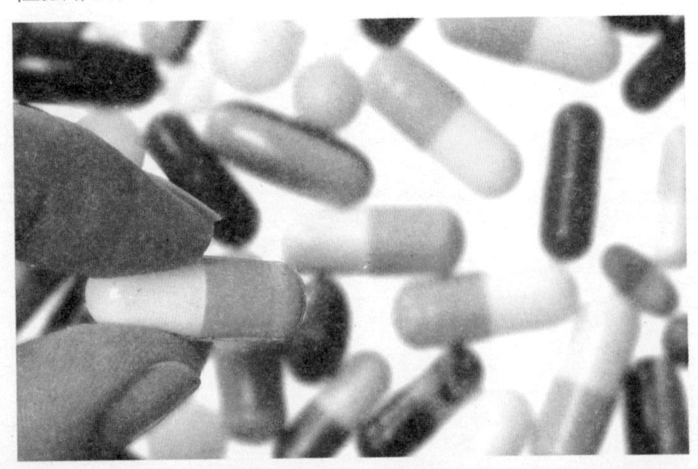

要适当减少老年人用药的剂量。由于老年人肝、肾功能减退，对药物代谢能力下降，肾脏的排泄也较

慢，因此，与青壮年相比，老年人用药剂量应有所减少，用药种类也以少为好。有肝、肾功能障碍的老年人用量应更小。另外，为了防止产生蓄积中毒，老年人患慢性病最好采用临时或短期用药，如果要长期服用某几种药，一定要监测肝、肾功能。

由于老年人的肌肉对药物的吸收能力较差，注射后易形成硬结或出现疼痛，所以除患急性病、急性感染伴有高热等需静注、静滴、肌内或皮下注射给药外，应尽量减少注射给药或静脉点滴给药。慢性病患者应尽量用口服制剂，如片剂、溶液剂或胶囊剂；因为缓释片释放慢，吸收量增加后，易产生毒性，所以尽量不要使用这些药剂。

老年人经常同时患有多种疾病，如高血压、动脉硬化、心肌梗死等。在用药时，老年人应根据病情的轻重缓急，先服用治疗急、重病症的药物，等病情稳定后，再适当兼顾其他病症的治疗，服用其他药物。不要不分轻重地多种药物同时使用，这样不但达不到良好的治疗效果，还会产生不良反应，引发其他疾病。

要按医生处方所规定的用药剂量、次数和疗程用药；没有经过医生同意，不要自行增加或减少服药的剂量和次数；到疗程时，要及时减量或停药；不要在服药过程中私自改药、换药；当忘服、多服、重服、误服或漏服药物时，要根据药物性质和不良反应作相应的处理。

口服药物应注意忌口

中医学有“五禁”之说，如肝病禁辛，肾病禁甘等。根据不同病症服用不同的药物。寒证应服温中的药物，忌食生冷食物；热证应服清热的药物，忌吃辛辣食物。现代医学研究已证明，除服用中药须忌口外，吃西

药同样也要忌口。

地高辛常用于治疗心力衰竭，但服用时不应进食豆腐。因为豆腐在加工过程中会用到含有硫酸钙的石膏，而人体吸收钙后，会增加地高辛对心脏的毒性，引起严重的心律失常，甚至导致病人死亡。

优降宁是比较常用的降压药物。在服用该药期间，不宜吃干酪、酸牛奶、腌鱼、蚕豆、香蕉、巧克力等食物，因为这些食物中含有大量的使血压升高的物质，而优降宁会阻止机体分解这些升压物质，不但发挥不了降压作用，反而会使血压升高。

切忌同时服用多种药品

有的人不管有无生病都会服用保健品和药物，也有的人身体出现小毛病就会服用很多药物，其实这都是不正确的做法。

❶“是药三分毒”。

俗话说“是药三分毒”，这是有一定道理的。服用药物虽然有治疗作用，但药品也有自身的毒副作用，要适时适量、科学正确地服用药物。

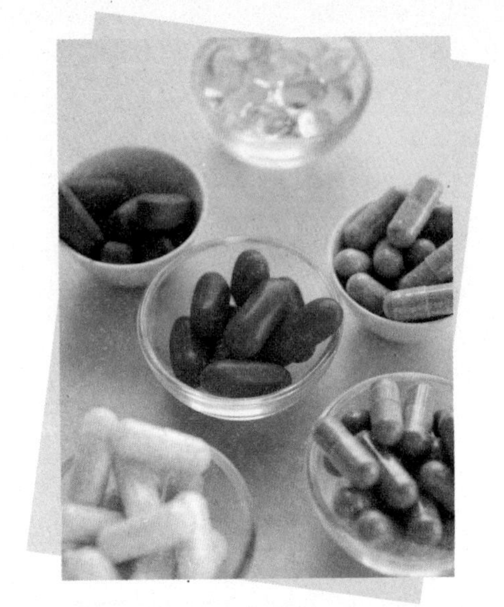

❷同服多种药物危害深。

同服多种药物，体内会产生十分复杂的变化，轻者会使药物的疗效降低，严重的则会产生毒副作用。所以，不可随便多服药物。

曾有专家对10 000多人进行统计，用药5种以下者不良反应的发生率为3.5%，6—10种的发生率为10%，11—15种的发生率为28%，16—18种的不良反应发生率竟高达58%。由此可见，随着同时服用药物品种的增多，不良反应的发生率也会急剧上升。

夏季服用止泻药的禁忌

夏季经常容易腹泻，很多人都会采用药物治疗。但是，在腹泻用药的认识上存在着很多错误的观念。

❶腹泻就只用止泻药。

很多肠道传染病发病的初期也经常会有不同程度的腹泻，适度的腹泻可帮助及时排出体内的毒素与致病菌，减少病菌毒害人体的机会。但是，如果腹泻次数频繁，且持续时间过长，并出现脱水症状，则应该在服用抗生素和防止脱水的前提下，酌情使用止泻剂。

❷随意服用抗生素。

肠道传染病大部分由痢疾杆菌、大肠杆菌等病菌引起，因此在选用抗生素治疗前，最好先明确致病菌的种类，再选择最合适的抗生素进行治疗。

❸滥用止痛剂。

腹泻时可能会同时出现腹痛现象，这时滥用止痛剂会非常危险，特别是患有青光眼的老年人，会使青光眼进一步恶化。轻度腹痛，可采用热敷的方法，如果腹部剧烈疼痛，则应在医生的指导下适量服用止痛剂。

❹稍有好转就过早停药。

不要以症状的轻重作为服药的依据，腹泻重时就多服，腹泻轻时就少服，稍有好转就不服药了。这种错误的做法易导致复发腹泻，严重者还可能转为慢性腹泻。所以在症状消失后，还应继续用药 2—3 天。情况稳定或经医生检查后再停药。

❺过早更换药物。

一些肠道传染病患者用一种药物 1—2 天后没有明显好转，就过早更换其他药物。其实任何药物治疗疾病都需要 3—5 天才有疗效，如果随便过早地换药，就不能充分发挥药物治病的作用。

所以，腹泻后应遵医嘱合理用药，避免延误治病良机、陷入用药误区。

不宜处置中药的几种情况

❶不宜放冰箱。

长时间将中药放在冰箱里，与其他食物混放，会使药材中侵入各种细菌，而且也

容易使药材受潮，破坏药性。

❷不宜煎前水洗。

某些中药成分中含有糖类物质，会溶于水，在煎煮前用水清洗，易失去药材中的一部分有效成分。

❸不宜用开水煎药。

如用开水煎煮干燥的植物饮片，会骤然冲击中药的外层组织细胞，使其立刻紧缩凝固，特别是在其细胞壁上会形成一层无法逆转的蛋白质变性层，阻止水分的渗入，导致难以析出组织内部溶解的成分，这样会限制药物的释放，严重影响药物有效成分的利用，降低药效，影响治病效果。

❹不宜用暖瓶煎。

有人在保温瓶中加沸水替代沙锅“煎”中药。但这样会使药物从开始就处于高温状态，等开始析出少量有效成分时，水温已有所下降，会影响药物有效成分的继续析出。

不宜在中药汤里加糖服用

中药煎成的汤剂，经常因其苦涩难耐而令人难以下咽，特别是幼儿更难以服下。因此有些父母会在汤剂中加糖用以冲淡药味，希望孩子能够顺利服下药物。但是，加糖后的苦味药，疗效有可能会减弱。中成药制作过程中也考虑到这点，因此不是所有的冲剂都有甜味。如果每种汤药都加糖，一定会影响药效的发挥。

吃中药加糖有下面几点坏处：

❶糖中含有一定量的钙、铁离子和其他物质，与汤药同时服用，可能会发生化学反应，改变药中的某些有效成分的性质，出现混浊、沉淀等现象，可能使疗效降低，甚至还会危害人体健康。由于中药是由多味药材组成，药液中有十分复杂的化学成分，因此应避免加糖服用。

❷中药大多讲究药性，每味药都会有

甘甜、辛辣或者苦的特性，苦味药大多用于祛热，所以药的苦味是有一定目的的。例如，极苦的马钱子若加糖后服用，会降低药效。

滋补药不宜用牛奶送服

很多人，特别是老年人，习惯在早晚喝些牛奶，服用些可以滋补身体的药物。但是有关专家认为，不宜同时服用牛奶和滋补药，否则不但不利于吸收牛奶和药物中的营养，还可能影响身体健康。

原因是牛奶中含有的磷、钙、铁等元素，易与药中的有机物发生化学反应，形成稳定而难以溶解的化合物，在一定程度上破坏了牛奶和药物的有效成分。如当归作为补血药，其含有的铁离子是补血的有效成分，但如果和牛奶一同服用，会使铁离子失去活性，补血作用也会相应地减弱。药物中的生物碱容易和牛奶中的氨基酸发生反应，从而失去治疗效果，甚至还会产生过敏或刺激反应。

不宜直接用药瓶喝药

在老年人的常用药中，有很多瓶装的水剂、汤剂、糖浆等，老年人为了图省事，常常用药瓶直接喝，这样做是不科学的。

用药瓶直接喝药不卫生，不仅会把口腔的细菌带入瓶内，而且会使药水变质，下次用药时不但不卫生，还会影响药效。

用药瓶直接喝药不易准确把握用药剂量，服用量少了不起作用，服用量多了又会使身体产生不良反应，甚至引起中毒。

用药瓶直接喝药，容易把药瓶打碎，浪

费药物，或是容易咬碎瓶口，误服玻璃碎片，造成食管出血，甚至导致静脉曲张的食管大出血。

正确的服药方法是听从医师嘱咐或按照瓶签上的说明剂量，将药倒在小勺或其他容器里，用水冲服。这样做既卫生又安全，更重要的是能准确把握药量、药物浓度及适宜温度，对胃及食管的刺激较小，有利于患者身体的康复。

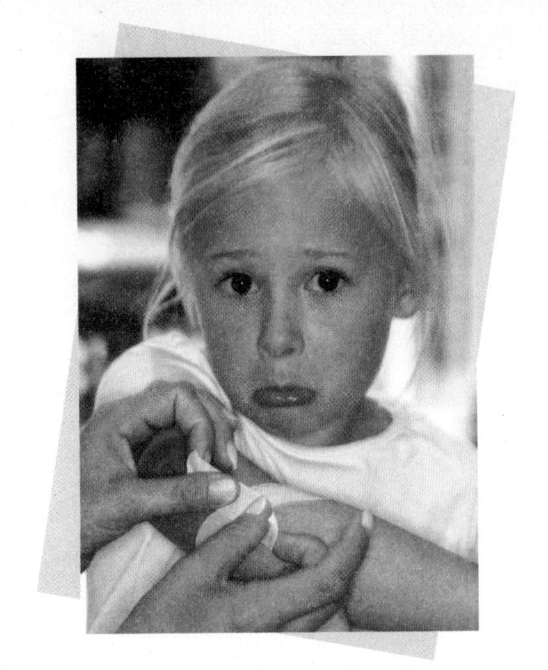

不宜过勤地给伤口换药

日常生活中难免会发生磕磕碰碰，如何换药才能帮助伤口更快愈合?有人认为，换药勤会使伤口愈合得快。实际上,过于频繁地换药反而会影响伤口愈合。

皮肤受伤后，表层会生成由白细胞和血中纤维形成的一层纤维素膜，可以保护皮肤。但换药时需要擦洗伤口，如果天天换药，会破坏保护肉芽组织的纤维素膜，导致皮肤出血，从而影响愈合。也有些伤口表面会生成一层“腐坏组织”，产生一种特殊物质，帮助刺激细胞的生长。

一般来说，当皮肤出现伤口以后，经清洗、消毒、包扎，每隔三四天换一次药就可以了。如果伤口化脓，产生过多分泌物，可每天换一次。

不宜与避孕药同服的药物

①抗生素药物。

氨苄青霉素、红霉素这类药物会降低血中避孕药物的浓度，影响避孕效果，因此不宜同避孕药一起服用。

❷利福平。

此药会促进口服避孕药物中激素的代谢，使其很快在体内消失，从而影响避孕效果。所以，正在服用利福平的女性，应换用其他避孕方法。

❸抗惊厥药物。

苯巴比妥、苯妥英钠、苯琥胺、卡马西平、扑米酮（扑痫酮）等药物会加速避孕药物在肝内代谢，降低其血中浓度，同时还可能引起出血，因此不应与避孕药同时服用。

❹安眠药物。

此药会使避孕药的代谢有所增强，从而降低避孕效果。因此，口服避孕药的女性不应同时服用安宁类安眠药物。

❺对乙酰氨基酚（扑热息痛）等。

避孕药与这些药物同时服用，能促使这些药从体内排出，使药效降低，甚至会失去药性，所以不应同服。如果一定要同时使用时，必须加大对乙酰氨基酚（扑热息痛）等药物的服用剂量。

❻利尿降压药物。

避孕药会破坏利尿药和降压药的药效，使血压升高并伴有低血钾，因此不可以同时服用。

煎焦的中药不宜服用

每一种中药都有其特有的性能。在树皮、花叶、草根这一类植物性中药里，凡是具有发散表邪、解除表征作用的药物，多属辛散之品，其主要成分为挥发油。另外还有一些药物，如麻黄、百部等中药，它们的有效成分为生物碱。在煎药时如果把含有挥发油、生物碱的中药煎焦了，不仅使挥发油消失得一干二净，连生物碱也被破坏了。如果吃了煎焦且失去有效成分的中药，不仅会延误治疗，而且会由于中药煎焦后改变了药物的性质而起到不同的作用。如荆

芥生用时具有祛风解表的作用，可以治感冒，但是煎焦了的荆芥则为止血药，不能治感冒。

由此可见，煎焦的中药不能吃。那么，中药煎干了再加点儿水还可以吃吗？其实，虽然煎干的中药其有效成分损失的程度只是比煎焦的中药小些，但是，对治疗效果也是有影响的。如常用的党参、黄芪、茯苓等滋补药煎干后，所含的糖、酶、氨基酸等有效成分都被破坏，即使加水再煎也无济于事。

怎样煎服滋补药

滋补药物含有多种营养素，煎服方法是否得当影响着其药效及疗效的发挥。因此，若想发挥滋补药的作用，应当先学会煎滋补药的方法。

❶煎药要用沙锅。沙锅受热均匀，不会使药物中的成分发生化学变化。如果没有沙锅，也可以用铝锅或者钢精锅，但是不可以用铁锅或者其他金属制成的锅，以免使药物中的化学成分和铁或其他金属元素发生化学反应，从而生成有毒物质，危害身体健康。

❷加水量要根据药物的数量及煎熬时间来判断。正常情况下，第一次煎药的加水量要以水浸过药 1.5 厘米为标准，第二次煎药水量超过药 1 厘米即可。煎药应该用干净的凉水或者是凉开水，也可以用井水。

❸先浸泡后加火。药内加水后，应当先浸泡 20—30 分钟，这样药物浸透后更利于有效成分的渗出。

❹火力不要过猛。煎药时要用文火慢煎，或者先用大火，药煎开后改用文火，这样也能使药物中的有效成分充分溶于水中。一般情况下，药开后再煎煮 40 分钟或

者1小时即可。

⑤加盖煎熬。煎药时最好加盖煎，这样利于药物渗出，尤其是人参、鹿茸、枸杞子这一类贵重药材，更应当加盖封闭，用文火煎熬。

⑥先煎、烊化及另煎。先煎是指骨质类、贝壳类药材在煎熬前应先煎30—40分钟后再放入其他药内煎熬。烊化是指煎熬胶类药材时放入热药汁中溶化的过程。另煎是指药材单独煎熬的方式，可另煎的药材有人参等。

⑦煎药的次数。滋补类药一般应煎2—3次，这样可以有利于药材的成分更多地渗出。

⑧服药方法。正常情况下，可以将煎过2—3次的药汁全部混合，分2—3次服用，但在急救时可以把几次煎得的药汁一次服下。治疗肝、肾、胃病的药物，应在饭前20分钟服用；治疗心、肺病的药物，一般应在饭后20分钟左右服用；滋阴药物也应当在饭前服用。药汁适宜温服，病重和昏迷者可以用鼻饲法。

在服用滋补类药物时应注意，如有发热、感冒等症状，应暂停进补，待病情好转后再服用，以免加重病情。

与此同时，服用滋补类药物时还应当从事适当的体育锻炼，以辅助药效的发挥。

贴心小提示

宜站立服药

丹麦哥本哈根市的医生建议，药（特别是片剂和胶丸）应当站着服用，并且每服1片应停顿1分半钟以上，服药后喝开水不应超过100毫升。因为坐着或者卧着吞服胶丸后，药剂会黏附在食管壁上，而这些药剂会在10—15分钟内被破坏，所以极少能到达最佳的吸收部位。

Tips

不宜用热水送服的药物

❶助消化类药：如多酶片、酵母片等。此类药物中的酶是一种活性蛋白质，遇热后即凝固变性而失去应有的作用。

❷维生素C：维生素C是水溶性制剂，不稳定，遇热后易还原，使成分受到破坏，从而失去药效。

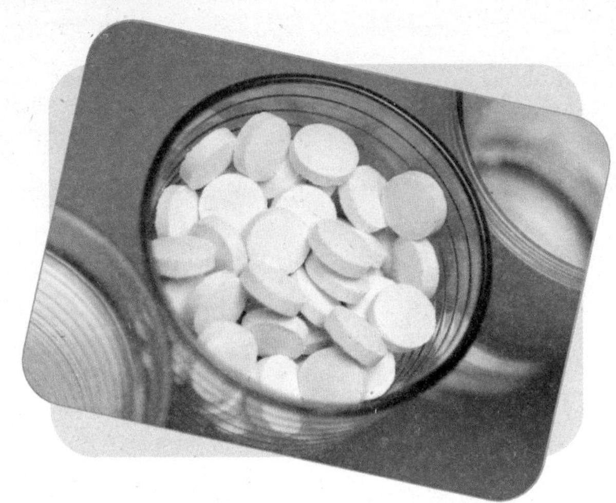

③止咳糖浆类：止咳药溶解在糖浆里，可覆盖在发炎的咽部黏膜表面，形成一层保护性的薄膜，减轻黏膜炎症反应，从而阻断刺激，缓解咳嗽。若用热水冲服，会稀释糖浆，降低黏稠度，从而影响保护性薄膜的形成，也就不能减轻刺激、缓解咳嗽了。

服用胶囊类药物不宜剥去外壳

胶囊剂是将药物装入胶囊中制成的药剂，有硬胶囊剂和软胶囊剂。如洋参丸、速效伤风胶囊、先锋霉素等是硬胶囊剂；鱼肝油丸、维生素 E 胶丸、牡荆油胶丸等是软胶囊剂。

有些人在服用胶囊药时，觉得胶囊外壳是多余的东西，对人体有害，于是采取了弃囊取药的服法，其实这样做是不正确的。

首先，胶囊外壳是采用明胶制成的，能溶于水和胃酸，对人体无害。其次，用胶囊装的药，一般都是对食道和胃黏膜有刺激性的粉末或微粒，易于挥发或易在口腔内散失而被唾液酶分解，容易呛入气管。所以胶囊既保持了药性，也保护了消化器官。因此，服胶囊药时不能剥掉外壳。

家庭药品保存宜注意

家庭常备药物一般以针对多发病、常见病、时令病和慢性病为主，数量不宜过多，品种要少而精，应随时更新调整。为了使家庭常备药充分发挥各自的功效，尽可能节省医药费开支，保存家庭药品时应注意以下几个问题：

①各种药物常会因阳光、热、空气、水

分、酸、碱及微生物等外界条件影响而变质失效。因此，家中应准备一个药箱，并用棕色或其他有色玻璃瓶将药品装好，拧紧瓶盖，放置在避光、阴凉、干燥处，防止药品变质失效。

❷平时应经常检查药品是否过期失效。及时丢弃过期药品，不要擅自延长使用期限，以免危害健康。

❸经常检查药品是否有开裂、变色、变味、潮解、发霉、沉淀等变质现象，如果变质应立即丢弃。

❹经常检查药品包装和质量是否有问题，如有蜡封脱落、瓶子破损、产生沉淀、容量减少、标签不全等情况出现，应立即丢弃。

❺应将所有家庭备用药品加锁或放在高处，以免家中儿童误食。

服药时不宜饮酒

酒中含有的乙醇可以加速某些药物在体内的代谢转化，使药物疗效降低，也会诱发药物的不良反应。长期饮酒容易损伤肝功能，影响肝脏代谢。尤其是服药时饮酒，会扩张消化道，影响药物吸收，容易引起不良反应。例如，服用巴比妥类药物时饮酒，会使巴比妥类药物的中枢抑制作用增强，危害身体健康。此外，有些药物还会使乙醇对人体的损伤有所加重。如雷尼替丁会减少胃液分泌，加重乙醇对胃黏膜的损害；甲硝唑可以抑制乙醛脱氢酶的活性，加重乙醇的中毒反应。所以，服药时不应饮酒。

不宜病初愈就停药

一般情况下，在病情稳定以后，有些治疗性药物是可以停药的。但以下几种药物

不可以病好以后就立即停用。

❶降血压药。

可乐定、普萘洛尔等抗高血压病的常用药物，如果在长期服用后立即停药，会使病人血压在短期内大幅度升高，甚至超过治疗前的血压水平，患者会出现头痛、头晕、视力模糊等高血压的危险症状，严重时甚至会发生脑血管破裂出血。因此，应在医生指导下逐渐减量。

❷抗心律失常药。

使用心得宁、普萘洛尔等药治疗心绞痛、冠心病时，见效后如果立即停药，会引起更为严重的心绞痛发作，甚至发生心肌梗死。如果普萘洛尔要在病情稳定后停药，应提前两周开始减量，预防意外。

❸肾上腺皮质激素类药。

地塞米松、泼尼松等激素类药物在治疗危重病人时，如果突然停药，会骤然加重病情，甚至会导致病人意外死亡。

❹抗糖尿病药。

胰岛素有降低血糖的功效。糖尿病患者在使用胰岛素后，如果突然中断用药，会使血糖突然升高，甚至出现酮症酸中毒昏迷的现象。

哪些西药不宜与中药同吃

中药和西药一般是可以同时吃的，但也有一些例外，如治疗贫血用的硫酸亚铁片；治疗消化不良的酶制剂，如胃酶片；含有安替匹林、氨基比林等成分的解热镇痛药，如去痛片；治疗心脏病的洋地黄制剂，如地高辛片等。

因为这些西药容易同中药里的鞣酸发生化学反应，使中药失去药效，甚至产生对人体有害的物质。所以，这些中药和西药不可一同服用。

慎用药物

❶解热镇痛药。

阿司匹林、消炎痛、扑热息痛等虽然有解热止痛的功效，但也可能会引起恶心、厌食、呕吐。年老体弱的发热患者如果服用不当，还可引起大量出汗，甚至虚脱，所以老年人服用剂量要偏小些，也不应当空腹服用。

❷抗胆碱药。

以避免诱发青光眼、尿潴留、心跳过速

等，老年人应该慎用或忌用阿托品、颠茄、山莨菪碱等。

❸激素类药物。

由于老年人蛋白质需求量的增加，维生素D吸收量的减少，会对由激素类药物引起的骨质疏松和肌肉萎缩特别敏感，并且停药后也不能恢复。绝经后的老年女性服用激素类药物，很容易引起骨质疏松，如氢可的松等，容易引起消化道溃疡，造成二重感染，加速骨质疏松及水钠潴留等。

❹安定类药物。

安定类药物为临床常用药。小剂量会有镇静抗焦虑的作用。但长期服用，即使是常用剂量，也会很快产生成瘾性和依赖性，并随后出现耐药性。长时间服用并停药后，会出现头晕、恶心、失眠加重或肌肉跳动等症状，导致产生智力障碍、血管性痴呆，并对肝、心、肾和骨髓等有损伤。有低血压、心跳过缓、视物模糊、青光眼及重症肌无力的老年人应禁止服用。

❺抗生素类药物。

抗生素如链霉素、卡那霉素、庆大霉素等耳毒性、肾毒性药物，会影响肾、听神经及内耳前庭的功能，容易产生听力减退、头晕、恶心、走路不稳及肾功能减退等现象。如氨基苷类抗生素，使用时间稍长就会引起眩晕、耳鸣、耳聋及平衡失调，也会影响肾脏；呋喃妥因、红霉素等会在肝胆内郁积，产生过敏或中毒反应，容易对肝造成损害；某些抗生素和磺胺类药物如长期服用会伤害肝细胞，并同时对骨髓、心脏、肾脏及皮肤有损害，容易导致酸中毒，严重者可危及生命；随年龄增长，氯霉素所导致的再生障碍性贫血的发病率明显增高；就算是毒性较小的青霉素，也容易引起过敏性反应，轻者会出现全身皮疹，重者可能会因为过敏性休克而导致死亡；肾功能不全的老年人，应当小心使用复方新诺明，重度肾功能不全的老年患者，忌用复方新诺明；长期使用广谱抗生素可能会引起二重感染，因此应避免使用。

⑥麻醉类药物。

老年人对麻醉药的敏感性极高，药物安全范围小，比较容易发生昏迷、呼吸中枢抑制等现象，因此，吗啡、可待因、杜冷丁等药物老年人应慎用。

⑦泻药。

长期服用导泻药不但会引起结肠痉挛，还可造成体内维生素和钙的缺乏，所以要慎用。老年人实在需要导泻时，使用开塞露比较安全。

⑧消炎镇痛类药物。

如吲哚美辛等，可能会引起心律失常、胃肠道出血、胃肠道痉挛；羟基保泰松，可能会引起严重的贫血，如果必须使用时，最好在使用7天后停药；老年人容易患慢性腰背及四肢关节疼痛，长期服用保泰松，可能会引起水肿和再生障碍性贫血。

⑨其他各类药物。

洋地黄类药物：如洋地黄毒苷等可引起心律失常、恶心、呕吐等。因为老年人的肾脏排泄和肝脏代谢功能降低，药物容易在体内

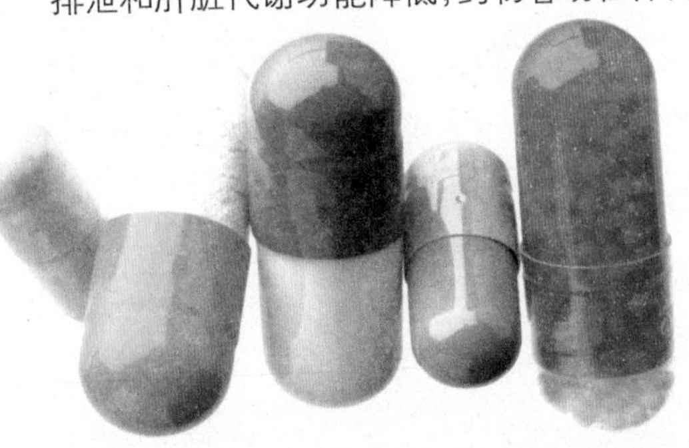

蓄积中毒，所以，使用的剂量应该偏小，有条件时还应作血药浓度测定。老年人洋地黄类药物的用量应为青壮年剂量的 1/4。

巴比妥类药物：肝肾功能不全的患者及老年人对其特别敏感，容易产生毒性反应，表现为头昏脑涨、说话迟钝、步态不稳，严重者会出现意识模糊。

胃复安：在使用中会出现轻度中枢神经的抑制作用，如经常嗜睡、头晕等。老年人，尤其是糖尿病患者，服后易出现神经系统的不良反应，以及急性肌张力障碍，应引起注意。

咳必清：多痰患者不适宜服用。咳必清可以选择性地抑制呼吸中枢及局部麻醉。此药止咳作用明显，是强镇咳药。但强镇咳药并不利于排痰，反而会使呼吸道大量积痰滞留，造成呼吸道阻塞，甚至继发感染，加重病情，不利于患者康复。

氨茶碱：是松弛支气管平滑肌的药物，可以很好地减轻黏膜充血水肿，缓解支气管痉挛。但老年人服用后会很快出现中毒症状，表现为烦躁、呕吐、忧郁、定向力差、记忆力减退、心律失常、血压骤然降低等。肌内注射时，会引起注射部位剧烈疼痛。而静脉注射则可能引起心脏兴奋，进而导致心律失常甚至死亡，因此老年人应慎用。

硝酸甘油、消心痛等药物：青光眼患者严禁使用。

普萘洛尔：心动过缓、低血压、哮喘、心功能不全的患者不宜服用。

助消化类：如胃蛋白酶合剂、胰蛋白酶、酵母等，这类药中主要含蛋白酶、淀粉酶、脂肪酶等。酶是一种活性蛋白质，遇热后就会凝固变性而失去原有的催化剂作用，没有助消化的药效。

止咳糖浆类：这类药为复方制剂，就是将止咳药溶解在糖浆中，比较黏稠。一方面，糖浆覆盖在发炎的咽部黏膜表面，形成一层保护性“薄膜”，可以减轻黏膜炎症反应，从而减少刺激继而缓解咳嗽；另一方面，止咳药吸收后会直接发挥镇咳作用。如果用热水冲服，就会稀释糖浆，降低黏稠度，减少附在黏膜上的糖浆，不能形成保护性“薄膜”，也就不能减轻刺激、缓解咳嗽，从而降低了止咳糖浆的药效。

二、常见病宜忌

水肿

水肿是指体内水液潴留，引起眼睑、头面、四肢、腹背甚至全身浮肿，严重者可伴有胸水、腹水。正常的水代谢主要由肺、脾、肾三脏完成。若风邪外袭、肺气上逆，或湿毒浸淫、内归脾肺，或水湿浸渍、脾气受困，或饮食劳倦、伤及脾胃等，均可使水液内停，形成水肿。

牙龈出血

牙龈出血主要与胃肠及肾的病变有关，分为胃火炽热和阴虚火旺两大类。胃火炽热属于实证，出现牙龈出血伴有口臭、便秘、牙龈腐烂肿痛等现象，血出如涌，齿不动摇。而阴虚火旺则属虚证，伴有齿摇不坚、口不臭、牙不痛，或有微痛，牙龈时时出血，血色淡红，口干等症状。

鼻出血

鼻出血多由火热迫血妄行而致，其中尤以肺热、胃热、肝火为多见，少数人是由于正气亏虚，血失统摄而引起的。还有跌打损伤、饮食内伤、女性倒经等原因。

便血

凡有血从肛门排出体外，无论在大便前，或大便后，或单纯下血，或与粪便混杂而下，均称之为便血。便血的原因有：湿热下注，嗜烟、酒、辣椒等食物；痔疮出血；便秘或大便秘结；劳倦等内伤，体质虚弱，气不摄血。

❶宜多食清淡少油的食品，如瘦肉、猪肝、蛋汤、藕粉、荸荠、胡桃仁等。

❷宜多食新鲜水果、蔬菜，如梨、橘子、

番茄、青菜等。

③宜多食猪肠、白木耳、黑木耳等具有治疗作用的食品。

①大量出血时应禁食。小量出血时也不能食用鸡汤、肉汤、甜羹等促使胃酸分泌而不能止血的食物。

②忌烟、酒、葱、蒜、韭菜、辣椒等辛辣刺激的食物。

③忌油煎、炙烤类食物。

心悸

心悸包括心悸和怔忡，是病人自觉心中悸动不安甚至不能自主的一种病症。一般多呈阵发性，多因情绪波动或劳累过度而发作，且常与失眠、健忘、眩晕、耳鸣等病症同时出现。心悸的形成，常与心虚胆怯、心血不足、心阳衰弱等因素有关。

①宜食用清淡而富有营养的食物，如蔬菜、豆类、鸡汤、猪肝汤等。也可食用莲心、桂圆、大枣汤。夜间心悸严重者，可睡前饮汤。

②宜少食多餐，病重者需进食流质或半流质食物，多饮橘子汁、椰子汁、山楂汁等。

③心悸较严重并伴有心痛时，可食大蒜、大枣、无花果、核桃仁、蜂蜜等食物。

①忌烟、酒及浓茶、咖啡。

②忌食辛辣刺激性食品。

③忌食咸鱼、咸肉等。

中风

中风又称急性脑血管疾病或脑血管意外，是指脑部或支配脑的颈部动脉病变引起的脑局部性血液循环障碍。中风的共同特点为起病急骤，往往在短时间内脑部损害症状达到高峰。可将中风简单地分为缺血性中风和出血性中风两类。一般缺血性中风起病较缓，以肢体瘫痪为主，而出血性中风则起病较急，以颅内高压为主，表现为头痛、呕吐、抽搐。

❶饮食宜清淡，多吃新鲜蔬菜及水产品，如青菜、萝卜、海带、紫菜等，并应少食多餐。

❷宜多吃富含纤维的食物，如青菜、大白菜、芹菜等。还可多吃蜂蜜等润肠食物，保持大便通畅。

❸宜限制总热量，减少饱和脂肪酸和胆固醇的摄入。

❶忌烟、酒。

❷忌咖啡、可可、葱、姜、韭菜、花椒、辣椒等刺激、燥热的食品。

❸忌食肥肉、狗肉、羊肉等。

多梦

多梦是指夜间睡眠不安、彻夜惊梦的一种病症。引起多梦的原因有很多，如思虑过度、忧思抑郁、恼怒成疾等。临床分为心脾两虚、心肾不定、心虚胆怯、痰火内扰四种类型。

❶宜多食新鲜蔬菜及水果，如白菜、菠菜、芹菜、四季豆、冬瓜、苹果、龙眼、柑橘等。

❷摄取的食物种类宜丰富，谷类、豆类、奶类、蛋类、鱼类、肉类均可适当选用。

❶忌食辣椒、葱、韭菜、大蒜、酒等刺激性食物。

❷忌食油腻、煎炸、烧烤等燥热性食物。

健忘

健忘是指脑力衰弱、记忆力减退、遇事善忘的一种病症。历代医家认为健忘与心脾肾有关，主要为心脾不足、肾经虚衰。病因有思虑伤脾、肾精亏耗、劳心过度等。发病的症状分为心肾不交、心脾两虚、痰淤阻痹、年老神衰四种类型。

宜摄入充足的营养，如蛋白质（奶、蛋、鱼、豆类）、维生素（谷物、蔬菜、水果）、微量元素（动物肝脏、瘦肉、坚果类）。

❶忌过量食用动物脂肪。

❷忌食刺激性食物，如姜、葱、蒜、胡椒、辣椒、韭菜、咖啡、可可等。

❸不宜偏食或暴饮暴食，不宜进食过冷或过热的食物。

❹忌烟、酒。

骨折

骨折通常分为闭合性骨折、开放性骨折及病理性骨折。闭合性骨折的骨折处皮肤没有损伤，折断的骨头不与皮肤外界相通，从外形上看不出有骨折，但可看到局部形状的改变。开放性骨折局部皮肤破裂，骨折的断端与外界相通，骨折端露在外面，能在皮肤外看到骨折断端。病理性骨折是骨骼在病理病变（炎症、结核、肿瘤、发育异常、代谢异常）的基础上，遭到轻微外力而造成骨折。

❶宜多食富含营养的食物。如高蛋白、高脂肪、高糖，并富含维生素的食物。

❷宜多食活血化淤、消肿止痛的食物，如荠菜、葱、韭菜、蟹等。

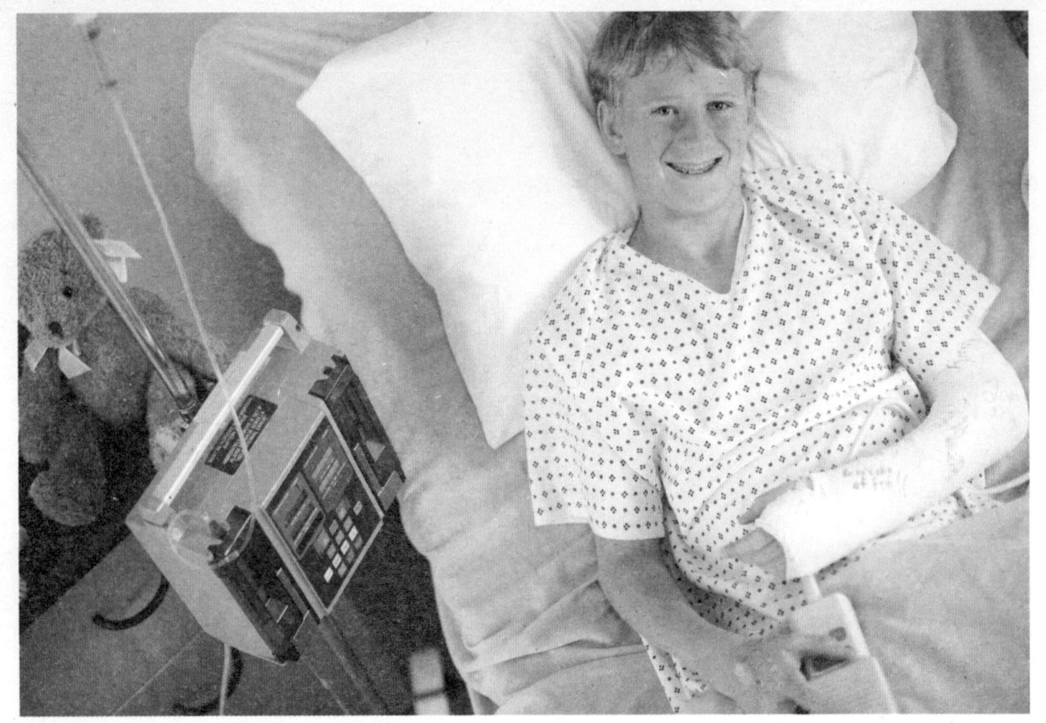

③宜多食补益气血、补肝肾、强筋骨的食物，如枸杞子、龙眼、栗子、黑豆、鹌鹑、牛肉、羊骨、牛骨等。

④宜多食富含钙、镁、锌的食物，如奶、蛋、瘦肉、黄绿色蔬菜及水果等。

忌

①忌盲目补钙。

②忌偏食。

③忌食不易消化的食物，如山芋、糯米等。

④忌食过量白糖。

痔疮

痔疮是直肠末端和肛管皮下的静脉丛发生扩大、曲张所形成的柔软的肿块。发病原因有部位低垂、感染、久坐久立、饮酒、嗜食辛辣食品、长期便秘等。痔疮的主要表现有便血和肛门坠胀疼痛，出血多者可引起慢性失血性贫血，有头晕、眼花等症状。

❶宜多食清淡、易消化、营养丰富的食物，如白菜、菠菜、冬瓜、香蕉、梨、苹果、无花果、甜橙、柿饼等蔬菜和水果。

❷宜多食富含蛋白质的食物，如瘦肉、鱼、豆制品等。

❸出血者宜食黄花菜、黑木耳、桑葚、白木耳。

❹便秘者可进食稀饭、面条、牛奶、藕粉、豆浆、米汤等食品。

❺宜常饮绿豆汤等清凉饮料及绿豆粥。

❻宜保持肛门周围的清洁，如有直肠肛管的炎症等疾患，要及时治疗。

❼宜养成良好的排便习惯，每天早晨起床后立即排便。

❶忌食辣椒、大蒜、葱、生姜、胡椒及酒等辛辣刺激性食物。

❷忌食煎炒、油炸、烧烤等燥热食品。

❸忌食公鸡、虾、蟹、猪头肉、羊肉、狗肉等发物。

❹忌食芥菜、南瓜。

❺年老体弱者忌长时间久站或久坐。

贴心小提示

食盐治肛门溃疡

取食盐 10 克，用开水将盐冲化，温洗患处。7 天为 1 疗程，用于治疗肛门溃疡，效果颇佳。对于其他溃疡症的消毒也有很好的疗效。

TIPS

老年人骨质疏松症

老年人由于生理上的原因，骨骼的破坏大于生长，加上骨酸分泌减少，钙的吸收减少，造成老年人骨质疏松症。老年人骨质疏松症的病因主要为钙的代谢紊乱，治疗方法主要为补充钙剂，日常饮食调理对预防老年性骨质疏松症具有重要意义。

❶宜多吃含钙量丰富的食物，如猪排骨、脆骨、蛋、虾皮、海带、豆类、银耳、木耳、紫菜、黄花菜、豆腐、豆腐皮、香菜、芹菜、小白菜、柑橘、核桃仁等。

❷宜多吃富含维生素 C 的食物，如酸性水果、新鲜蔬菜等。

❸宜多吃牛奶、鸡蛋、鱼、鸡、瘦肉、豆制品等。

❹宜多吃含胶原蛋白的食物，如蹄筋、猪蹄、鸡爪、翅膀等。

❶忌食过甜、过咸的食品及刺激性食物，如可可、咖啡等。

❷忌油腻食品。

66 更年期综合征

医学研究表明，通常女性 45—55 岁，

男性 55—65 岁为更年期，这一时期内，人体生理功能会出现一系列变化，如内分泌功能减退、自主神经功能失调等，患者会出现面部潮红、眩晕、记忆力减退、失眠、易激动等症状，在医学上统称为更年期综合征。

❶宜合理安排饮食，饮食宜低脂肪、低热量、低糖、高蛋白质、高维生素的食物。

❷宜坚持体育锻炼，以增强体质，缓解更年期的不适症状。应根据自身条件选择合理的运动项目，量力而行。

❸生活起居宜有规律，要劳逸结合，保证充足的睡眠，性生活要有节制。

忌

❶忌睡前激动。睡前应保持平稳的情绪，让全身放松，这样可以很快入睡。

❷忌睡前进食。人进入睡眠状态后，身体各器官活动开始放慢，如果此时进食，会加重胃肠等器官的负担，使其无法正常休息。

感冒

感冒又称伤风，是由于外邪引起的呼吸道疾病，以冬春季多发，表现为发热恶风、咳嗽流涕。西医认为感冒是由于人体抵抗力下降，病毒或细菌在体内繁殖生长而发病。

❶宜多饮水，多吃含维生素C丰富的新鲜水果和蔬菜，如橘子、苹果、鸭梨、番茄、猕猴桃等。

❷三餐饮食宜以清淡、易消化为原则，可食白米粥、玉米面粥、奶汁、米汤、菜汤、面片汤等。

❸宜多吃些味鲜爽口的小菜、新鲜青菜，以增进食欲，帮助身体早日康复。

❹冬季感冒，特别是风寒感冒时，宜饮生姜红枣汤、红糖茶，以发微汗，增强抵抗力。

❶忌食肥肉、糯米饭、油煎油炸食品、海鲜、甜食等。

❷忌食具有补性的食品、药物，如狗肉、人参、蜂王浆、鹿茸等。

❸忌饮酒、吸烟。

❹忌暴饮暴食。

❺大汗后忌吃羊、鸡、猪、狗、兔等肉类。

咳嗽

咳嗽是临床常见的症状之一，许多疾病如感冒、支气管炎、哮喘、肺炎、肺气肿等都会引起咳嗽。咳嗽一般分为外感和内伤两大类：外感咳嗽多因风、寒、热、燥等外邪侵袭所致；内伤咳嗽又分为脾虚、肺虚、肾

虚或兼而有之。

宜

❶宜多食新鲜蔬菜、黄豆及豆制品，如萝卜、大白菜、菠菜、豆浆等。

❷咳嗽属虚者，可以进补，但只宜清补。

❸宜食用益肺、健肺、理气之物，如百合、大枣、莲子、橘子、核桃、梨、蜂蜜、猪肺等食物。

❹宜多吃水果，如枇杷、梨、苹果等。

忌

❶忌烟、酒及一切辛辣食物。

❷忌肥肉、油煎、炙炒类食物。

③食物不可过咸。

贴心小提示

治疗无痰干咳法

❶取适量雪梨和鲜藕，切碎后用纱布绞取汁液，每天喝几次，每次20—50毫升。

❷取雪梨2个，川贝母粉末6—9克，冰糖30—50克，共置碗内，隔水蒸熟，饮汤吃梨，每天2次，连服3—5天。

❸取银杏(白果)50克，猪肺150克，冰糖25克，加水煲汤，饮汤吃白果、猪肺。

❹取银耳15—20克，加百合10克，冰糖适量，文火炖2小时后服用。

❺杏仁、桑白皮各15克，猪肺200克，加水煲汤，加适量食盐调味，饮汤吃猪肺。

❻杏仁10克，雪梨1个，白糖30克，清水半碗，隔水蒸1小时，喝汤吃雪梨。

❼罗汉果半个，猪肺200克，加水煲汤，饮汤食猪肺。

Tips

哮喘

哮喘是由肺气上逆引起气促、呼吸困难的一种病症，分为外感、内伤两大类。外感多为实喘，声高息涌，面红耳赤；内伤则为虚喘，声音低微，诸症皆虚。

❶实喘者，饮食宜清淡，多吃梨、橘子、枇杷等新鲜水果及萝卜、刀豆、丝瓜、核桃等。可服蜂蜜、芝麻，使大便通畅，减轻喘促。

❷虚喘者则可进食滋养补益性食物，如鸡肉、鱼、海蜇、鸭、燕窝等。

忌

❶忌烟、酒。

❷忌海产品、油腻食物，如虾（尤其是油爆虾、醉虾）、螃蟹、鳜鱼、黄鱼等。

❸忌雪里红、芥菜、黄瓜、米糟、酒酿等发物，调味不能过咸、过甜，冷热要适中。

❹忌食易产生气体的食物。如豆类、红薯、土豆等。产气易使腹胀，上顶胸腔，加重喘促。

❺寒喘忌食生冷瓜果。

肺炎

肺炎主要是由肺炎链球菌所致的肺部急性感染。儿童、年老体弱的人易感染。身体抵抗力下降，也易患本病。

❶宜进食高热量、高蛋白质食品，如牛奶、蛋类、猪瘦肉、豆制品等。

❷宜多食用新鲜蔬菜及水果，如白萝卜、白菜、油菜、番茄、苹果、枇杷等。

❸宜多食含维生素 A 和铁、铜的食物。适量选择动物肝、心、肾及蛋黄等含维生素 A、铁、铜丰富的食物。

❹宜大量饮水。每日饮水量至少 2 000 毫升，以利于痰液稀释。

❺宜注意保暖，避免着凉。多锻炼身体，增强体质。

❻生活宜有规律，少接触粉尘、烟

雾等。

❶忌食助温生痰、加重肺炎病情的蛇肉。

❷忌食助湿发咳的蚬肉。

❸忌食聚湿、伤阳、助寒的蛏肉。

❹忌食能生寒痰的柑、樱桃、龙眼肉、橘子、酒、糖、葱、大蒜等。

❺忌吸烟,忌过度劳累和精神紧张。

肺气肿

肺气肿的发病原因有感染、吸烟、大气污染、粉尘、有害气体、过敏,以及先天性 α－抗胰蛋白酶缺乏等因素。

肺气肿表现为在慢支咳嗽、咳痰基础上出现逐渐加重的呼吸困难,后期胸廓前后径增大呈桶状。

饮食宜清淡,多食新鲜蔬菜,如青菜、萝卜、胡萝卜、菠菜等。多食梨、橘子、核桃、香蕉等水果及蜂蜜等。

❶忌烟、酒。

❷忌一切辛辣刺激性食物,如葱、蒜、韭菜、辣椒、姜等。

❸忌油煎、炙烤、油腻食品,少吃海产品,以免生痰动火。

肺结核

结核病是由结核杆菌引起的慢性传染病。肺结核的症状有咳嗽、干咳或咳少量黏性液痰;咯血或痰中带血,甚至大咯血;胸痛和气促。另外，还有结核菌的全身毒性症状，表现为午后潮热、神疲乏力、食欲减退、体重减轻、盗汗、五心烦热等。

①宜增加蛋白质的摄入量，多吃猪瘦肉、鸡、猪肝、蛋、禽肉等。

②宜充分摄入维生素A、维生素D、维生素C和B族维生素，多吃新鲜蔬菜、水果。

③宜多吃含钙质丰富的食物，如牛奶、鸡蛋、鱼、排骨、大豆及豆制品。

④宜多吃具有清热、利尿、祛痰、收敛作用的食物，如藕、莲子、杏、百合、绿豆等。

⑤宜培养良好的卫生习惯，房间要经常通风换气，保持空气新鲜。

①忌烟、酒。

②忌一切辛辣的食物，如葱、蒜、韭菜、辣椒等。

③忌油炸、煎炒、燥热、油腻食品。

④忌熬夜、过度劳累。

⑤服药忌不规律，要遵医嘱不间断服药。

胸膜炎

胸膜炎是临床上较为常见的胸膜疾病，以咳嗽、气急、胸肋疼痛、呼吸困难等为主要表现。结核性胸膜炎伴有低热、咳嗽、盗汗等结核菌全身毒性反应；癌症胸水为血液性胸水，并有恶病质表现；风湿病引起胸水者伴有关节疼痛和发热。

①宜食用含有足够的营养、热量的食品，补充维生素，特别是B族维生素。

②宜多食新鲜蔬菜、水果，如青菜、土豆、番茄、胡萝卜、山药、百合、藕等。

③宜多食具有滋补作用的食物，如鳖、海蜇、猪肺、鸡肉、鸭肉等。

①忌烟、酒。

②忌一切辛辣刺激、动火生痰的食物，如葱、蒜、辣椒、韭菜、生姜等。

③忌海产品等发物。

痢疾

痢疾以腹痛、下痢赤白脓血为主症，多发于夏秋季节。此病多因外受湿热、疫毒之气，内伤饮食生冷，损伤脾胃与肠腑，或饮食不节，或误饮不洁之物，使脾胃气机阻滞，不得宣通，而成痢疾。

①痢疾初起，宜进食清淡流质食物，待大便次数减少、腹痛缓解，可吃半流质素食，但应无渣少油。恢复阶段，应食用少油少渣的软饭素菜。

②实证急性湿热痢，宜食用具有清热燥湿、理气导滞作用的食物，如茶、大蒜、田螺、马齿苋、葡萄、山楂等。

③虚证慢性期宜食用具有健脾益胃作用的食物，如鲫鱼、山药、各种粳米粥等。

①忌油腻、荤腥、生冷、坚硬的食物。

②忌饮食过饱，以免有伤脾胃。

泄泻

泄泻是指排便次数增多，粪便稀薄，甚至泻出水样便。此病一年四季均可发生，但以夏秋两季多见。泄泻的主要病变在于脾胃和大小肠，其致病原因有感受外邪、饮食所伤、七情不和及脏腑虚弱等。

饮食宜以清淡、稀软、少渣、少油、容易消化吸收为原则，以减少脾胃负担。

①忌油腻、生冷及坚硬难消化的食物，如肥肉、海鲜等。

②忌辛辣刺激之物，如辣椒、葱、蒜等。

③忌高粗纤维食物。

便秘

便秘是大便秘结不通、排便时间延长，

或欲大便而艰涩不畅的一种病症。便秘虽属大肠传导功能失常，但与脾胃及肾脏的关系甚为密切，其发病的原因有肠胃积热、情志失和、气机郁滞、气血不足、下元亏虚、阳虚体弱等。

①主食宜以糙米、麦类为主，多食产气食物，如豆类、红薯、土豆、汽水等，以促进肠蠕动。

②宜多食富含粗纤维的蔬菜和水果，如菠菜、蕹菜等。

③宜多食植物油，如芝麻油、花生油、菜油等，可润肠通便。

④宜多食具有润肠通便作用的食物，如银耳、蜂蜜、洋粉、芝麻、核桃等。

⑤清晨可空腹饮温盐水、淡盐汤、菜汤、豆浆等。

①热性便秘者，不宜进食酒（啤酒除外）、咖啡、浓茶、大蒜、辣椒等热性辛辣刺激品。

②虚寒性便秘者，忌食生冷瓜果及冷饮。

慢性胃炎

慢性胃炎是指不同病因引起的各种慢性胃黏膜炎性病变。慢性胃炎是一种常见病，发病率在各种胃病中居首位，年龄越大，发病率越高。慢性胃炎的发病与急性胃炎、刺激性食物和药物的长期服用、胆汁反流、免疫因素等有关。慢性胃炎的临床表现为食欲减退、上腹部隐痛或不适、饱胀、泛酸等。疾病呈慢性经过，饮食调理十分重要。

①食物宜细软易消化，多食富含蛋白

质和维生素的食物，少食多餐。

❷宜多食益气的食品，如动物内脏、猪血、蛋类、牛肉、新鲜蔬菜等。

❸胃酸过多者，宜多食碱性食物，少吃肉汤、肉汁及一些酸性食物。

❹胃酸少者，宜多吃些酸性水果、酸奶，或用醋调味。多饮肉汤或浓缩肉汁。

❺宜少食多餐，细嚼慢咽，饭后宜平卧休息一小时左右。

❶忌食用刺激性食物，如浓茶、咖啡、浓肉汁、蒜、葱等。

❷忌烟、酒。

❸少食用粗纤维食物，如粗粮、韭菜、芹菜、豆芽菜、薯类。

❹少食用过冷、过热、坚硬易产酸产气的食物。

❺胃酸过多忌吃甜食、酸性食物。

❻忌强食过饱。

胃下垂

胃下垂是由于机体消瘦，腹部肌肉、韧

带松弛无力，胃壁张力减低所致，多发生于瘦长体形的人身上。临床主要表现为上腹部胀满不适，进食后加重，站立后有胃部下垂牵拉感，而平卧时症状减轻。同时有消化不良、胃纳欠佳、腹中有气等表现。

❶饮食宜补充高蛋白、高热量、高糖食物，脂肪也不必过分限制。

❷宜食用易消化、吸收的食物。

❸宜多食“血肉之品”及增进食欲、促进消化的食品，如家禽类、蛋类、猪肉、粳

米、甜菜以及杨梅等酸味食物。

④宜加强腹部肌肉的锻炼。

①忌烟、酒。

②忌辛辣刺激性食物。

③忌生冷寒凉、坚固黏滞、不易消化的食物。

④忌站立时间过长，忌过度劳累。

胆囊炎

胆囊炎是由于细菌感染，浓缩的胆汁或反流入胆囊的胰液的化学刺激所引起的胆囊炎性疾病，以发热、右上腹痛及压痛、呕吐、白细胞增多等为常见表现。

①饮食宜营养丰富、高糖、低脂肪，少食多餐，多饮水、果汁及汤水，以稀释胆汁。

②宜多吃含维生素 A 的食物，如番茄、胡萝卜、玉米、动物肝、鱼肝油、萝卜等。

③宜多饮瓜果汁，如橘汁、梨汁、橙汁、苹果汁、荸荠汁、藕汁、西瓜汁等。

④宜常进行体育活动，使全身的新陈代谢活跃起来，避免过度肥胖。

⑤宜保持乐观的情绪，注意保暖，避免腹部受凉。

①忌肥腻燥热的食物，如肥肉、油炸食品等。

②忌食用含胆固醇高的食物，如蛋黄，动物脑、肾脏及动物内脏。

③忌食用酒类、刺激性食物或浓烈调味品，如葱、蒜、姜、花椒、辣椒等。

④少吃含纤维多的食物。

⑤要讲究饮食卫生，忌暴饮暴食，忌烟酒。

消化性溃疡

消化性溃疡是一种常见病，因溃疡的形成和发展与胃液中胃酸和胃蛋白酶的消化作用有关，故名消化性溃疡。此病可发生在消化道与胃液接触的任何部位，但98%发生于胃和十二指肠，故又名胃、十二指肠溃疡。病症主要表现为上腹部疼痛，反酸、恶心、呕吐等。消化性溃疡的发病与

饮食关系密切，饮食调理具有防治的效果。

宜

①宜食用富含蛋白质和维生素的食物，多食牛奶、豆浆、动物内脏、蛋类、瘦肉、绿色蔬菜。

②宜食用易消化的食物，少食多餐，定时定量。

③宜食用纤维素少或无渣食物，可常吃蜂蜜、香蕉，保持大便通畅。

④宜养成良好的饮食习惯，规律进餐，不要暴饮暴食。

⑤生活宜有规律，避免精神过度紧张，避免劳累，要保证充足的睡眠。

忌

①忌食用刺激性食物，如浓缩肉汁、肉汤、香料、浓咖啡、酒类、辣椒等。

②忌食过甜、过酸、过咸食物。

③忌食坚硬或含纤维素多的食物，如粗粮、干大豆、薯类、芹菜、韭菜、泡菜等。

④忌食煎、炸、烟熏、生拌食物。

⑤忌食生、冷、硬、易产气及过热食物。

⑥忌食用对胃黏膜有刺激的药物，如阿司匹林及某些抗生素。

66 神经衰弱

神经衰弱是一种常见的神经官能症，多见于中青年，以脑力劳动者居多。患者常觉脑力和体力不足、容易疲劳、工作效率低下，常有头痛等躯体不适及睡眠障碍，但无器质性病变。此病主要的症状有：易疲劳、易兴奋、易激动发怒、睡眠障碍、头晕、耳鸣、注意力不集中、健忘、头颈部肌肉紧张性疼痛、植物神经功能紊乱等。

❶宜多食用清淡、易消化、营养丰富的食物，多补充维生素，如瘦肉、鸡肉、鸭肉和动物内脏（尤其是心、脑）、鱼类、蛋类、豆类及新鲜蔬菜、水果。

❷宜多食用具有宁心安神、促进睡眠的食物，如小麦、小米、大枣、酸枣、百合、核桃、桑葚、芡实、莲子、牛奶等。

❸宜培养良好的兴趣爱好，这样可使人保持良好的情绪，生活和工作中的烦恼也会减少，能有效预防神经衰弱症的发生。

❹宜注意科学用脑，连续用脑两小时后应进行一些体力活动。

❺宜注意锻炼，以提高机体的免疫力，减少患病的概率。

❶忌食辛辣和燥热食物，如胡椒、辣椒、葱、蒜、姜及油煎、烧烤等食物。

❷忌烟、酒、咖啡、可可，浓茶也要少饮。

❸三餐忌过饱或过少。

❹睡前忌喝浓茶等兴奋性饮料。

❺忌生活不规律，要合理安排工作和学习的时间。

抑郁症

造成抑郁症的原因很多，主要是不良的社会性和心理性因素。抑郁症的主要症状为情绪抑郁，落落寡欢；对家人、亲属感情冷淡，对往日易激动的事情表现冷漠。敏感多疑，少言寡语，有时钻牛角尖，焦虑失眠；委靡不振，无精打采；记忆力减退，遇事易产生困难情绪，信心降低；有时唉声叹气，甚至悲观失望。

❶宜食用维生素含量丰富的食物。

❷宜食用纤维含量丰富的食物。

③宜食用胆碱和色氨酸含量丰富的食物。

④宜食用钙、镁含量丰富的食物。

⑤宜食用叶酸含量丰富的食物。

忌食用油腻及高脂肪食物。

神经性厌食症

神经性厌食症主要是由盲目节食减肥、导致下丘脑的功能异常引起的。症状主要是不思饮食。

①宜食用清淡易消化的食物。

②宜食用维生素含量丰富的食物。

③宜食用高蛋白食物。

①忌食油腻食物。

②忌食刺激性食物。

③忌食易胀气的食物。

老年痴呆症

老年痴呆症是一种由老年人脑功能障碍引起的认知、行为和人格变化的疾病。多发生在50岁以后，最开始发病不明显，发展缓慢，最早的表现往往是逐渐加重的健忘。主要表现为：在智能方面，抽象思维能力丧失，推理判断能力不足；记忆方面，开始遗忘地形，视觉与空间定向力差；言语认知方面，开始出现说话不流利等症状。

①有老年痴呆家族史的老年人，应定期进行智能测验，以对疾病早诊断，早治疗。

❷家人应重视对老年人的心理呵护，关心体贴老年患者。

❸老年人宜养成良好的饮食习惯，饮食宜低脂、低糖、低盐、高维生素，每餐吃七分饱即可。

❹宜食用富含胆碱的食物，如豆类及其制品、花生、蛋类、鱼、瘦肉等。

❺宜养成良好的生活习惯，起居要有规律，早睡早起，养成午睡的好习惯。

❻宜多思考，多动脑，勤用脑，保持大脑的灵活性。

❶忌看电视时间过长。

❷忌不锻炼，只有进行适当的体育锻炼，才能增强自身的抵抗力。

❸忌烟酒。

❹忌精神紧张和过度操劳。要保持情绪稳定，使血压稳定，保证脑组织正常供血。

慢性肾功能不全

慢性肾功能不全是发生于各种慢性肾脏疾病后期的一种病症。以肾功能减退、代谢产物潴留、水电解质及酸碱平衡失调为主要表现。各种慢性肾脏疾病都可以导致功能不全，其中以慢性肾小球肾炎、慢性肾盂肾炎和肾小动脉硬化所引起者较为多见。

❶宜食乳类、蛋类、瘦肉、鱼、鸡和蜂蜜、葡萄糖、甜果汁等食物。

❷宜多吃新鲜蔬菜、水果，以及补充维生素及叶酸等。

❸可不限脂肪摄取量，但要食用植物油。

❶浮肿尿少时忌食过咸食物（咸鱼、咸菜等）和高钾食物（海带、紫菜、蘑菇、莲子、瓜子、牛瘦肉等）。

❷忌食辛辣刺激性食物，如辣椒、花椒、咖啡、酒、可可等。

❸忌食公鸡、鹅、猪头肉、海产品等发物。

糖尿病

糖尿病是因胰岛素分泌绝对不足或相对不足而引起的一种内分泌代谢疾病。患者体内胰岛素不足，使血糖利用减少，血糖增高并随尿排出。排糖时需要大量水分，所以有“多尿”表现；尿多失水，人易口渴“多饮”；高血糖刺激胰岛素分泌，食欲常亢进而“多食”；糖的利用障碍，人日渐消瘦，体重减轻，这就是糖尿病的“三多一少”症状。治疗糖尿病，饮食调理很重要。

❶宜控制糖的摄入，饥饿时可食用蔬菜、肉食，如小白菜、大白菜、油菜、莴笋、空心菜、韭菜、番茄、藕、白萝卜、瘦肉、豆类、花生等。

❷宜多吃清淡的蔬菜和具有治疗作用的食物，如小麦、绿豆、枸杞子、山药、冬瓜、猪肚。

❸宜用豆油、菜子油、花生油、玉米油等素油做烹调油。

❹宜用木糖醇、甜叶菊调味来代替糖。

❶忌食含糖和淀粉高的食物，如白糖、红糖、冰糖、糖果、果酱、蜜饯、糕点、藕粉、蜂蜜、冰激凌、粉丝、红薯、土豆、胡萝卜等。

❷忌食高脂肪、高胆固醇的食物，如动物内脏、鱼子、蛋黄、肥肉、猪肉、牛油。

❸忌烟、酒及辛辣刺激性食物，如葱、姜、蒜、花椒、辣椒等。

❹忌食含糖量高的水果、干果。

❺忌食油炸、烧烤等食物。

前列腺增生

前列腺增生的症状为尿频、尿潴留、尿

失禁、排尿困难、尿急、急迫性尿失禁、血尿等。

❶宜食用富含锌的食物、蜂花粉及其制品。

❷宜食用坚果、水果，如核桃、栗子、苹果等。

❸宜食用的肉类有猪瘦肉、鱼肉等。

❹宜食用的其他食物有牛奶、南瓜子等。

❺宜注意保暖，避免感冒。

❻生活宜有规律，不要过度劳累。

❶忌食辛辣刺激性食物、生冷食物、酒。

❷忌食的肉类有羊肉、猪头肉等。

❸忌食的调味品有辣椒、生姜等。

❹忌久坐，忌骑车。

❺睡前忌多喝水。

❻忌忍尿，只要有尿意，就应排空膀胱。

白内障

人正常的晶状体瞳孔区是透明的，如果变混浊，挡住外界光线，视力就会下降，检查时可见瞳孔有灰白混浊，称为白内障。

❶宜多食植物性蛋白质，如各种豆制品。

❷宜多饮水，每日至少 1 500 毫升。

❸宜多食含维生素 C 的食物，蔬菜如四季豆、芥菜、苋菜、大白菜、蒜苗、番茄等；水果如柑橘、橙子、桃、柚子、柠檬、大枣、山楂、桂圆等。

❹宜多食含锌食物，如动物内脏、牛奶、蛋、鲫鱼、牡蛎、蛤蜊、蟹、鳝鱼、黄鱼、带

鱼等。

⑤外出时宜戴好太阳镜，以减少紫外线辐射。

①忌食油腻肥厚的食物，如猪油、蛋黄、黄油、动物内脏等。

②忌高糖饮食，如各种糖果、含淀粉高的食物。

③忌辛辣食物和油炸食物。

④忌烟、酒。

⑤忌高盐饮食。

过敏性鼻炎

过敏性鼻炎也称变态反应性鼻炎，具有季节性。

①宜多食暖性食物，如生姜、蒜、香菜、韭菜、香椿等。

②宜多食渗湿利水的食物，如莲子、薏苡仁等。

③宜多食温补肺气的食物，如糯米、大枣、红糖、山药、桂圆等。

①忌食刺激性食物，如辣椒、芥末等。

②忌食海鲜等腥膻食物。

③忌烟、酒。

咽炎

咽炎是咽黏膜及黏膜下层的炎症。

①宜多食用清凉泻火的食物，如甘蔗汁、萝卜汁、荸荠汁等。

②宜多食用养阴润燥、清肺降火的食

物，如百合、豆浆、青果、枸杞子、绿茶等。

❶忌食辛热助火的食物，如辣椒、狗肉、榨菜、葱、洋葱、荔枝、桂圆等。

❷忌烟、酒。

❸忌食咸腥、甜腻食物，如咸鱼、甜点等。

❹忌食炸、烤食物。

复发性口腔溃疡

复发性口腔溃疡是一种原因不明的慢性口腔黏膜疾病，与机体的免疫功能下降、内分泌失调或某些维生素、微量元素代谢异常有一定关系。

宜多食用富含锌和维生素的食物。含锌食物，如动物肝脏、牡蛎、猪瘦肉、鸡蛋、花生、核桃等；含维生素的食物，如牛奶、鸡蛋、全麦、糙米、新鲜蔬菜、水果等。

❶忌食辛辣、温热、动火食物，如葱、生姜、蒜、韭菜、辣椒、牛肉、羊肉等。

❷忌烟、酒。

❸忌饮咖啡等刺激性饮料。

牙周病

牙周病是牙周组织发生炎症，导致牙槽化脓。

❶宜多食含氟量较多的食物，如干茶叶、芋头、肉、蛋等。

❷宜多食富含多种维生素的食物，如新鲜蔬菜和水果、动物肝脏、猪瘦肉、胡萝卜等。

❸宜多食富含优质蛋白质的食物，如贝类、牛奶及新鲜的红、黄、绿色蔬菜。

❹宜多食清淡、易消化的食物。

❶忌食烟熏食物和坚硬、粗纤维食物，如熏鳗鱼、烤羊肉等。

❷忌食辛辣、刺激性食物，如葱、蒜、韭菜及油炸食物。

❸忌食含胆固醇、氮、嘌呤高的食物，如肉汤、鸡汤、蛋黄、菠菜、黄豆、豌豆等。

❹忌食甜腻食物，如蔗糖、猪油、芝麻、汤圆等。

❺忌食咸寒、变质食物，如虾酱、咸鱼等。

贴心小提示

打碗花巧治牙疼

将鲜打碗花3份捣碎，白胡椒1份研成细粉，两药混合均匀，塞入龋齿蛀孔。如果是因受风或上火引起的牙痛则应放在牙痛处，上下牙咬紧，几分钟后吐出，重复使用几次即可。

Tips

神经性皮炎

神经性皮炎是一种慢性皮肤病，表现为瘙痒、皮肤呈苔藓样增厚。

宜多食清凉、祛风食物，如粳米、芹菜、豆腐、发菜、丝瓜、金针菜、马苋菜、蚌肉等。

❶忌食致敏食物，如牛肉、羊肉、鱼、虾、蟹、鸡、鸭、花粉等。

❷忌食芳香的调味料及刺激性食物，如桂皮、丁香、花椒、胡椒、酒、茶、咖啡、可可等。

❸忌食腥发食物，如猪头肉、韭菜、蚕豆、蟹、带鱼、黄鱼、贝类等。

❹忌食油腻和生冷食物，如动物内脏、蛋黄、肥肉、萝卜、竹笋、西瓜、草莓、梨、冷饮等。

痤疮

痤疮是一种毛囊与皮脂腺的慢性炎症皮肤病，因为初起多有粉刺，故又名粉刺。

处于青春期的男女易发，30岁以后病情逐渐减轻或自愈。此病的发病原因在于雄性激素分泌增多，刺激皮脂腺分泌、肥大，或者是痤疮棒状杆菌等细菌感染以及缺乏微量元素锌。表现为面部、上胸背部的粉刺、丘疹和疱疹。

❶宜多吃富含维生素的新鲜蔬菜和水果。

❷饮食宜清淡、易消化、有营养。

❸宜多吃富含微量元素锌的食物，如禽类、蛋类、肉类、扁豆、白菜、茄子、白萝卜、小米、玉米、小麦、黄豆、土豆等。

❶忌烟、酒。

❷忌食含脂肪和含糖量高的食物，如肥猪肉、狗肉、羊肉等。

❸忌食海鲜、河鱼等发物。

❹忌食辛辣刺激的食物，如辣椒、生姜、花椒、蒜、桂皮、韭菜及油煎、烧烤食品。

❺忌食热量高的食物，如奶油、牛奶、巧克力等。

脱发

脱发原是人体生理代谢过程的正常现象。但成人每日脱发超过30根时，则属于病态脱发。

❶宜多食高蛋白质食物，如猪瘦肉、鱼类、鸡蛋等。

❷宜多食含锌多的食物，如牡蛎、紫菜、海带、核桃、栗子、花生等。

❸宜经常清洁头发。洗头水温不宜过高或过低，不宜用强碱性肥皂。

❹宜常梳头。梳头最好选木质梳。

❺宜注意锻炼身体，冬季宜注意头部的防寒保暖，夏季宜防晒。

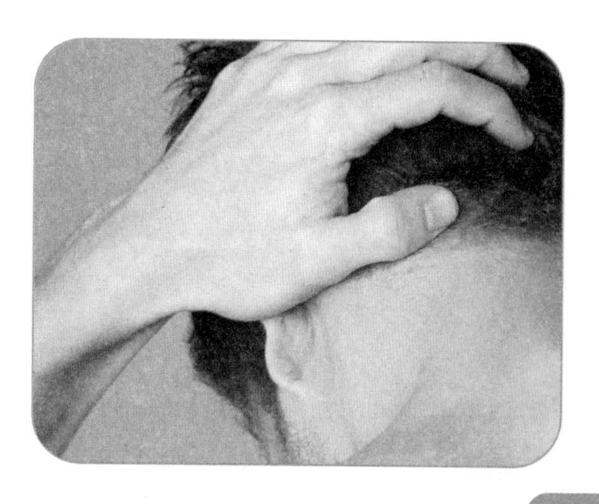

❶忌饮刺激性饮料，如咖啡、浓茶等。

❷忌睡眠不足，睡眠不规律，长期熬夜等。

❸洗发后，忌头发未干就睡觉，会损伤头发，还会引发其他疾病。

❹忌操劳过度、熬夜、纵欲。

白血病

白血病是一种恶性疾病，对儿童及青壮年危害极大。根据病势的急缓、周围血液及骨髓中原始细胞的多少、细胞成熟的程度等，可分为急性、亚急性及慢性白血病。

大多数病人起病急骤，病情发展非常快。大多以发热为首发症状，伴有恶寒、盗汗、自汗。遍及全身各部位的出血：皮肤淤斑、牙龈出血、鼻出血、尿血、便血。有贫血、心悸、气促、乏力、面色苍白、浮肿的症状。

❶宜多吃具有抗白血病作用的食物，如蒜、小麦、胡萝卜、核桃、牡蛎等。

❷出血者宜吃藕、葡萄、蘑菇、荠菜、木耳、金针菜、鲛鱼。

❸贫血者宜吃猪肝、黄鱼、海参、芝麻、蜂乳。

❹淋巴结肿大者宜吃栗子、桑葚、核桃、荔枝、荸荠、羊肚、鱼、牡蛎、甲鱼等。

❶忌饮咖啡、浓茶等兴奋性饮料。

❷忌食狗肉、羊肉、韭菜、胡椒等温热性食物。

❸忌食葱、姜、蒜、桂皮等刺激性食品。

❹忌食油煎、肥腻、霉变、腌渍食品。

❺忌食猪脚、鸡内脏、蟹、鲤鱼、鲫鱼等。

❻忌烟、酒。

高血压病

高血压病是一种常见病，临床表现为动脉血压增高，可引起血管、脑、心、肾等器官的病变。高血压病早期表现为头痛、头晕、眼花、耳鸣、失眠、乏力、注意力不集中，血压仅暂时升高。随着病情的发展，血压持续升高，会对脑、心、肾、眼造成损害，引起动脉硬化、脑溢血、心力衰竭、肾功能减退、尿毒症、眼底动脉硬化、高血压性心脏病等病变。高血压宜综合治疗，要注意从饮食方面进行调理。

❶患者宜节制饮食，控制体重。饮食应低热量、低脂、低胆固醇、低盐，适当限制蛋白质的摄入量。

❷宜用植物油烹调。

❸宜多食用新鲜蔬菜和水果，以及富含多种维生素的食物，如豆芽、紫菜、木耳等。

❹宜多吃具有降压作用的食物，如芹菜、茼蒿、茭白、红薯、绿豆、玉米、胡萝卜、葫芦、海参、海带、海蜇、黑木耳、香蕉、西瓜、苹果、山楂、笋、菠菜、番茄等。

❺宜增加运动，保持心胸开阔，心态要乐观积极。

❶忌烟、酒、浓茶、咖啡、可可等兴奋食物。

❷忌食辛辣刺激的食物。

❸忌食易产生气体的食物，如薯类、土豆等。

66 低血压

低血压主要是由先天性遗传、后天营养不良、失血、月经过多等原因引起。轻微患者有头晕、头痛、疲劳、脸色苍白、食欲不振、消化不良、晕车晕船等症状；严重患者会出现直立性眩晕、心悸、呼吸困难、四肢冷，甚至昏厥等症状。

①宜食用蛋白质和胆固醇丰富的食物。

②宜食用含铁、铜等矿物质元素丰富的食物。

③宜适量食用辛辣刺激性食物。

④宜食用的调味品有生姜、醋、胡椒、辣椒等。

⑤宜食用的食物有动物肝脏、奶类、蛋类、鱼类、豆类、猪骨、桂圆、莲子、桑葚等。

①忌食的蔬菜有菠菜、冬瓜、芹菜、萝卜、番茄等。

②忌食生冷破气的食物。

③忌食的水果有山楂等。

冠心病与动脉粥样硬化

冠心病是冠状动脉硬化性心脏病的简称，指冠状动脉粥样硬化使血管阻塞，导致心肌缺血缺氧而引起的心脏病。动脉粥样硬化则是指动脉的管壁内沉积了大量的胆固醇，造成动脉管壁硬化、管腔狭窄的一种病理变化。

引起冠心病和动脉粥样硬化的原因有高血压、吸烟、肥胖、精神紧张、高脂血、糖尿病和遗传因素等。其中，饮食、精神紧张、遗传是三大主要因素。

①宜多食低胆固醇食物：谷类（各种粗粮），植物油（椰子油除外），豆类（大豆、蚕豆、绿豆及各种豆制品），各种蔬菜、水果，菌类，鱼类（大多数河鱼、海鱼），坚果类以及山楂、瘦肉、家禽。

②宜多食脱脂牛奶、带酸味水果。

③宜适量饮茶。

④宜为自己创造一个安静舒适的睡眠环境，充分休息。

❶饮食忌过饱。

❷忌食猪油、牛油、鸡油、黄油、奶油、动物肝脏及蛋黄、巧克力、鱿鱼、贝类、鱼子。

❸忌食甜食、咸食、高脂肪制品。

❹忌烟、酒。

❺忌食辛辣刺激性食物。

❻忌超负荷运动。

❼忌生气、发怒。过分激动、紧张会引起中枢神经的应激反应，导致血压上升、心跳加快，诱发心绞痛或心肌梗死。

❽忌脱水和缺氧。

❾忌过饱。过饱会使胃直接压迫心脏，加重心脏负担。

66 心肌梗死

心肌梗死是心肌缺血性坏死，患者常感到烦躁不安、出汗、恐惧、有濒死感、心律失常、休克或心力衰竭，属冠心病的严重类型。心肌梗死的基本病因是冠状动脉粥样硬化，造成管腔狭窄和心肌供血不足，而侧枝循环尚未充分建立，一旦供血减少或中断，使心肌严重而持续缺血达 1 小时以上，即可发生心肌梗死。

❶病初期属急性期，饮食宜以流质为主，可进食少量清汤、牛奶、橘子等食物，病情好转后，可逐步改为半流质，宜少食多餐。

❷饮食宜低脂肪、低热量、低胆固醇、低盐，以豆油、芝麻油、菜子油、花生油为烹调用油。多食豆制品，以补充蛋白质。

❸宜补充维生素及微量元素。绿色蔬菜、酸味水果、酵母、糙米、瘦肉、鱼、蛋、牛奶、豆类、花生、核桃、海产品、谷类、坚果、

粗制红糖、小麦等。这些食品有减轻动脉硬化的作用，在病情稳定时可适当选用。

④宜多食含纤维素丰富的蔬菜，保证大便通畅。

⑤宜保证充足的睡眠。

⑥室内宜开窗通风，保证空气新鲜。

①忌过饱，恢复期也不能过饱。

②忌烟、酒及浓茶、咖啡、葱、蒜、辣椒、韭菜等所有辛辣刺激性食物。

③忌食过冷过热、多渣、不易消化和产气多的食物。

④忌过咸食物，如咸鱼、咸蛋、咸肉、咸菜、松花蛋、酱油等。

⑤忌激动和过度兴奋。

⑥忌服用大量降压药。

充血性心力衰竭

充血性心力衰竭即心功能不全，是原有心脏病发展到一定程度时，心脏收缩力减弱或心脏负担过重，无法将回流心脏的血液排出，身体得不到充分的血液供应，肺循环和体循环淤血，从而出现一系列症状。

①宜多食用低热量、维生素丰富、中等量蛋白质的食物。

②宜进食易消化的食物，以流质、半流质为主，如米粥、藕粉、蛋花汤、牛奶、细面条等。

③宜食用的食物有大米、小米、玉米、高粱、豆类、豆浆、豆腐、猪瘦肉、牛肉、鸡肉、牛奶（限量）、新鲜蔬果、醋、糖、胡椒、葱、姜等。

①忌烟、酒。

②忌食生冷、油腻、坚硬、刺激性食品。

③忌食各种面包、饼干、油条、油饼，发酵的点心、豆腐干，含盐的罐头食品，含钠高的海鱼、咸蛋、皮蛋、乳酪，部分蔬菜（如菠菜、卷心菜、芹菜等）以及葡萄干、味精、酱油、番茄酱、豆瓣酱等。

生活宜忌1500例
Part 04
日常保健宜忌

1 2 4 5 6
3

一、运动健身宜忌

宜合理选择运动时间

运动时要按照自身的“生物钟”规律来安排运动时间才利于健康。上午的空气比较新鲜，适当的户外活动可以提高肺活量，增强肌力，对患有呼吸道或呼吸系统疾病的人十分有利。下午则可强化体力，此时肌肉的承受能力高于其他时间50%，尤其是黄昏时，人体运动能力达到最高峰，血压和心跳频率均有所上升。

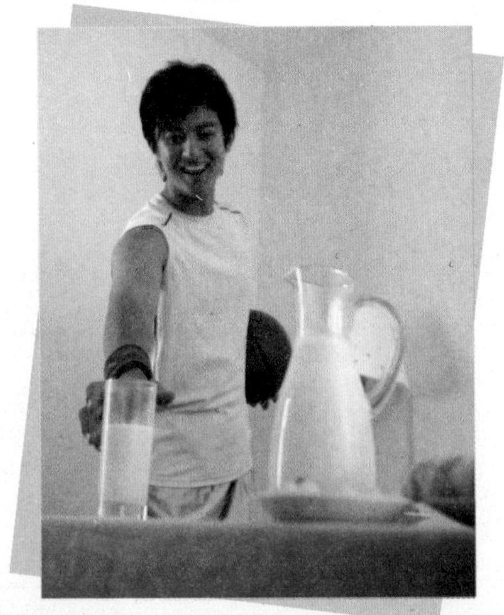

晚上适当运动利于睡眠，但必须在睡前3—4小时运动，强度不应过大。不适宜运动的时间段有以下两个：

❶用餐后。

用餐后，胃肠道会有较多血液流入，帮助食物消化吸收。这时运动会使食物的消化受阻，长期如此会导致疾病的产生。

❷喝酒后。

酒精会很快被消化道吸收到血液中，并进入脑、肝、心等器官，此时运动，会使这些器官的负担加重。与餐后运动相比，更加不利于消化食物。

宜进行小量运动

小量运动是指非竞技性的小范围、小幅度的放松身心和肌肉的运动。小量运动有与同大量运动一样不可忽视的作用，而且小量运动更适合大多数人群。小量随意运动既可以满足机体活动的需要，又能最大限度地使锻炼者的身心愉悦，利于长寿。

小量运动的特点在于愉悦身心，大量运动的特点在于表演与竞技，但伤害性较大，极容易造成运动性损伤。研究人员发现：除了肌肉力量以外的其他各项健康指标，专业运动员与小量随意运动者基本相同，而且小量随意运动者没有运动性损伤，其精神、心理状态也远高于专业运动员。实践证明，小量随意运动利于提高身体素质，增强人体机能。

而大运动量的运动会消耗过多体能，还易伤及体内脏器，尤其不适合中老年人。相比之下，小量随意运动作为一种较理想的有氧运动，是大多数人理想的健身方式。

不宜用家务劳动代替锻炼

一些老年人长时间待在家里，很少去外面活动锻炼，认为通过家务劳动也能代替体育锻炼，这种认识其实是错误的。

家务劳动按其强度来说，大多是轻体力劳动或身体局部活动；就劳动项目来说，大多是短距离、琐碎的劳动；就其活动场地来说，多在狭窄的房间里，无法接触到外面充足的阳光和新鲜空气；就其周围环境来说，多是在家庭内部劳动，无法达到户外锻炼的目的。因此，最好在家务劳动结束之后，到空气新鲜的广场进行活动量稍大的体育锻炼，才能达到健身的效果。如果条件不允许，也可以通过日常生活中的劳动来配合体育锻炼，对老年人的健康也有很大好处。

老年人在家中休息时最好经常活动手腕和脚腕，活动顺序是上下左右轮流转动，每天活动 3—4 次，每次活动 30—40 下。此外，老年人经常搓脚心可以去浊气、散虚火、健足安眠、舒肝明目、防感冒，可在睡前或起床后进行。

爬楼梯有益健康

爬楼梯对于现代人来说是最简便的运动方式，对于心肺功能具有锻炼与增强的效果。经常爬楼梯，能够有效地增强体力。爬楼梯时，不仅双脚与双臂都会得到运动，全身的肌肉也都会产生运动感。因此，爬楼梯是一种全身性的运动。

首先，它可以加强骨骼和肌肉的锻炼。缓步爬到楼梯顶端，在平坦的地方散步；继而下楼，在楼底平地上走两大圈；然后接着爬楼梯。这种运动应至少持续 30 分钟。其次，由于上下楼梯时肌肉有节律地收缩，肌肉运动会增强，氧气消耗增加，加速了血液循环和呼吸运动，从而可改善心血管和呼吸系统功能。爬楼梯还能通过使机体组织充满氧气的方式延缓老化的进程。如果想进一步加强骨骼和肌肉的力量，可在上楼后再做 10 分钟的基本健身操。可做两套下蹲、踮脚跟、弯腰、俯卧撑、侧踢腿或压腿动作，每个动作重复 12 次。爬楼梯之所以效果非常理想，是因为身体总是在上下运动，因而能比在平地散步锻炼时具有更强的抗衰老效果。

宜常做伸展运动

经常运动就会使身体变得柔韧，早上走一走，经常跳跳舞，或是伸手取书架上的

书，都可增加身体的柔韧度。

如果想要增强身体某个部位的柔韧度，如颈部、下背部、大腿，最好做特定的伸展运动。一般人大概每周两三天，花15—30分钟做些伸展运动即可，但应因人而异。伸展运动同按摩一样，可以松弛紧绷的肌肉，帮助缓解压力。

随着年龄的增长，人们更应注意自己的柔韧度。运动前一定要做适当的伸展运动，帮助活动身体，以免拉伤身体的韧带或肌肉。

运动前宜喝杯咖啡

运动专家指出，在运动前如果能喝一杯咖啡，不仅可以使运动的耐力增强，还能够帮助减轻体重。

研究人员曾经对一些摄入少量咖啡因的田径运动员进行测试，结果表明，他们比没摄取咖啡因的运动员的运动时间多30%，成绩也比平时提高36%。而在比赛时，那些喝了咖啡或淡味可乐的自行车运动员比那些只喝水的运动员骑得快，骑得远。

研究者指出，此研究成果对于每个经常运动的人都很重要。因为一杯可乐或咖啡被人体吸收后，咖啡中的咖啡因会促进脂肪迅速溶解到血液中，使身体在将有限的碳水化合物储备转化为能量以前，将脂肪作为主要能量来源。在饮用咖啡的30—40分钟后，咖啡因会使血液中的脂肪酸浓度升高，如果此时进行适量运动，就能够达到将脂肪酸转变成热能，有效燃烧脂肪的目的。

运动后不宜多吃糖

运动量越大，消耗的能量就越多。人在剧烈运动后一般会产生又渴又饿的感觉。有些人觉得在运动之后，多吃甜食能帮助体力尽快恢复，其实这种做法很不科学。吃糖不但不能缓解疲劳，还易引发倦怠、食欲不振等不适症状。

人体经过剧烈运动后，如果摄入过多的甜食或糖，会在体内被转化成能量时消耗其他营养素。摄入的糖类越多，在转化成能量时就会消耗越多的维生素 B_1，使得体内维生素 B_1 大量缺乏，让人感到食欲不振和倦怠等，并且使体力的恢复受到影响。

宜用脚心蹬车

涌泉穴位于脚心部，中医认为经常按摩涌泉穴，可健肾、理气、益智，增强人体免疫力。骑自行车时，如能用脚心蹬自行车，就能达到按摩涌泉穴的效果。为使按摩效果更好，骑自行车时可换穿软底鞋。如能坚持用脚心蹬车，便可达到健体益肾的目的。

不宜边跑步边听音乐

有人习惯边跑步边听音乐，这是个不太好的习惯。人的大脑有若干神经中枢，负责调动各种机能。在跑步时，大脑中主管肌肉、肺新陈代谢的神经中枢处于兴奋状态，而此时如果再听音乐，主管思维的神经中枢兴奋性便会增强。由于兴奋的扩散作用，这个神经中枢会抑制主管肌肉新陈代谢的作用。这两部分神经中枢系统便会发生冲突，锻炼时体内生理变化就达不到较高的水平，从而影响锻炼效果。如果在锻炼时注意力不集中，很容易发生意外。为保证锻炼的效果和自身安全，应避免边跑步边听音乐。

不宜空腹晨练

很多老年人经常参加晨练和户外锻炼，以达到增强体质、延年益寿的目的，但很多老年人在晨练后会出现心慌、站不稳的现象，这都是由空腹晨练造成的。

人体经过一夜睡眠，皮肤和呼吸器官都散发出部分水分，尿液的形成也会使机体相对缺水，血液浓缩，人体的代谢率处于最低水平，血糖也处于维持生理最基本的需求状态，若不补充能量就进行晨练，会导致机体代谢跟不上机体需求，很容易引发低血糖，出现头晕、目眩、手麻等症状，有时甚至会发生晕厥。

贴心小提示

忌在冬季有雾时锻炼

不要在冬季大雾天锻炼。有雾的时候，空气中往往飘浮着大量有害颗粒，如汽车尾气、工业废气、粉尘等，空气质量非常差。而且，冬天绿色植物都已经凋谢，不能有效地吸收有害污染物以净化空气，再加上陆地的辐射逆温作用，使这些有害物质在低空滞留，导致浓度升高。如果在这种环境中长时间锻炼，则会吸入很多有害物质，继而引发支气管炎、咽喉炎、眼结膜炎和其他过敏性疾病，反而影响了身体健康。

Tips

感冒时不宜锻炼

通常人们认为感冒时应该跑跑步、踢踢腿、打打球，参加一些体育锻炼，活动活动身体，出一身汗，才会使病好得快。然而事实并非如此，感冒时应该多注意休息，而非多运动。因为感冒时身体很虚弱，过多的运动会加速机体代谢，瞬间产生大量热量，使得体温升高，增加了氧气和营养的消耗，会导致身体机能失调，心肺负担加重，抗病能力下降。因此，感冒时一定要多休息，多补充营养，不要参加运动。

运动后的沐浴时间

运动后洗个澡，既可以除去汗臭，还可彻底放松身心，迅速缓解身体的疲劳。但同时专家也指出，运动后的沐浴要注意适量适度，以免加重疲劳感，不利于身体健康。

运动后沐浴可简单有效地消除疲劳，人体在疲劳时肌肉会酸痛，而温水浴会刺激交感神经，可以起到镇定安神的作用。国外曾有专家通过测试表明：运动员在进行大运动量的训练后，在43℃的温水中泡洗5分钟，血液中的乳酸几乎没有什么变化，而10分钟后，乳酸浓度会降低7—8毫克，继续泡洗30—60分钟后，血液中的乳酸基本就可以恢复了。

但是，并不是运动后沐浴的时间越长越好。沐浴时间要因人而异，因运动量而有所不同，运动者要根据自己的具体情况适当地调整沐浴时间。此外，还应注意水温，适宜的水温可加快人体的新陈代谢，兴奋机体，调节机体循环。一般情况下，温度较高一些的热水浴能更快降低血液中的乳酸浓度，但水的温度过高，会损耗体内过多能量而造成再度疲劳。

对于大多数健身者来说，最适宜的沐浴水温是40℃—42℃，时间一般为10—15分钟，最长不超过20分钟，而且每天不宜超过两次，因为洗浴时间过长或次数过频，反而不利于消除疲劳。

运动不当可引发妇科病

经常锻炼可使身体更加健康，充满活力，但如果锻炼不当，特别是超负荷运动，很可能引发妇科疾病。常见的有：

❶外阴创伤。

活动中如若不慎，如外阴部与自行车的横档、坐垫或其他硬物相撞，易使外阴部血肿，严重者会伤及阴道和尿道，甚至损害盆腔。

而外阴部的大阴唇皮下组织比较疏松，静脉浅且丰富，如果受到外力碰撞后易引起血管破裂出血，形成大面积淤血。

❷月经异常。

国外专家对运动量较大的少女进行调查，月经异常者占有相当大的比例，大多表现为月经初潮延迟、继发性闭经、周期不规则等，并且运动量越大，初潮年龄就越晚。主要是因为剧烈运动会使下丘脑功能受到抑制，使内分泌系统功能异常，对体内性激素的正常水平造成影响，从而影响正常月经的初潮和周期。

❸卵巢破裂。

抓举重物、剧烈活动、碰撞、腹部挤压等都可导致卵巢破裂，而引起下腹部疼痛，甚至全腹疼痛。卵巢破裂一般会在月经后的10—18天发生，而其中80%的黄体或

黄体囊肿会发生破裂,腹腔穿刺有血。

❹子宫内膜异位症。

在经期剧烈运动可能会使经血从子宫腔逆流到盆腔，随之流动的子宫内膜碎屑很可能停留在卵巢上,形成囊肿。患了子宫内膜异位症后,患者经常会出现痛经加剧的情况,严重者甚至会导致不孕。

❺子宫下垂。

女性做超负荷运动时,尤其是举重等训练,会增加腹压,使子宫暂时性下降,但不会出现子宫脱垂的情况。如果长期超负荷运动,就会使子宫脱垂。曾有试验表明,子宫位置正常的女性负重 20 公斤,宫颈位置并没有明显变化;当负重 40 公斤时,就会出现宫颈向下移位的情况。

运动中如何补水

我们在运动和健身的过程中会大量出汗，身体缺少水分，于是就会想要喝水。有的人会因为口渴一直在喝水，结果导致腹胀、胃痛、肌肉力量下降；也有的人虽口渴难忍，却不敢喝水，因为害怕会使身体不舒服，等到运动结束后 30 分钟才补水，结果导致身体脱水，不利于健康。

那么，怎样在运动中补水呢？

❶补水的时机。

一些人认为，在运动过程中喝水会使心脏负担加重，影响胃排空，导致出现胃牵拉性疼痛等症状，所以在运动时不敢喝水。其实这种看法是错误的。研究表明，长时间的运动会使身体大量排汗，血浆量下降16%，此时如果能够及时补水，既可以减少血流阻力，增加血浆量，又可以提高心脏的工作效率和运动的持续时间。而且，在运动过程中适量饮水不但不会降低胃的排空能力，反而还会使其加强。因此，在运动中身体失去的水分应该及时给予补充。

通常来说，在运动前 30 分钟左右补水最为适宜。如果在运动过程中口渴难忍，也可以适量补水。如果进行的是超大强度的训练，除在训练前补足水分外，最好在训练后再进行补水。

❷补水量和水的温度。

运动中补水不可贪多，否则补充的水分既不利于吸收，又会引起胃部膨胀，影响消化功能和运动效果。正确的补水方法应该为少量多次，可选择在每次休息时喝大约 25 毫升的水。也可选择每 5 分钟左右补一次水，每次饮水量不要超过 100 毫

升。身体所补充的水最好是温开水，即使在夏季，水温也应保持在 5℃—10℃之间，切忌饮用冰水。

③运动后不宜吸烟。

运动后人体新陈代谢加快，体内各器官处于高水平工作状态，机体需要大量氧气，而此时吸烟更易使人受一氧化碳、尼古丁的侵害，氧气吸收不畅，易产生胸闷、气喘、头晕、乏力等症状。因此，为了身体健康，运动后不要吸烟。

运动可增加体内的含氧量

很多有规律性运动习惯的人，皮肤比较紧实、活力较佳，而且运动可以增加体内的含氧量，使身体的反应能力增强。

随着年纪越来越大，人体内的含氧量会减少，细胞老化的速度加快，因此这时候一定要通过运动让体内的含氧量维持在高峰状态，减缓体内细胞和神经老化的速度。简单的健康操就有拉伸的作用，对于肌肉、骨骼、韧带都有伸缩的功效。另外，中国武术里的气功、八段锦都有很好的运动效果。而且这类运动还有调节呼吸的作用，比如深呼吸、腹式呼吸，结合肢体动作会明显增加体内的含氧量，比单纯的肢体健康操效果更明显。

锻炼是老年人健康的关键

锻炼是健康最核心的因素，锻炼可以增强人的体力和活力，可以塑造肌肉，增加骨骼的强度，增强心肺等内脏器官的功能，能够缓解抑郁的情绪，对睡眠有益，对日常生活的各项活动都能起到良好的辅助作用。老年人一定要重视锻炼，提高自己的锻炼水平。

❶老年人的三种锻炼方式。

锻炼方式有三种：有氧锻炼、伸展锻炼和力量锻炼。在这三种锻炼方式中，有氧锻炼是最重要的。“有氧”就是指在锻炼过程中，吸入的氧气和消耗的氧气是平衡的。有氧锻炼主要是耐力的锻炼。在有氧运动中，身体组织的许多机能都会发挥作用，心跳速度会加快，便于向身体输送更多的血液；呼吸频率也会增加，深度会加大，这样可使肺部传送到血液中的氧气增加。经过耐力的锻炼，身体细胞的能力得到提高，可以从血液中吸收更多的氧气，身体状况也会逐步改善，而且这些效果会一直持续下去。长期坚持有氧锻炼会使心脏更为强壮，每次心跳能够向身体其他部分输送更多的血液，细胞就可以获取充足的氧气。在正常状态下，心脏不会跳得很快，在两次跳动之间，心脏会有更多的时间进行自我修复。

伸展锻炼是让人放松的一种锻炼方式。老年人因年龄的增长，在做伸展运动的时候要小心，不要过度。不要做剧烈运动，拉伸身体的时候要缓慢。无论身体的哪个部位，只要不能伸展到正常运动的范围，就需要进行伸展锻炼。有时伸展锻炼能够起到治疗的效果。如果老年人因受伤、关节炎或是某种疾病导致某个关节不灵活，都需要配合伸展锻炼进行治疗。

伸展锻炼也是有氧锻炼的基础，在开始进行有氧运动前，应先进行温和的伸展运动，可以使肌肉放松，防止受伤。在锻炼之后进行伸展运动，也可以避免肌肉变得僵硬。

力量锻炼也很重要。有研究表明，老年人即使在 80 岁以上，力量锻炼也会产生效果，能够强化肌肉并减少体内脂肪的含量。力量锻炼还能够增加骨骼的强度，减少骨折发生的概率。

❷老年人应如何进行有氧锻炼。

老年人开始进行锻炼时有一些事项要注意。如果是因健康状况不好而有一段时间没有锻炼的老年人，应该从一个较低的运动强度开始，而且要注意选择锻炼的方式，有可能身体中某种疾病不适合某些锻炼方式。但是，在这个年龄，老年人比以往更需要有氧锻炼，可以根据自身的情况选择一种或几种锻炼方式。

最初锻炼时，老年人可能不太适应耐力活动，但随着体育锻炼的继续，身体也会逐渐感到舒适。锻炼时不必竭尽全力，有氧锻炼的强度控制在可以一边锻炼一边与人交谈即可。有氧锻炼需要持续一定时间，每次锻炼至少需要10—15分钟，每周的锻炼时间不要超过200分钟，锻炼太多不会为身体带来明显的好处。

选择有氧运动的种类取决于个人的喜好和自身目前的健康水平，要能够轻松地、逐渐地增加锻炼的强度和时间。虽然步行并不是有氧运动，但是如果老年人以前从未进行过系统的锻炼，就可以从步行开始，逐步增加运动量。每周的步行时间应最少达到150分钟。轻快的步行可能属于有氧运动，但是要达到让自己出汗，心率加快的程度。随着活动时间的增加，爬楼梯也是不错的有氧运动。所有年龄段的人都可以从事的运动如游泳、慢跑、步行等，各年龄段的老年人都可以参与。

专家建议老年人不要实施速成的锻炼计划，不要仓促，应缓慢、温和地进行锻炼。年龄本身不是太大的障碍，许多老年人都是在60岁、70岁后才开始锻炼的，有世界级的马拉松赛为证。

❸锻炼中遇到的问题。

老年人开始锻炼时，应估计一下自己当前的体力水平，并给自己设定一个健康目标，最终目标的实现至少要以一年为期限。可先制订一个近期目标，比如一个月或三个月的目标。选择好锻炼方式，定好锻炼的时间，让锻炼成为自己日常生活中的一部分。老年人和年轻人不同，年轻人通常每周锻炼三次就可以保持良好的身体

状况，而老年人应每天进行温和的活动，这样对身体的好处更多，身体也不会因此而受到伤害，尤其是刚开始锻炼时更应该如此。

在锻炼前后一定要做好准备活动，让身体放松，注意保暖，避免肌肉因着凉而抽筋。

锻炼要有耐心，没有哪个锻炼计划是一帆风顺的，再合理的锻炼计划，也会有因意外而中断的时候。比如说生病就会使某些锻炼搁浅，锻炼时如果出现扭伤、跌倒等意外状况，也会使锻炼暂停。在实施锻炼计划的第一年，大多数老年人都会发生一两次小的受伤，之后意外出现的频率就会下降。当然这些经常出现的小伤会在一定程度上影响锻炼的计划，我们可以用另一种运动来代替目前无法进行下去的运动。

在继续进行锻炼计划时，老年人不要急于恢复到之前的运动强度，因为身体在不运动的这段时间是在快速衰退的。但是，也不用从头开始，一般来说，停止锻炼的时间有多长，就可以用多长的时间来恢复到之前的运动强度。

锻炼是有趣的，虽然在开始时有些辛苦，但是在养成良好的习惯之后，老年人会感到锻炼是不可缺少的，如果少了锻炼活动，自己的生活可能会变得无趣。一旦拥有了健康的身体，老年人就可以改变自己的锻炼项目，还可以增加锻炼的强度。

二、起居保健宜忌

枕头不宜过高

枕头的功能是在睡卧时支持头颈部。防止因头部重量下垂造成颈椎的过分弯曲，枕头的高度不要超过肩膀到同侧头颈的距离，也就是说以6—9厘米高为佳，枕头应该较柔软，以减少头部和面部的压力。用野菊花、干茶叶填充枕芯，有清凉明目之效；夏天用石枕、木枕、瓷枕等硬质枕头，有清热消暑的作用。

呛咳时切忌捂嘴

呛咳的时候，有的人有捂嘴的习惯，殊不知这样会导致上呼吸道压力急剧加大，使细菌由咽鼓管到达中耳，严重时会引起中耳感染。呛咳时捂嘴还容易使食物的残渣呛入鼻腔，鼻腔黏膜受到刺激会打喷嚏。如果是刺激性较强的食物，还会导致鼻腔黏膜因强烈刺激而充血，有时还会造成水肿，导致鼻塞、流涕，甚至发炎。

打牌时间不宜过长

久坐引起的危害很多，长时间坐着打牌，臀大肌和坐骨神经持续受压，可引起下肢麻木、全身肌肉酸痛、脖子僵硬和头晕、头痛等症状。另外，长时间坐着打牌，还会使全身血管血容量减少，心脏功能减退，并加重腰椎疾病和颈椎病，容易发生动脉硬化、冠心病、高血压等病症。

长时间打牌还会造成人体免疫力下降。久坐会引起肠胃蠕动减慢，消化腺消化液分泌减少，出现食欲不振等症状。容易引起胃炎、肠炎、胃溃疡等消化系统疾病。长时间静坐还会导致人体内的钙质大量流失，导致骨质疏松、脆弱，还会使体内脂肪增加，体重上升、血压升高，引发糖尿病、冠心病和中风等并发症。

打牌时精神高度集中，时间过长，会使人感觉倦怠、头晕目眩，甚至诱发精神方面的疾病。如果打牌者患有动脉硬化等疾病，因打牌时过度兴奋和紧张，很容易出现脑缺血、心绞痛等症状，甚至引发心肌梗死。另外，很多人在打牌时为了“提神”而吸烟、喝咖啡，长期下来，会损伤肺脏、神经系统和心脑血管功能。

如果在停止打牌后突然站起来，血液涌向下肢，就会造成瞬间上半身供血不足，出现头晕眼花、站立不稳等现象。

老年人宜避免过度日晒

晒太阳对人体的好处是多方面的，不仅可以促进血液循环，加快新陈代谢，还能增强人体对钙和磷的吸收，对佝偻病、类风湿性关节炎、贫血等疾病的恢复也有一定的益处。阳光中的紫外线有很强的杀菌能力，紫外线还能使人体内的脱氢胆固醇转变成维生素D，促进骨骼钙化和生长，而且阳光还直接影响着人的身高。

不少老年人都有“太阳晒得越多越好，皮肤越黑越健康”的想法。但晒太阳和吃药一样不能过量，要因时因地而异。老年人经常晒太阳不仅会增加皮肤皱纹，而且会使皮肤血管扩张，血管壁变薄，从而影响皮肤血管的血液循环，加速皮肤老化；过强

的紫外线照射对人体是有害的，会引起急性角膜炎、结膜炎和慢性白内障等眼疾，还会导致皮肤出现皱纹、雀斑，严重者甚至会诱发皮肤癌。

过度的紫外线照射会使人反应迟钝，可诱发皮肤、肺方面的疾病。皮肤长时间曝晒，会损害皮肤组织，对健康有不利影响。年老体弱者最好选择在日出后的半小时内晒太阳。因为这时的空气湿润又清新，阳光温暖而柔和。

宜常洗冷水浴。洗冷水浴是传统的健身方式，也是冬泳的基础。以下是洗冷水浴的一些好处。

①增强心血管功能。洗冷水浴时，因冷水刺激皮肤，会迅速收缩皮下毛细血管，引导血液流向心脏，使心跳加快，进而增加全身的血流量，时间长了，会有效增强心脏的功能。另外，在冷水的刺激下，也可有效改善全身血管的收缩和舒张功能。

②改善机体的消化功能。因为洗冷水浴时会加强腹腔的血液循环，加快肠蠕动，可明显增进和改善吸收和消化能力，所以常洗冷水浴会增进食欲，改善消化不良的症状。

③利于皮肤健康。洗冷水浴时，冷水会直接作用于全身的皮肤，使皮肤细胞的新陈代谢增强，促进皮脂腺分泌，在很大程度上增强了皮肤的弹性，不但可以美肤养颜，还可预防各种皮肤病。

④帮助改善神经系统。当人体受到冷水刺激时，会使大脑处于高度兴奋的状态，全身的神经都会紧绷。冷水浴结束后，神经系统又会回到放松状态，反复地刺激锻炼可使人体神经系统的功能得到有效改善。

⑤增强体质，预防感冒。长期坚持洗冷水浴，可以锻炼身体的各个器官，增强身体体质，可在很大程度上提高机体的御寒能力，有效地预防感冒。

洗冷水浴应从夏季开始，经秋季到冬季，不可间断，要持之以恒，这样才可起到保健的作用。初冬时天气寒冷，可先用冷水迅速搓澡、淋浴，然后再盆浴，循序渐进才利于健康，否则可能会引发疾病。

洗桑拿浴宜注意

桑拿浴是通过熏蒸热气发汗后除去人体皮肤内的污物，因此不同于淋浴和盆浴。

它可以舒筋活络、振奋精神、活血去淤。经临床研究发现，桑拿浴可以更好地治疗关节性疾病，通过热气熏蒸还可减轻关节病变处的痛苦，使关节的灵活性提高。

虽然洗桑拿浴有很多益处，但有些人并不适合洗桑拿浴，如干性和油性皮肤的女性，男性不育症患者，孕妇、老人等体质虚弱的人。

❶干性和油性皮肤的女性。桑拿浴可通过大量发汗排除皮肤内的污物，但同时也会导致皮肤大量失水，令皮肤失去细腻感与光泽度，还可能导致黄斑的出现。干性皮肤的女性洗桑拿浴会使原本干燥的肌肤更加干燥和粗糙，冬季甚至还会引发皮肤瘙痒等皮肤性病变。而对于油性皮肤的女性，桑拿浴的高温会使毛孔扩张，使皮肤更容易出油。

❷男性不育者。阴囊对温度的要求很高，需要低于体温 1℃—2℃时，才可正常产生精子并贮存在睾丸中，不合适的温度会造成精子死亡。洗桑拿浴时，用热气熏蒸，会超出精子可承受温度的正常范围，杀死大部分精子，这会加重男性不育症患者的病情。所以医学专家形象地将桑拿浴比喻为“精子杀手”。

❸桑拿浴是不可以用来减肥的。虽然洗桑拿浴后会减轻一些体重，但并没有减少体内的脂肪含量，而是减少了存于表皮的污垢和体内的水分，补充一些水分后就会使体重恢复。

热天不宜光着上身

天气炎热的夏季，很多人为了凉快喜欢光着上身。但这只是一种心理上的感觉，事实并非如此。

如果气温接近或超过人体正常体温时，光着上身反而感到更热。因为人的体温调节依靠于皮肤蒸发和皮肤辐射等。据测定，在气温 18℃—28℃的环境里，人体的散热靠皮肤辐射、对流和传导可消耗69%，通过皮肤和肺的蒸发可散热 27%，3%靠吸入的空气和摄入的食物散热，随尿和粪便排出 1%。而当外界温度超过37℃时，人体主要依靠皮肤蒸发来散热，气温继续升高时，皮肤无法通过辐射方式散热，还会从环境中吸收更多的热量，人会感到更加闷热。

另外，因为热量不断增加，汗液从毛孔中不断分泌出来，汗珠从上至下慢慢淌下，使体表蒸发散热的速度降低。据测定，体表每蒸发 1 克汗水，会消耗 0.58 千卡热量。流淌的汗液并没有使这些热量完全散失，因此气温在 35℃以上时，人光着上身会感到闷热，特别是在无风的情况下更明显。

忌空腹开车

国外有关专家对交通肇事驾驶员的身体状况进行研究时发现，这些人普遍血糖偏低。也就是说，大多数交通事故与血糖偏低有直接关系。而血糖偏低又与进食淀粉食物不足以及饥饿有关，血糖偏低往往造成人反应迟钝和注意力不集中。交通驾驶是一项必须百分之百集中注意力的运动，所以驾驶员在行车前应该适当地吃些糖或含糖量较高的食物，而且肚子一定要吃饱，切忌空腹驾驶，否则可能导致严重的后果。

忌长时间坐着不动

常言道:"生命在于运动。"如果长时间坐着学习或工作,不注意适时活动,很容易引起身体不适或产生疾病。

①会减弱心脏的运动能力。坐着的时候,身体对心脏工作量没有太高要求,时间长了,容易出现血液循环减慢、心脏功能减弱等情况,并容易引发冠状动脉栓塞、高血压症等疾病。

②会对人体的免疫功能造成影响。人体在运动时,会增强免疫系统的兴奋性,增加免疫细胞的活力,有效提高机体的抗病能力。长时间坐着会减少对免疫系统的刺激,逐渐减弱免疫功能。

③会导致关节疼痛。人的关节连接处只有在运动时才会产生黏液,帮助防止骨骼间的直接摩擦。而久坐会使骨关节处干燥并易引发脊椎病和关节病。

④会阻碍静脉回流,减少动脉血流量。久坐会阻碍直肠静脉回流,引起静脉扩张、血液淤积,容易引发痔疮。由于臀部血液循环不畅,大腿和臀部很容易酸胀疼痛。而因为肌肉供血功能受到影响,易导致肌肉衰老、松软。此外,因血流量减少导致肌肉,特别是下肢肌肉供氧量不足,时间长了会引发肌肉酸痛、僵硬,甚至萎缩。

⑤容易引起下背部肌肉疼痛。久坐会将全身重量都压在脊柱骨尾端,且压力承受面分配不均,容易引起腹部和背部的肌肉下垂,导致下背部肌肉疼痛。

⑥对人的消化功能产生影响。会减慢肠蠕动,排泄物长时间停留在结肠,容易导致胀气并影响消化。

美腿坐姿有讲究

为了拥有良好的形体，小时候父母总会教育我们“坐有坐相，站有站相”。而到成年以后，得体的站姿和坐姿已经上升到礼仪和身体健康的层面。尤其是长时间在办公室工作的女性，经常一坐就是一天，腿部不能得到舒展和活动，长此以往不仅会引起形体的变化，也会影响女性的身体健康。尤其现代女性都有美腿的愿望，平日的坐姿会直接影响腿部的线条。保持标准的坐姿，不仅可以让你拥有健康的身体，更能让你有一双人人艳羡的靓丽美腿。

要想拥有良好的坐姿，就要准备一把与身体线条贴合的椅子。因为背脊与椅子的靠背完美贴合，背部的肌肉就会自然地放松。如果再将身体和大腿、大腿和小腿成 90 度角，这时小腿就会完全放松，这种坐姿不仅可以让女性看起来更优雅，而且无形中也能让自己的双腿美丽起来。因为正确的坐姿可以让身体的每个部位都放松下来，不会压迫神经，而且良好的坐姿能让血液更通畅，不会引起身体酸痛和腿部憋闷的症状。如果想要拥有修长、纤细的健康美腿，就从改变你的坐姿开始吧。

熬夜不利于美腿

快节奏的生活方式改变了人们的生活，也影响了人们的身体健康。熬夜加班、通宵 K 歌、逛夜店虽然丰富了人们的夜生活，但无形之中也给人们的身体带来了很大的危害。

科学研究显示，人体正常的睡眠时间应为 8 小时，如果睡眠不足，将会影响人体的新陈代谢速度，使体内的毒素和多余的废物无法排出体外，造成脂肪堆积，出现身体肥胖和腿部水肿的现象。由此可见，熬夜不仅会影响身体健康，而且还是保持身材与腿部线条的“头号杀手”。

因此，要想保持修长纤细的腿部线条，就要为自己争取更多的睡眠时间。只有充足的睡眠，才能让身心完全放松下来，散发由内而外的美丽气质。相信忙碌工作的你，一定可以找到一个在紧张忙碌的状态中依然拥有美丽与健康的优雅自信。

鞋跟不宜过高

穿上一双美丽的高跟鞋，不仅能展现腿部优美的曲线，还能增加成熟魅力。但国外研究人员发现，鞋跟过高会使人体重心过分前倾，身体的重心会移到前脚掌，使脚趾受挤压而影响全身血液循环；会改变人在行走时的正常体态，腰部过分挺直，臀部凸出；还会加大骨盆的前倾度。那么，鞋跟多高才最符合人体科学呢？

研究人员发现，在赤足站立的情况下，脚腕的夹角（小腿轴线与第一个骨轴线之间的夹角）为117度，而保持前掌和后跟受力完全平衡，从理论上说夹角应为127度，因此，就要把鞋跟适当垫高。利用勾股定理就可以推算出，成年人的鞋跟最好是在2—3厘米。如果遇到特殊场合无法穿高度适当的鞋，这时就只能作其他的选择了。

高跟鞋一族的护足方法

高跟鞋能够给女人带来摇曳的身姿和自信，让女人看起来更加纤细和优雅，但是它带来的不适只有女人才知道。众所周知，人体的足部分布着很多穴位，如果鞋子不舒服将会给女性带来很多健康隐患，因此女性一定要选择适合自己的高跟鞋，不要只关注样式而忽略了舒适。

如果鞋头过尖，会导致女性出现拇指外翻、甲沟炎、嵌甲、锤状趾等症状。如果拇趾向外的倾角超过13度，则可以诊断为拇指外翻。造成这种情况的原因是尖头鞋的前端呈现三角形，人在站立或行走时脚尖会被强行限制在一个比较窄小的三角区域，只有将拇指向外翻而且稍微外旋才有可能适应那样的鞋尖形状。长此以往就会形成拇指外翻。嵌甲是多数人都会有的情况，就是趾甲向肉中生长，如果脚趾长期受到挤压，导致趾甲周围的肉出现红肿疼痛的症状，就会转化为甲沟炎。

如果鞋子过小，则会出现水疱、鸡眼和厚茧。相信很多习惯穿高跟鞋的女性都起过水疱，如果鞋子和脚部的皮肤持续摩擦半小时以上，就会形成水疱。时间再长一些就会出现厚茧和鸡眼。当足部皮肤受到挤压，使表皮的抵抗力下降，病原体侵入皮下，并不断增生和繁殖，会逐渐在表皮形成一个圆锥形的角质栓，这就是鸡眼。鸡眼的角质中心会深入皮肤内而压迫神经，或者在尖端有一个滑囊，形成滑囊炎，在走路时会出现压迫性疼痛。

当高跟鞋的鞋跟过高时会使跟腱受伤，小腿肌肉紧张，出现腰痛、膝盖痛的症状，还容易患上足底肌膜炎。因为鞋跟过高，如果想保持挺拔的身姿，就会使跟腱长时间处于紧张的状态。经常穿高跟鞋的人跟腱的弹性会比较低，最明显的感觉就是当把高跟鞋脱掉以后会发现难以适应平脚走路。过高的鞋跟还会使小腿后侧的腓肠肌上移，使其持续处于紧绷的状态，会造成腿部血液循环缓慢，使肌肉缺氧而酸痛，严重者还会出现抽筋的现象。

长时间穿着鞋底又薄又硬的高跟鞋会导致前脚掌疼痛，多发生在第三、第四趾骨中间的跖神经。现在很多样式漂亮的高跟鞋大多鞋底薄、鞋跟细且高，穿着这样的鞋子，趾骨会长期处于被压迫的状态，跖骨头部位的损伤会通过该处的神经，并使之变粗，最终就会导致趾骨周围的组织增生，引发神经炎或跖痛症。有此种症状的女性在感到疼痛剧烈的时候，一定要将鞋子脱掉，进行按摩，并且在几天之内不要再穿高跟鞋，可以穿着舒适的运动鞋和棉袜，让自己的足部放松几天。

喜欢穿高跟长靴的女性，会出现脚踝僵硬疼痛的状况。长靴会将小腿和足部全都包裹起来，使踝关节活动的范围受到局限，如果是穿着高跟长靴崴到脚，很可能造成脚踝扭伤，甚至是发生骨折。

出差时宜泡澡

很多上班族都要长时间出差，而且出差的时候也非常忙碌，可能会无法保证一日三餐，对许多人来说，泡澡也变成一种奢侈。但是泡热水澡对于缓解身体疲劳具有非常好的效果。如果在一天的工作结束时，可以抽出 20 分钟到半小时的时间忙里偷闲，舒舒服服地泡个热水澡，就能够缓解积累了一整天的疲劳感，对于身体健康也非常有益。

泡热水澡对身体的温热作用能够加快血液的流动速度，水的自然压力能够对身体进行自然的按摩，而且是对整个身体上的所有部位的按摩，还能缓解内脏的压力，对身体健康非常有好处。泡澡是一种非常舒适的享受，如果能够加上有缓解疲劳或者帮助睡眠作用的香薰或者中草药等辅助措施，就能够取得更好的效果。

泡澡不仅能够清除在外忙碌一整天后身上带着的汗液、灰尘、污垢，热水还能够使毛孔张开，将毛孔内的尘垢清除干净。此外，泡热水澡还能加速血液循环、调节神经系统，有助于缓解身心疲劳。如果有水肿的现象，还可以在洗澡水中滴几滴柠檬精油，或者是用具有排毒消肿作用的竹盐粉或磨砂膏按摩身体，享受自己 DIY 的 SPA。

贴心小提示

科学洗澡八不宜

1. 洗澡次数不宜过多。
2. 洗澡时不宜长时间泡在热水里。
3. 运动后不宜洗热水澡。
4. 洗澡水温度不宜太高。
5. 洗澡时间不宜过长。
6. 饱食或空腹不宜入浴。
7. 肥皂使用不宜过多。
8. 患重症者不宜入池洗澡。

Tips

忌进行短期减肥

减肥是一个漫长的过程。要长期坚持，追求短期减肥是不现实也是不科学的。俗话说“一口吃不成一个胖子”，同样的道理，一时也成不了瘦子。减肥要结合饮食结构、增强运动以及改变不良生活习惯和观念等因素来进行。首先，控制饮食是减肥的关键，应定时定量进餐，保证一天的营养和能量摄入，同时要避免在正餐之间食用零食或加餐。多食谷类和碳水化合物，少食高热量的食物。男性要特别注意应减少酒精的摄入。饮食疗法是一种有效的减肥方法，但事事过犹不及，过量的节食非但不能减肥，还会因为扰乱了水电解质酸碱平衡，而导致营养不良，甚至出现严重的后果。不规则饮食也是减肥者的大忌。在控制饮食的基础上，再辅助适当的运动疗法会有事半功倍的效果。不管采用什么减肥方法，都不可急于求成，“冰冻三尺，非一日之寒”，只有长期坚持才能见效。

喝咖啡可燃脂

多数上班族在工作间隙都会冲上一杯咖啡，不但可以舒缓一下紧张的情绪，而且闻着那氤氲的咖啡香也是一种别样的享受。近年来，咖啡也被列进了瘦身者的清单，成了不可多得的减肥饮品。那么，到底什么时候喝咖啡才能真正达到燃脂瘦身的效果呢？

美国一所大学研究发现，早餐前 30 分钟喝咖啡能够控制人体对食物的需求欲。因为咖啡中含有一种叫做黄嘌呤的物质，这种物质可以为身体提供足够的热量。因此，早餐前喝一杯咖啡，只要吃到以往食量的 75%就有了饱腹感，摄取的食物少了，自然就能达到减肥的目的。而且咖啡能使人体内脂肪燃烧的速度加快5%。

掌握了咖啡的最佳饮用时间，让你在喝咖啡的同时也为自己做了一次瘦身运动。将这种习惯保持下来，相信你也可以拥有苗条的身段，吸引众人的眼球。

不宜穿过瘦的衣服

现在的一些青年男女为了追求苗条、潇洒，突出自己的曲线美，经常喜欢穿着一些紧箍着身体的瘦衣服。实际上，这样的做法是很不科学的，如果长期如此，对身体有害。穿着紧胸束腰的衣服不仅会影响胸部发育，使肺活量降低，而且腰被束缚得过紧，使得腹式呼吸不能正常进行，势必会影响血液循环及胃肠功能，甚至还可能引发女性子宫移位和胃下垂等疾病。

紧身裤把身体箍得很紧，造成空气不流通，使身体很容易出汗。女性阴道因分泌黏液而产生的湿气散发不出去，时间过长，不仅会产生一股难闻的气味，还会使外生殖器和会阴部长时间潮湿，为细菌的

繁殖创造了条件，容易引发尿路感染或阴道炎。

不宜经常穿化纤织物

现在有很多人喜欢长时间穿着由化纤织物制成的衣服，甚至连内衣也选择化纤制品，因为化纤制品不仅价格便宜，而且洗起来也很方便。事实上，与棉、毛、麻相比，化纤衣料有许多致命的弱点。

化纤织物能产生静电，如锦纶就有较强的静电作用，还可能会诱发一系列疾病。

合成纤维可能会诱发或加重一些老年人的皮肤瘙痒症。老年人由于皮脂腺和汗腺已经萎缩，皮肤的汗液分泌量开始减少，皮肤会产生干燥脱屑的现象，免疫功能也开始下降。如果长期穿着化纤的内衣，会受到静电刺激，可能会诱发肢体、胸背部皮肤的瘙痒。

另外，化纤织物产生静电后会吸附尘土，由于内衣贴近皮肤，对皮肤产生摩擦刺激作用，可引起毛囊炎或变异反应性皮炎。

由于制造化纤织物使用了多种添加剂，而内衣紧贴皮肤，布料内的化学物质很容易被皮肤吸收，时间一长就会在不知不觉中产生累积性刺激，引起接触性皮炎、湿疹等疾病。

因此，对过敏性体质的人来说，选择衣物材质一定要谨慎。如果发现皮肤有刺痛、瘙痒或红斑时就应当想到是否是化纤织物穿着不适造成的。

夏季不宜久穿长筒丝袜

一到夏季，许多爱美的女性常常会长时间穿着长筒丝袜，虽然这样会使腿部线条显得优美，但对健康却十分不利。

夏天气候炎热，为了尽快散热，毛孔都处于舒张状态，以便机体内的热量随着汗液从毛孔排出。

可是，一旦穿上长筒丝袜，特别是长筒尼龙丝袜，腿部和足部皮肤上的毛孔无法得到舒张，使得汗液排泄不畅，体内热量不易散发出去，使人感到难受。而且由于毛孔内渗出的汗液在皮肤上长时间黏附，使皮肤受到刺激，让人感到痒热难耐，严重者还会出现红肿发炎的现象。

所以，夏季不宜长时间穿长筒丝袜。

哪些人不宜穿羽绒服

羽绒服虽然具有轻便、保暖、结实、美观等特点，但是有些人穿着羽绒服却会影响健康，导致旧病复发或产生疾病。

患有喘息性气管炎、过敏性鼻炎、哮喘病的人，不适合穿羽绒服。

羽绒服的保温层是填充家禽的羽毛后特别加工而成的，这些羽毛的细小纤维和人体皮肤接触或者被人吸入呼吸道后，可能成为一种过敏原，诱发人体细胞产生相应反应。同时也会释放出具有生物活性的物质，比如组胺、缓激肽、慢性反应素等。这些物质不仅可以使毛细血管扩张、增加血管壁的渗透性，而且还会使血清蛋白与水分渗出或大量进入皮内组织。

这些物质不仅能使黏膜充血水肿、支气管平滑肌痉挛、支气管管腔狭窄、腺体分泌增加，而且能使人出现鼻眼痒、咽痒、胸闷、流涕，甚至气喘等症状，皮肤也会产生皮疹和瘙痒等症状。

新衣不宜刚买就穿

有些人认为，新买的衣物最干净，经常不经过洗涤就穿在身上，其实这种做法是会损害健康的。

在制作服装的过程中，有时为了使其美观，往往要用许多化学添加剂。例如，使用甲醛树脂涂料，经过高压处理，使之与棉纤维分子链相结合，以达到防缩、防皱的目的；采用荧光增白剂进行上浆处理，来达到挺直、增白的效果。

所以，一件看起来非常整洁美观的衬衣，实际上黏附着多种化学制剂。如果衣服买来就穿，这些化学物质就会被释放出来，对皮肤造成刺激或被吸入人体内，使人体出现不良反应。轻者会引起皮肤发红、

发痒，重者则会产生皮疹，甚至可能导致某些中毒现象的出现。

所以，为了确保自身健康，买回的新衣服，特别是内衣、内裤和婴幼儿的衣服，在穿着以前应该用清水浸泡 20 分钟，之后再涂抹肥皂进行搓洗，最后用清水冲洗干净，晾干后再穿。

不宜每天洗头

淋浴洗头是许多女性每天必做的事。但是如果每天都洗头，时间长了头发便会变得散乱分叉。

其实，每周洗发的最佳的次数是三次。因为头皮分泌的皮脂首先会覆盖在头皮上，然后再达到毛发末端，这个过程总共需要三天的时间。如果每天都洗头的话，会让头皮分泌的具有使毛发湿润光泽功能的皮脂被洗发水洗掉，头发得不到营养当然会变得散乱。失去皮脂的头皮就会慢慢变得干燥，也容易产生头皮屑。

即使是皮肤油性大，洗发次数也不要多于两天一次。

不宜晚上洗头

由于青年人白天工作繁忙，许多人习惯在晚上洗头，殊不知，这是一种很不好的习惯，会对健康造成很大威胁。

工作了一整天，疲劳的身体抵御病痛的能力也会大大降低。如果晚上洗头又不充分擦干头发的话，会使水分滞留在头皮表面，从而造成夜间冷凝。长此以往，会导致经络阻闭、气滞血淤，使身体蓄疾成患。

如果在冬天，寒湿交加，晚上洗头更是影响身体健康的一大隐患，常常会使头皮局部出现滞胀麻木感，并伴有轻微隐痛。时间久了，会渐渐觉得头顶部有明显麻木感，同时伴有头昏头痛。这也是临床上大量慢性头痛患者的主要病因之一。

所以，应该改变晚上洗头的习惯，如果实在要洗，洗完头后也要彻底擦干或用电吹风吹干头发后再上床休息。

不宜用尼龙梳子梳头

尼龙梳子具有耐用、轻便、易清洁的特点，但如果经常使用尼龙梳子梳头，会对头

发的保养非常不利。用尼龙头刷或尼龙梳子梳头时很容易产生静电，会对头发及头发根部造成不良的影响，使头发开始发干、变脆。在静电作用下，头发也容易积累灰尘、变脏。这些都会影响头发的生长及保养。

所以，梳头应该选用猪鬃头刷和黄杨木梳子，使用这类梳头用具时不会产生静电，既能清除头屑，又能使头发更加有光泽，还能按摩头皮，加速血液循环。此外，不锈钢质和铝质的梳子不适合儿童使用。

66 如何提高免疫力

免疫力的高低直接影响着人体对抗外部细菌病毒的能力，如感冒等症就是由免疫力低下造成的。那么应该如何提高人体的免疫力呢?

第一，坚持体育锻炼。体育锻炼可以提高人体御寒的能力，尤其是冬季，爬爬山、散散步，没事的时候打打球，都能提高自身免疫力，减少患感冒的概率。

第二，劳逸结合。免疫力低下的人一定不要让自己过度疲劳，因为过度疲劳会让身体变得虚弱，很容易患上感冒等症。

第三，保持室内温度和湿度的恒定。室内最适宜的温度应保持在 18℃—20℃，而湿度在 70%最为理想。如果室温过高会减弱身体的御寒能力，因此必须注意室内温度的调节。调节室内的湿度可以利用加湿器或湿毛巾，以防空气过于干燥，影响呼吸系统功能。而且湿度相对较大的环境也不利于病菌的存活，自然传染力也会相应降低。

第四，切忌压力过大。心情愉快的人比压力大的人患感冒的概率要小，因为压力大会影响人体的免疫功能，给身体带来不良影响。

第五，充足的睡眠。免疫力低下的人一定要保证充足的睡眠，只有给予自己充足的休息时间，才能起到保健防病的作用。

热水浸手缓解偏头痛

偏头痛与四肢瘫痪、精神障碍、痴呆被世界卫生组织并称为最严重的四种慢性功能障碍性疾病。但不是所有的偏头痛都要治疗，日常生活中如果掌握科学的方法，可以减轻偏头痛的困扰。一些专家认为，如果坚持用温水浸泡双手，可以减轻，甚至治愈偏头痛病症。热水浸手缓解偏头痛的具体方法如下：头痛发作时，取一盆热水，水温以双手的承受程度而定，然后将双手浸泡到热水中。在浸泡过程中，要不断加入热水以保持温度的恒定。一般浸泡半小时左右即可减轻头痛症状。

专家之所以认为热水浸手可以缓解甚至治愈偏头痛的原因在于，热水可以使手的血管受热膨胀，使血液流聚于手部，这样脑血管的充血量就会减少，缓解血管膨胀，从而减少引起偏头痛的脑神经压迫，头痛症状便会减轻。而且，热水可以刺激手部的神经末梢，向大脑传达松弛信号，从而转移患者对头痛的注意力。

活动眼睛可以提神

眼睛每天都要接收非常多的信息，尤其随着人们工作强度的不断加大，罹患眼睛疾患的概率也不断增大。其实，工作之余做些眼部活动，不仅能让眼睛动起来，而

且也会使自己更有精神。

❶转眼提神法。

找一个可以让身心放松下来的地方，保持头和脖子不动，睁开双眼，缓慢地顺时针转动眼球9圈，再逆时针转9圈，如此反复做4次。每次转动的时候尽量让眼球达到极限，这样可以锻炼眼部肌肉，让眼睛炯炯有神，更加灵活自如。

❷眼呼吸凝神法。

找一个空气清新的地方，坐着或者站着都可以，保持全身放松，双眼目视前方，缓慢地深吸一口气，吸气同时将眼睛慢慢睁大，稍停片刻后再将气慢慢地呼出，同时使眼睛随着气的呼出而慢慢地闭合，连续做9次，可以达到凝神的效果。

❸眼睛提神法。

保持头部不动，转动眼球画横8字，也可以盯住一个点，头部画圆。还可以将一根手指放在两眼之间进行远近移动，眼睛要紧紧盯住这根手指，这些方法都可以起到提神的作用。除此之外，也可以顺时针或逆时针转动眼球，达到提神醒目、锻炼眼肌的目的。

读书可以调节情绪

读书就是在与作者对话，这是一种很好的情绪调节方式。可以在床头放几本喜欢的书，每当难以入眠的时候，翻开其中的一本，它可以把人带入另外一个世界。在读者埋头与作者进行对话的时候，很容易就会忘记那些烦心事，渐渐地，心情也就平静了，就可以安然入睡了。

读书可以让人变得坚强，变得更有智慧。当处境困难的时候，可以读读那些伟人的传记，学习他们的精神，就可以从中得到战胜困难的勇气，树立坚定的信念；当感到困惑时，可以读读励志的书籍，让人学会思考，找到解决问题的方法。每当读到一本好书、一本自己感兴趣的书籍时，就会觉得神清气爽、轻松愉快，此时，一切烦恼都跑到九霄云外去了，身心自然也就舒畅了。

读书可以使一个人在潜移默化中渐渐变得气量豁达、心胸宽广、不惧压力。如果用心读一本好书，还会有更多的人生体会和感悟。当人们在书的世界中遨游时，一

切烦恼和忧愁都会烟消云散，变得无影无踪。所以说，读书不仅可以开阔人们的视野，增长见识，更重要的是还能开启人们的智慧，得到更多的人生财富。

兴趣解压法

当一个人面对压力时，如果懂得如何解压，则说明这个人具备自我解压的能力。那么怎样才能减轻压力呢？以下介绍几种兴趣解压的方法。

研究表明，散步有助于平静内心。因此，当人们坐的时间过长的时候，不妨从沙发上或桌子前站起来，哪怕只能走几分钟，对解压也是很有效果的。曾经有一批志愿者，他们的工作就是照顾那些弱智老人，这项工作十分辛苦，但是实验表明，只要这些志愿者每天坚持散步四次，就能有效缓解烦恼情绪，保持血压正常，同时也可以保证睡眠质量。如果每天没有充足的时间来散步，那么只要精神紧张的时候站起来走5—10分钟，就能很好地缓解这种紧张情绪，镇静的效果很好。

用力地唱歌（不是用喉咙喊）也是有效减压的方式之一。用力唱歌不但可以增加肺活量，还能锻炼胸廓肌肉，像划船、游泳的人一样可以增强自身的力量。

当发现年轻时候的兴趣逐渐被愈发紧张的工作所取代的时候，不妨把它捡回来，因为这些精神上的放松和愉悦不是金钱和药物所能换回来的。一旦找回了这些令自己愉悦的东西，人们很快会从单调、紧张、乏味的工作生活中解脱出来，用更好的心态来面对生活。这也是一种有效的解压方式。

吃零食解压

办公室一族在很多时候都会通过吃零食的方式来减轻自己的压力，事实证明，吃零食有的时候也能达到减压的效果。的确，很多时候人们吃零食并不只是要填饱肚子，更重要的是缓解紧张的情绪，消除内心的冲突。

当人们为一个问题绞尽脑汁，或在工作中遇到令人烦闷的事时，除了冲一杯咖啡让自己提神，从座位上站起来走走之外，还可以通过吃零食的方式来缓解这种紧张的情绪，减轻自身的压力。例如一些味道甜美的糖果可以让紧张工作的人们得到片刻的放松，如果吃一些麻辣口味的零食，则可以使郁闷的心情随着味蕾的刺激而得到释放。

大多数人都认为，吃零食是女性的爱好，而男性则通过吸烟来缓解自身的压力。调查表明，当女性给男同事零食的时候，大多数男性是不会拒绝的，但也只是浅尝辄止而已。因此建议男性朋友们，当心情烦闷或是精神紧张的时候，可以适当吃一些零食。其实零食并不是女性的专利，男性朋友们吃零食还可以减少吸烟的次数，这对身体健康是大有益处的。

情绪转移调控术

心理学家表示，当人的情绪异常激动的时候，在人的大脑中会出现一个较为强烈的兴奋灶，如果此时不加以控制或转移，会对人的心理承受力造成较大的影响。但此时如果再同时建立一个或几个兴奋灶，那么人的思维便会发生转移，也可以缓解原来的激动情绪，这对人的身体十分有利。因此，当人的反应异常激烈，马上就要爆发的时候，不妨尝试用其他的话题或感兴趣的事情来转移注意力，也可以采用一些别的方式，如数数，站起来反复走一走等来缓解自己的紧张情绪，让自己尽量冷静下来，有足够的思考和分析问题的时间。此外，也可以通过看电影、听音乐等方法来放松自己。

可以做一些自己平时感兴趣的事，如爬山、游泳、漂流等来转移自己的不良情绪，这样就可以慢慢地走出来，逐渐摆脱消极的情绪，更加健康、愉悦地面对生活。

多喝水可减少忧郁

科学研究显示，组成大脑的各种活细胞内普遍存在一种高能磷酸化合物 ATP（三磷酸腺苷），这种物质在水的作用下才能转化，进而被大脑利用。如果身体缺水，就无法对糖、脂肪、蛋白质等进行分解，致使转化成为大脑所用的 ATP 减少。而且人体所需的能量减少，也会使一些对大脑有害的物质大量滋生，使人脑失去快速运转的能力，忧郁症就随之产生。

众所周知，人的体液主要由水构成，如果人体内水的含量过低，就会减少腺苷蛋氨酸的生成量。经科学研究发现，这种物质有兴奋大脑的作用，对抗抑郁症少不了它的帮忙。如果因体内缺水而使这种物质减少，患抑郁症的概率会随之增大。

所以，水可以用来防治和对抗抑郁症，只有保证身体摄入了足够的水，才能将体内的糖类快速分解为大脑所需的能量，从而产生能抵御忧郁的化学物质。

另外要注意，想要达到减压的目的，水的选择也是有一定讲究的。一般饮用温开水、凉开水和淡茶水都可以起到保健的作用。因为烧开的水可以减少氯气，其他对人体有益的微量元素却不会被破坏，而且烧开的水与细胞中的水化学特征也比较相似，因此更有利于人体吸收。除此之外，常饮凉开水可以减少肌肉中的乳酸含量，使人远离疲劳。

走路上班对身体有益

现在，在城市的上班族中有一部分人被称为“走班族”，这些人中有些是因为工作地点距离家比较近，而有些则是为了锻炼身体。但不管是什么原因，“走班族”的人不仅缓解了城市的交通压力，更重要的是，他们可以通过这种方式来锻炼身体，是一种绿色环保的锻炼方式。

首先，步行上下班时可以燃烧身体的热量，不仅有利于减肥，还可以有效减少血酸性疾病、慢性运动系统疾病及心血管疾病发病的概率。同时，还可以促进胃液的分泌，让早餐中的营养物质得以消化并被人体有效吸收。

其次，长期坚持步行上下班对心脏有利，可以改善血液循环，增强心肌功能。还可以减轻压力，缓解紧张感，从而提高工作效率。

最后，下班时空腹步行回家，还可以增进食欲。如果行走时配合自然的呼吸，让身体的各个部分都得到自然伸展，则有利于身体健康；如果步行时昂首远望，还可以有效治疗颈椎疾病。

步行还可以强化骨骼，增强人的自信心。所以说，步行上下班好处多。

乘车时不宜睡觉

有很多人不论是在乘坐地铁或是公交车时，总会有在车上打盹的习惯，下车时还会抱怨腰酸背痛，其实这是不良的习惯。有些人可能是因为单位与家之间的距离较远，起得早睡得晚，但无论什么原因，都应尽量避免在车上打盹。

研究人员表明，人如果在白天疲劳的时候小睡一会儿，有助于恢复体力，但最好不要在车上睡。

人的睡眠包括两个过程：浅睡眠和深睡眠。这两个睡眠过程会在人的睡眠进程中反复进行，但人通常只有在进入深睡眠时才能真正缓解疲劳。如果在车上睡觉，车的晃动、光线的刺激等外界因素都会严重影响人的睡眠，因此也就无法缓解人的疲劳状态。如果冬天在车上打盹，人很容易因为换气风扇或是车门开关而感冒着凉，甚至会出现面瘫。有一部分人的面瘫在治疗之后会得到缓解，而有些人则无法康复，这是十分严重的后果。此外，在车上打盹很容易对颈部的健康造成伤害，人们会垂着头，易使脖子感到疲劳，从而导致落枕。总之，不要选择在车上打盹。

上班族的简易健身操

现在，在上班族中流行一种“隐形操”，这是一位医学博士与一位健身中心的创建者共同设计的。其特点是无论站着还是坐着，无论是乘车、排队或是上班时都可以做，甚至连坐在身旁的同事都无法察觉到。

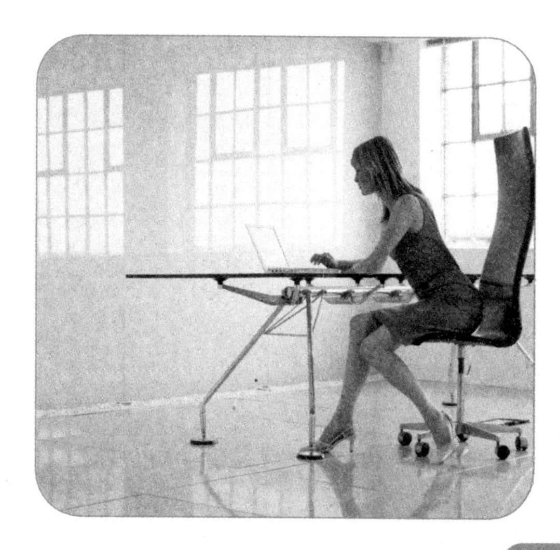

做这种隐形操没有固定的时间，也无须离开工作岗位，随时随地都可以进行。

隐形操一共分为六节，每节一分钟。

第一节：坐在椅子上的时候，分开大腿，踮起脚尖，同时用力收缩大腿、小腿和踝部的肌肉，重复几次。

第二节：坐在椅子上，将双手压在膝盖上，用力抬起脚跟，这样可以增加一定的反作用力，在规定时间内完成 30—40 次。

第三节：交替收缩及放松臀部肌肉，在规定时间内进行 30—40 次。

第四节：在规定时间内进行 15—20 次吸气收腹动作，每次持续几秒钟。

第五节：挺胸抬头，使双肩尽量向后打开，同时尽量收拢肩胛骨，在规定时间内完成 25—30 次。

第六节：在规定时间内完成 30—40 次握拳运动，使整个手臂肌肉都可以使上劲。

这样整套隐形操就做完了，一共用了 6 分钟时间，如果每隔 1 小时进行 1 次，效果会更加明显。虽然这套隐形操没有进行关节活动，但是身体各部的肌肉始终处于工作状态，尤其是脂肪堆积的地方。所以，坚持做隐形操可以促进人体血液循环，改善不良的身体状况，利于身体健康。

66 午饭宜多人共餐

对于大多数上班族来说，午餐是很重要的，它是上午工作的结束，也是下午工作的开始。同事之间也可以在一起共进午餐，这样可以增强彼此间的沟通，拉近距离，也可以更好地相互了解。不过，怎样才能进行健康的午餐共餐呢？下面就来了解一下吧。

首先，跟同事一起去吃饭的时候，最好向服务员要一个公筷和公勺，这是十分卫生的，对大家的健康有利，同时也是科学的饮食方式。

其次，点餐的时候不要一次点太多，可以等一部分菜上来再说，因为有很多人在主菜上来之后都会改变原来的想法，或许一杯果汁比咖啡更适合你。

最后，在用餐之后再相互谈论工作或生活中的事。在享受完美味的食物之后再进行交流也不迟。研究显示，在吃饭后聊天是更为科学的饮食方式，对人的身体健康有利。

抵御白领“空调病”

很多公司白领在上班的时候要吹一整天空调，而到了晚上睡觉时，也有人喜欢开着空调调节室内的温度，其实这样很容易让上班族患上“空调病”，出现早晨起床后胃痛腹痛，甚至有腹泻的症状。还有的人会表现出四肢酸痛，肩、颈、腰椎疼痛，伤风感冒等症状。

研究表明，适量食用一些生姜能够有效预防“空调病”。生姜具有很好的散寒生热的作用，经常服用姜汤能有效地驱除体内的寒气，起到散寒止痛的作用。如果是风热感冒，可以在姜汤中加入凉性的冰糖，而风寒感冒则可以加一些热性的红糖或性平的白糖。如果是由吹空调引起的四肢酸痛，在服用姜汤的同时可以将毛巾浸在熬制较浓的姜汤中，并用毛巾热敷患处，效果会更理想。也可以用姜汤洗手或是泡脚，这样可以达到驱寒散风、舒筋活血、缓解疼痛的作用。假如出现关节或肌肉疼痛，可以将姜切片后贴于患处，也可以用鲜姜片在患处涂抹，直到姜汁擦干，患处发热为止。在熬制姜汤的时候，一定要选择新鲜的生姜，嫩姜药效不够，而干姜效果不好。

中午宜午睡

午间打个盹儿已经逐渐成为一种时尚，美国就有很多公司鼓励员工在午休期间休息半小时，以应付下午繁重的工作。

其实，午睡不仅可以振奋精神，对人的健康也有很大的好处。

第一，午睡有助于改善心情。哈佛大学心理学家研究发现，每天午睡半小时可以让人心情愉快，缓解压力。中午打一会儿盹儿，效果就像睡够8小时一样。

第二，午睡可以提高心脏活力。医学研究显示，每天有午睡习惯的人患心血管系统疾病的概率较不午睡的人要少30%。因为午睡可以让人体内激素的分泌更平衡，增强心脏的活力。

第三，午睡可以补充体力。人如果一天都不休息的话，身体各部分的功能都会降低。尤其脑力劳动者，如果在午间睡半个小时的话，可以提高下午的工作效率。

第四，午睡可以提高人体免疫力。午间打个盹儿，可以刺激体内淋巴细胞，帮助消化午餐，而且能增强免疫细胞的活跃性，从而提高人体免疫力。

午睡虽是个很好的睡眠习惯，但午睡的时间不宜太久，半小时就足够。如果午睡超过一小时，则会影响晚上的正常睡眠，对健康不利。

66 戒烟有益健康

众所周之，吸烟有害健康。吸烟对人的身体会造成一种潜在的危害，当人吸入越来越多的烟时，身体的某些部位如呼吸道、肺部等会产生病变，严重者甚至会出现癌症，危害人体健康。因此，为了自己及他人的健康，最好还是戒烟。

首先应该意识到戒烟给人们带来的益处:

戒烟一天，人体的血压、心脏和血液系统的负担就会大大缓解，会给身体带来很多益处；戒烟1年，冠心病发病的概率是复吸烟者的一半；戒烟5—15年后，会大大降低患中风的概率；戒烟10年的人患

胃溃疡、膀胱癌、肾癌、胰腺癌、肺癌、口腔癌、喉癌、食管癌的可能性大大降低……因此，戒烟的好处有很多，不仅有利于自身的健康，而且对他人也有益。

下面介绍一种有效的戒烟方法，可以供戒烟者参考。

不时地戒烟。在喝完咖啡或茶水后 15 分钟内不吸烟；早晨尽可能保持长时间不吸烟；在出门的 1—2 小时内最好不要随身带烟。

延长吸烟间隔时间。延长每吸两支烟之间的时间间隔，直到几个小时内或整晚不吸烟。

循序渐进。这种方法主要针对每天吸烟超过 20 支的吸烟者，当这些吸烟者的吸烟量降低到每天 15—20 支后，最好实行一次性戒烟，因为此类吸烟者不可能长时间保持少量吸烟的状态，一次性戒烟可能更有效。

最好不要购买整条香烟或在家中储备香烟，一次只买一包烟。

有吸烟的冲动时可做几次缓慢的深呼吸，在口中含一块糖或进行其他活动来转移注意力。

如何缓解宿醉

在人们的日常生活中，喝醉酒的情况也许经常发生，有的可能是给朋友过生日，喝得酩酊大醉；有的是亲人相聚，异常欣喜；也有的是送亲远离，心绪忧伤；更有的纯粹就是借酒消愁……喝酒的时候感觉心情舒畅，怎么喝都喝不够，但是往往宿醉醒来会有头痛、恶心、呕吐、口渴，甚至晕眩及肌肉痉挛等症状，感觉整个人都非常难受。那么要怎样做才能缓解宿醉带来的伤害呢？下面介绍几种较为有效的缓解宿醉的方法，经常醉酒的人可以尝试一下。

酒精往往会使体内的细胞脱水，在睡觉前最好补充大量的水，醒后再喝一次，这样有助于缓解人体脱水所引起的不适。

喝酒后可以洗个热水澡，使酒精随汗水一起排出体外，从而促进人体的血液循环，加速新陈代谢。但是，患有心脏病、高血压、血管疾病的患者必须注意，洗热水澡的时候要小心中风，最好先休息一下再洗澡。

喝一杯蜂蜜柠檬汁或果汁，这样既补充了人体中的水分，又补充了体内流失的糖分，还可以加速酒精的代谢，减缓身体的不适症状。

醉酒后吃一顿营养均衡的正餐，但要注意不要吃油炸或脂肪多的食物，应吃得清淡些。

可以食用一些添加食醋的食物，因为食醋能解酒，可降低人体内乙醇的浓度，从而减轻酒精的毒性。

预防假日综合征

假期是人们放松心情的最好时间。但因为长时间紧张工作，突然闲下来时很多人都会感到不适应，还会出现一些类似生病的症状，这种症状被称为“假日综合征”。比较常

见的假日综合征主要有三种:购物综合征、厨房综合征、零食综合征。

节假日商场里都会促销不断、热闹非凡,长时间在这些地方停留会出现胸闷烦躁、心慌气短、头晕目眩、恶心呕吐等症状,这就是购物综合征。这时就要到室外呼吸一下新鲜空气,因此专家建议逛商场的时间以不超过一小时为宜。

当一家人团聚在一起欢度佳节时,在厨房做饭的人就会出现乏力、头晕、喉咙不适等症状,这是因为长时间的精力和体力的消耗导致的精神高度紧张。而且长时间吸入厨房内的有害物质丙烯醛也会对人体造成很大的危害。这时要保证厨房通风良好,而且要隔一段时间就走出厨房休息一下,可以有效地预防厨房综合征对人体的危害。

人们在假日时都会吃很多零食,如花生、瓜子、糖、薯片等,这些食物的糖分含量都很高,容易给肠胃造成负担,出现腹胀、腹泻、消化不良等症状,这种情况被称为零食综合征。只要注意吃零食时节制一点就可以避免零食综合征对身体的伤害。

歌厅K歌宜忌

去歌厅K歌成了现代人的休闲活动之一,尤其是长假期间,人们选择歌厅作为释放压力的地方,而且还可以过过星瘾。但是歌厅出于隔音的考虑,密闭性都比较好,这就造成了通风不畅的问题。而且许多人一起K歌,呼出的二氧化碳不能及时排出,易使包间内的空气变得浑浊,因此就会出现头晕、头痛等症状,这些都是缺氧的表现。所以假日K歌时不要在包房内坐太久,尤其呼吸系统不好和过敏性体质的人更要减少在包房内的时间,多出去呼吸一下新鲜空气。而且因为包房的空间有限,要避免使用浓烈的香水或在包房内吸烟,这些对敏感类体质的人危害极大。尤其是老年人、儿童、孕妇等体质较弱者应尽量不去歌厅。一起K歌的人比较多时要尽量选择大一点儿的房间。

下棋养生四忌

下棋属于一种内动外静的活动,尤其需要下棋者全神贯注、凝神静气。神凝就会心气平静，专注则杂念全消。棋局的变化还可以锻炼人的应变能力，既可以消遣、休息，又可以养性益智。

下棋还是一种有意义、有情趣的脑力活动。棋盘上的形势瞬息万变，这就要求下棋的双方开动脑筋，全力以赴。两军对垒，以应不测，这是智力的对抗；排兵布阵，则是思维的较量。经常下棋能使思维得到锻炼，保持智力聪慧。

下棋固然是一种有益的活动，但如果掌握失度，甚至废寝忘食，反而对健康不利，所以应注意以下几点：

❶饭后不应该立即下棋。饭后应稍微休息，以便食物能够消化吸收。如果饭后立即面对棋局，必然会使大脑处于紧张状态，减少消化道的供血量，导致肠胃病和消化不良。

❷下棋时间不要过长。下棋失度，会导致下肢静脉的血液回流不畅，出现下肢疼痛、麻木等症状。所以应该适当活动一下，不要久坐。

❸情绪不宜波动。过分激动、紧张对老年人的健康十分有害，往往会诱发心绞痛、中风等病症。下棋应该以探讨技艺为目的和出发点，不计较得失，不争强好胜，才能做到心平气和。

❹不要挑灯夜战。由于老年人生理功能慢慢减退，很容易疲劳，而且不容易恢复。如果夜间休息不充足，会使身体的抵抗力下降，就容易引发各种疾病。

66 平躺有益健康

如果一天之中能每隔 2—3 小时平

躺10分钟左右，可大大减轻全身各个部位，尤其是内脏器官及腰膝等关节的负荷。对于患有痔疮、高血压、下肢静脉曲张、腰椎间盘突出、腰及踝关节伤痛等疾病和身体过度肥胖的人来说，每天平躺几次，对身体健康十分重要。

伸懒腰有益健康

伸一个懒腰可以使肌肉收缩，把很多滞留的血液送回心脏，增加循环血的容量，改善血液循环，使肌肉收缩、舒展，加快肌肉的血液流动，带走废物，消除疲劳。

常抓背有益健康

中医称人的背部是“督脉”经椎行区，尤其是脊柱，有保护脊髓和支持人体心、肺、胃等作用。抓背可以触及到肺腧、定喘、膏肓、命门、肾腧、风门等穴位，加速血液循环和新陈代谢。抓背还可以提高四肢和各关节的灵活性，减轻背部疲劳，特别是对长期患肩周炎、背部僵硬的患者来说，对病情的缓解效果十分显著。

贴心小提示

捶背可强身

捶背可以行气活血、舒筋通络，能够通过调节脏腑的功能而治疗某些疾病，增强内分泌与神经系统的功能，提高机体免疫力和抗病能力。具体方法如下：用掌或拳拍击背部，手法要均匀、协调，不宜过重。以每分钟60—100下为宜，早晚各1次，每次最长半小时。

Tips

健胃宜倒行

倒行百步比得上向前行走一万步。这是因为人们平时总是向前走，所以无意中就产生了“弊病”，它使身体的肌肉分为经常活动的部分和不常活动的部分。倒行可给不常活动的部分以刺激，促进血液循环，进而能够促使机体平衡，腰背痛的人不妨试一试。另外，倒行时，在某种程度上会让人感觉不自然，因此，一步一步地走不得不使意识集中起来，这样的训练能够安定自律神经。患有高血压、胃病等疾病的患者，也不妨试用倒行的方法。

洗脚时宜擦脚心

不少人冬季易患感冒、小腿抽筋、肠痉挛、风湿病，以及腰、腿部炎症等，往往与足端受寒有关。提高足端抗寒、抗病的最佳

方法是：每晚临睡前，用热水洗脚后，用手摩擦左右脚心各60下。此举不但能促进足部的血液循环，有助于驱除疲劳，使人酣然入睡，而且还可以防治汗脚、冻疮和足癣。

健脑宜活动手指

①尽量多用两只手活动，不要只用一只手，否则对大脑两个半球的开发不利。

②培养手指的灵巧性，如进行书法、绘画、弹琴、做手工工艺品等活动。

③锻炼皮肤的敏感性，如两手交替伸入热水和冷水中叩击手掌和指甲等。

④使手指的活动多样化，如进行打球、玩健身球等体育活动。

握拳可以提神

在气功养生学里，有“握固”两个字，意思是让精气凝聚于人体之中。其方法有很多种，比如在平时多握拳就能“保持精力”，这就是“握固”的一种体现。

相关专家认为，疲劳时将双手握成拳状，全身微微用力，直到手心发热出汗。这时疲劳感就会渐渐消退，而头脑也会感到清醒，工作和学习也能集中精力。

宜多走路

日本的研究部门对骑自行车和徒步行走消耗的能量作过对比试验。普通成人步行一步的长度以0.8米计算，每行走一千

米要走 1 250 步。脚着地时间平均每步为 0.35 秒，体重 60 千克的人，这期间花费的力以积分方法计算的做功量为 16.3 千焦。

骑普通自行车，双脚蹬一周踏板行进 6.34 米，那么一只脚踏板行进距离是3.17 米。可得出行进一千米就要用脚蹬踏板 315 次，脚踏一次要 0.57 秒，其做功量约为 7.1 千焦。

根据上述测算结果，每走一步的做功量相当于脚蹬一次自行车踏板的 2.1 倍。以一千米的距离计算，即 1 250 步对 315 次，徒步为蹬自行车脚动频数的 4 倍。因而，同等距离内徒步的做功量相当于骑自行车做功量的 8.4 倍。

宜快步行走

当感到情绪低落，而且对什么事情都提不起劲时，不妨快步走上十几分钟，就可以使心理恢复平衡，重新积极地投入到工作中去。

最近，美国著名医学博士弗勒先生发表了最新研究结果。他发现每天快步行走 10 分钟，不但对身体健康有极大的裨益，更能够使消沉的情绪一扫而空，从而保持精神饱满。弗勒博士说："很多人对这种简单而效果显著的保健妙方都持怀疑态度，但曾经依照我的办法在心情欠佳时随意快步走十分钟的朋友，事后不约而同地向我表示，他们的疲倦感顿消，身心畅快无比。这种美妙的感受，能够维持至少两小时之久。"

这种快步行走，既可以在空气清新的室外，也可在居室内进行，只要步伐较大且比平常走得快一些，就会心情轻松、愉快、平静、减少忧虑感，感到自己充满活力，甚至有助于戒除烟瘾。弗勒博士说："不少人喜欢吸烟的原因，是借以松弛紧张的情绪。但如果在想吸烟前快步走五分钟，慢慢就会发觉吸烟其实是一件很无聊的事情。"快步行走时，要注意身体笔直，全身放松，让双臂自然摆动，保持呼吸均匀。像这种毫不费力、对身心健康大有好处的运动，不妨试一试。

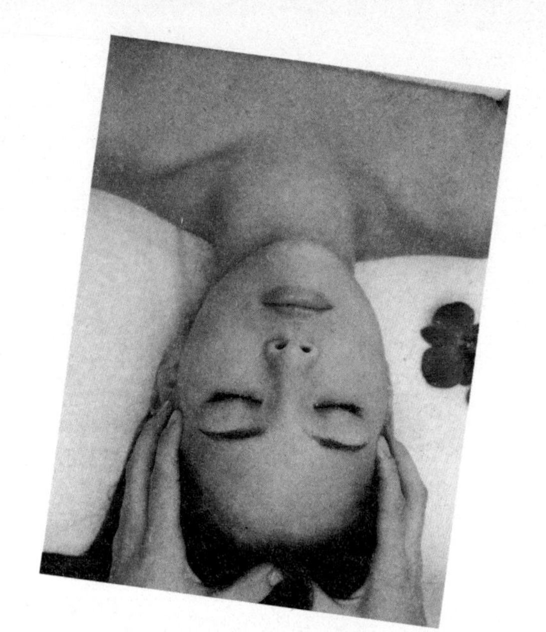

宜多按摩头部

栉发是我国医学中对头部自我按摩的一种方法，就是用手指代替梳子梳发按摩。经常栉发不仅可以防治白发、脱发、头屑，而且还能预防头痛、失眠和眼疲劳。值得一提的是，栉发对中风所导致的偏瘫，在恢复期有辅助治疗的功效。

下面介绍栉发的具体方法：双手手指微屈，自然分开，像梳子一样，插入头发。头顶或后枕部的头发由发根至发梢向上向外梳理；前面的头发从前额向后脑梳理。梳理时手指要和头皮摩擦，栉发次数越多越好。"多过一千，少不下数百。"栉发时用力要均衡，用力过大容易出现疼痛的感觉。如果栉发次数多时头皮有微热感属于正常现象。

等候时间宜锻炼

等候，让很多人感到不耐烦，其实等候也是健身的好机会。

❶在等公共汽车或是等人的时候，可用两手的掌心按住前额，稍微用些力向下擦到下颏，再翻向头后两耳，擦过头顶到前

额，反复数十次，能够起到促进血脉调和的作用。

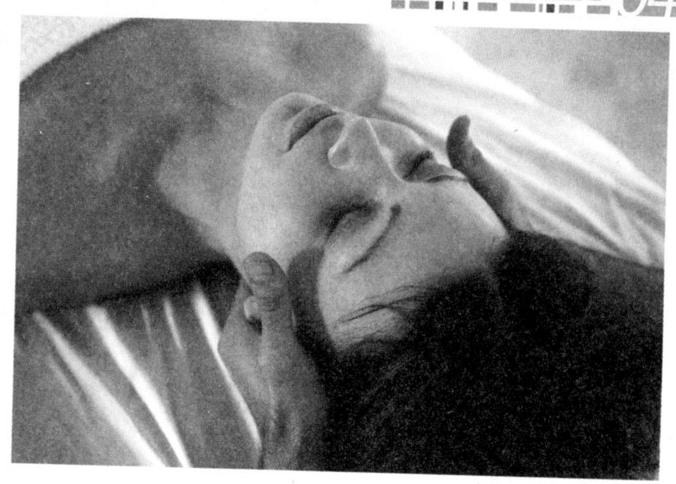

❷等人时，可闭口、咬牙，好像口中含物，用两腮和舌头做类似漱口的动作数次，直到津液满口后分三次吞下。这样做能使口腔内唾液增多，有助于消化；等待电影或电视剧开演时，可利用这段时间做一套眼保健操，防止眼睛疲劳。

❸会议开始前或中间休息时，可用双手掌心紧按两耳孔，然后突然抬离，如此反复数十次可保持头脑清醒，增强人的记忆力及提高听觉能力。

❹在排队购物或买票时，可双拳握紧然后松弛，活动手腕和腰肢。

宜经常进行耳部按摩

中医认为，人体的很多部位如耳、鼻、手、足上的穴位与全身脏器息息相关，当我们按摩这些部位的时候，相当于给全身进行了一次护理。

几乎全身各个脏器都可以在耳朵上找到对应点。只要对耳朵进行细致的按摩，就等于按摩了全身。比如，耳廓的外部对应着脊柱部位，这是全身神经的“司令部”，经常按摩可以使神经系统处于高度集中的状态，能提高机体免疫力。那怎样进行耳部按摩呢？首先要清洗双手并搓热，然后集中注意力，用拇指和食指捏住耳轮自上而下对耳部进行按摩。如此反复，耳朵就会感觉到发热并很舒服。最后用掌心按摩耳部2—3分钟，每天1—2次即可。

三、两性保健宜忌

男性宜重视尿道分泌物

男性尿道和生殖系统疾病的常见症状之一便是尿道出现异常分泌物，如：

❶乳白色黏液性分泌物。

成年男子偶尔会有生理性白色黏液从尿道口排出，这种情况是正常的，因为尿道是男子排尿与排精的共同通道，当发生性冲动时可使前列腺受到刺激，分泌出白色黏液，从尿道排出。

慢性前列腺炎患者也常常会在清晨从尿道口流出少量黏液。前列腺炎症会导致前列腺充血，使产生的白色分泌物从尿道口溢出。

如果经常有白色黏液从尿道口排出，并伴有尿道烧灼感、刺痒、尿痛、尿急或排尿困难时，则表示可能患有非淋菌性尿道炎。

❷油性分泌物。

尿道损伤、血管破裂、结石刺激等情况都有可能引起尿道出血。尿道出血应该和血尿区别开来。血尿是尿中带血，而尿道出血是不管在排尿和不排尿时都发生出血现象，一般比较少，且呈点滴状，容易识别。

血精可能由精囊炎所致。精囊炎又可分为急性和慢性两种。急性精囊炎症状十分明显，主要表现为肛门或会阴部胀痛及产生膀胱刺激炎症，精囊变得肿大，并伴有波动和压迫感，必要时需要进行穿刺来减压；慢性精囊炎病程长，会反复出现血精。

男性宜常“用水”

对于男性来说，注意保持个人卫生对预防男性疾病十分重要。

俗话说：“十男九痔。”然而，为什么不说“十女九痔”呢？原因很简单，就是与女性长期养成的卫生习惯有关。女性习惯天天“用水”，而绝大多数的男性却很少每天清洗下身，好像对下身“用水”是件难以启齿的事，“用水”似乎是女性的专利，跟男性毫不相干。其实这种想法是非常错误的。

病菌不分男女，一旦处于利于它们生长的环境中，它们就会迅速繁殖，引发疾病，损害健康。大家都知道，人作为有生命的有机整体，一天 24 小时都在不停地运转。即使经常洗澡的男性，也不过两三天洗一次澡，很多男性甚至一周才洗一次澡。一个星期多次大小便之后才通过洗澡清洁一次，是很不卫生的。而且很多人由于便秘或者手纸粗糙、动作过重，使肛门的表皮被擦破。由于不能及时进行清洗，时间长了就很容易使肛门被便渍污垢感染，从而导致痔疮等肛肠类疾病。

痔疮等肛肠类疾病容易反复发作，屡治屡犯，严重时还可能形成癌变，转成直肠癌等癌症。因此，男性也应该每天“用水”，经常用温水清洗下身，不仅清洁卫生，而且还可以活血化淤、提神健身。

乳房疾病同样危害男性健康

对大多数男性来说，他们的乳房似乎完全被忽略，实际上，男性的乳房如果保养不当也会产生健康隐患，同样会患上乳房疾病。例如乳房发育症、乳腺癌等。

男性乳房发育症主要表现为一侧或两侧乳房呈女性样发育、肥大，部分还会产生乳样分泌物。主要分为生理性和病理性两类：

❶生理性男性乳房发育多见于新生儿及处于青春期、更年期的男性。主要是

由于体内雌激素水平绝对或相对增高或是乳腺组织的敏感性增加所致。一般会持续半年，久者可达两年，但大多可自行消退。

❷病理性男性乳房发育多见于中老年人。少数发育后不消失，常伴有触痛感。主要分为三种情况：由疾病引起的，例如肝炎、肝硬化、肺结核、甲亢等；由机体肿瘤引起的，如某些良性或恶性肿瘤、癌症等；由于长期服用一些药物引起的，如地黄、安定和某些治疗前列腺肥大症、前列腺癌的药物等。

纵欲危害前列腺

前列腺炎是男性最常见的疾病之一。医生认为：性生活过频，易造成阴部充血，会引起前列腺充血，从而引发炎症。前列腺炎发生的原因之一是由于性欲放纵。

男性精液的成分多是来自于前列腺所分泌的前列腺液。当性高潮来临时，反射性地使精囊收缩，精液便射出体外。一个性发育正常的男子，不可避免地会因某些刺激而常发生性冲动，造成局部充血，对前列腺产生不利的影响。久而久之，就可能使前列腺增生肥大，导致前列腺功能紊乱。主要症状是：阴部、睾丸、小腹、后尿道、腰骶部、肛门、腹股沟、阴茎及龟头等部位疼痛或不适，此外，还会产生尿痛、尿道灼热、尿急、排尿困难等症状。

早泄一定是疾病吗

一说到性生活，人们往往喜欢用性生活持续时间的长短来衡量性生活质量的高低。而当谈到性生活持续的时间，又很容易使人想到早泄。早泄是一种人们普遍比较关心的严重的性功能障碍。但是却很难给早泄下一个完整的定义，至少它不能仅仅用时间的长短来界定。通过临床观察，早泄反映出的问题并不仅仅是由性交持续时间长短来决定的，而往往是男方未能通过性生活使女方获得满足，这恰恰是令很多男人最尴尬的问题。

其实，大多数的早泄并非疾病，是可以通过挤捏疗法、系统脱敏疗法、性感集中疗法进行改善和治疗的。但需要提醒的是，许多人往往无病乱投医，仅仅因为一两次过快射精就对性生活的次数加以限制，期待平时能够“养精蓄锐”，到时能够充分地发挥。殊不知间隔时间越长，性饥饿感就会越严重，就越容易导致早泄情况的出现。

不宜留胡须

有些男性喜欢留胡须，也有些人因工作忙、学习忙，没有时间刮胡须，还有些人模仿西方的嬉皮士，特意留胡须、蓄长发。有的人在嘴唇上部留胡须，有的人留络腮胡，以此来显示男性的深沉、刚健。

医生对留胡须的男性吸入的空气进行分析化验，并与不留胡须的人进行对照研究，结果发现留胡须的男性吸入空气中的污染物质要比不留胡须的人多得多。在吸烟以及身处繁华街道上时，胡须都会吸附周围空气中的有毒物质，其中包括酚、苯、甲苯、氨、硫化氢、丙酮、异戊二烯等。通过呼吸，这些有毒物质又随着空气被吸入到人体内。因此，为了身体的健康，奉劝男性朋友们不要留胡须。

经期腰酸不宜捶打

一些女性常常会在月经来潮前后感觉自己腰背酸痛，于是对腰背进行捶打，认为通过这样的捶打就可以减轻腰背酸痛，其实这种做法是不科学的。

因为女性在月经期间，盆腔会充血，使

人产生轻微的不适，比如小腿肚或下肢发胀、腰酸、大小便次数增多、乳房胀痛、便秘、腹泻等，还有些女性则伴有嗜睡、容易疲倦、情绪不稳定、面部浮肿等全身症状。这些都属于月经期的正常生理现象，一般无须治疗。但是，如果人为地用力对腰背部进行捶打，会使盆腔进一步充血，使血流加快，导致经期血量增多，引起月经过多或经期延长。另一方面，女性在月经期，全身或局部的抵抗力开始降低，子宫内膜剥脱形成创面，宫颈口也变得松弛，如果此时经常受到捶打的刺激，既不利于创面修复，也很容易受感染而患急、慢性妇科疾病，对女性身心健康不利。

女性宜小心骑车

由于自行车价格低廉，使用方便，而且属于节约能源型的交通工具，因此受到百姓的普遍喜爱。骑自行车的好处固然很多，但如果不加注意，也会引发一些疾病。女性如果长期骑三角座的自行车，容易造成阴部充血，引发排尿不畅、尿频、尿急等症，或导致泌尿系统产生炎症。这是由于身体重量过多地集中在车座上，通过狭窄的车座前端反作用于会阴部，压迫尿道上段及外括约肌造成的。

因此，为了达到既健身，又不会患“自行车病”的目的，长期骑车的女性应将车座位置调整为水平状或者略微向前倾斜一点，或者添加海绵等软坐垫，以使阴部没有压迫感为宜。

宜注意健康避孕

口服避孕药作为当前全世界应用最普遍的避孕方法之一，具有安全、简便、高效的特点。当然，口服避孕药也有一定的副作用，比如对身体的代谢功能和营养吸收功能都有一定的影响。口服避孕药会减少身体对多种维生素的吸收和利用，使血液中维生素 B_6、维生素 B_{12}、维生素 C 和叶酸的含量明显下降。所以，如果连续服用避孕药 3—4 个月后，会导致因上述维生素缺乏而产生的各种疾病，如牙龈出血、牙龈萎缩、牙周炎等。女性的肌肤也会变得干燥、苍白，还容易产生色素沉淀。

房事不宜过多

一般观点认为，频繁的性生活会使人丧失较多的体力，容易感到疲劳。据科学研究表明，体内过度缺乏锌元素才是这个问题的关键。男性精液中含有丰富的锌元素，而锌也是人体必需的微量元素之一，当锌随精液射出而大量流失后，人体的消化功能就会明显减退，出现机体抵抗力降低，记忆力变差，皮肤干燥、粗糙、无光泽等症状。

每毫升精液中含锌 0.01—0.6 毫克，男性一次射精的精液中一般含有 1—1.7 毫克锌，差不多须摄入 200—300 克的肉类才能得以补偿。所以，若房事过度又不及时补锌，就会导致男性过度缺锌。

怎样改善女性性冷淡

女性性冷淡可通过锻炼 PC 肌得到改善。PC 肌是一种悬带状肌肉，附着在耻骨和尾骨上，是骨盆表面肌系统的重要结构。

PC 肌的强度和弹性对保证女性分娩时顺产、性交时增强性反应，以及强化泌尿系统功能都至关重要。据调查，有 30% 女性的 PC 肌是虚弱无力的，这会使其在性生活中得不到性快感，甚至导致性冷淡。

锻炼 PC 肌的方法很简单，可以每天屏住气收缩尿道、直肠和阴道括约肌 100—200 次，然后放松。只要坚持锻炼，即可使 PC 肌逐渐强壮起来。

患性病应做好消毒工作

性病主要通过性接触传染，但有些性病也可以通过被污染的用具传染。因此，预防性病除洁身自爱外，还应加强清洁消毒的工作，特别是有性病患者的家庭。其简易消毒方法如下：

❶高温消毒。患者穿过的内衣裤，用过的毛巾、浴巾等都要进行高温消毒，一般要先洗净后再煮洗，经煮沸后即可杀死性病病原体，而艾滋病患者的衣物则要煮沸处理 15 分钟以上。

❷日晒。性病病原体比较弱小，既怕热又怕冷，因此，性病患者用过的东西，凡能晒的都可放在太阳下暴晒 2—3 个小时，以达到消毒的目的。

❸擦拭。对性病患者经常接触的坐便器、门窗、桌椅，可用擦拭的方法。擦拭前先用水冲洗，后用消毒液擦拭。常用的消毒液有 84 消毒液、次氯酸钠消毒液、新洁尔灭消毒液等。消毒液要选择近期出厂的为好。

❹浸泡。对有些可以浸泡的污染物，用含有效氯 0.1%—0.5% 的漂白粉或 6% 的过氧化氢等消毒液浸泡 30 分钟也可起到消毒作用。

❺通风。经常开窗换气，保持室内空气新鲜、干燥，也会有一定的消毒作用。

性爱不只是性交

很多男性对性都有这样的错误认识：男人应该在性能力上达到“招之即来，来之能战，战之必胜”的境界。实际上这种想法是不切实际的，也是不科学的。男性并非性的主宰，也非性的奴隶。过去那种男性

把女性当成泄欲工具的想法是错误的，但现在如果过分强调男性要为女性的性满足负责，同样也是不科学的。最和谐、正确的方法应该是男女双方为了共同的性满足一起努力。通常来说，年轻时男性可以积极主动一些，早点帮助女性进入性兴奋状态，使双方都能获得性满足；而进入中年以后，女性则可以积极主动一些，为男性的勃起增加推动力。

需要强调的是，性爱并非只是性交。性爱的方式可以是多种多样的，不需要一个固定的方式来进行限定。事实上，男性是无法随心所欲让自己勃起的，在不能完全勃起时也不要给自己施加压力，也可以运用身体的其他部位来满足妻子的需求。

性需求如何表达

如果夫妻双方都有要过性生活的需要时，就产生了如何表达的问题。最好的表达方式是使用"哑语"，它可以巧妙地表达自己的愿望，而又不用担心会遭到对方的拒绝，使自己的自信心受到打击。通常来说，男性往往会较多地使用“哑语”，比如下班回家后给妻子带一束鲜花，或送妻子一件精巧的小礼物，或者主动帮助妻子做家务等，这些做法都能使妻子明白丈夫的真实用意。但切忌产生这样做是在向对方讨好、恳求得到妻子恩赐的想法。

性生活不宜规定日期

很多人会提出这样的问题：“我们这个年龄段的夫妻每周应该进行几次性生活才算科学合理呢？”实际上，这种问题因人而异，是无法给出确切答案的。因为性生活应该完全由夫妻双方自己掌握，高兴时就多做几次，疲劳时则多休息几天。对性生活日期进行死板的规定往往会使性生活过于公式化，缺乏性爱的乐趣和激情，夫妻进行性生活所要遵循的总原则应该是以不影响第二天工作和生活为好。

情绪不佳忌房事

在夫妻双方心情不好的情况下，有时会想要借助性生活来消除烦恼，但由于此时神经反射很慢，性生活质量会比较差。久而久之，男方会出现阳痿、早泄、不射精等功能障碍，女方会出现性交疼痛、性冷淡等情况，还会造成夫妻感情不和，甚至影响家庭稳定。

宜慎食保健药

很多人对性生活感兴趣，却发觉自己“力不从心”，性生活不尽如人意。于是便求助于形形色色的保健药。现在市面上销售的保健药鱼目混珠，假药甚多，所以选用这类药物时一定要慎重。保健药虽可延长房事时间、增加次数，但长期大量服用则危害很大。并且服用保健药易产生依赖性，一旦停用反而会更糟糕。临床上有因对药物产生依赖而造成精神创伤的实例，还有的表现为血压升高，甚至造成心脏病、脑溢血和猝死等严重后果。由此可见，长期滥服保健药容易得不偿失，甚至会加速性功能的衰退。

房事前后应忌冷

夫妻双方在做爱过程中，由于精神、心理作用以及身体的剧烈运动，会使周身血液循环加快，各系统器官处于充血状态。常表现为心跳和呼吸加快、血压上升、胃肠充血、皮肤潮红、毛孔开放而多汗等。所以，房事结束后，往往会使人感到燥热，口渴欲饮，此时若马上喝冷水或洗冷水澡，会对身体造成不利影响。

做爱时，胃肠道血管扩张，在胃肠黏膜充血未恢复常态之前，如果喝冷水或吃冷饮，不仅会使胃肠黏膜受到损害，而且可能引起胃肠不适或绞痛。

同样，在性爱时由于周身血管充血扩张，汗腺毛孔处于开放排汗状态，此时若吹凉风或冲冷水澡的话，会使皮肤血管骤然收缩，大量血液涌回心脏，加重心脏负担，容易突然受寒感冒。

贴心小提示

月经期忌行房事

在月经期间，女性的子宫内膜因破损而出血，且子宫颈呈张开状态，如果在此时期发生性行为，则极易造成子宫或其他部位受到细菌感染而发炎。

Tips

忌在性交中途戴避孕套

有些人认为在性交时戴避孕套无法产生性快感，因此直到射精前才肯戴上避孕套。其实这样做是无法起到理想的避孕效果的。

因为想准确判断出每次射精的时间并不容易，而且想要把握好在高潮时戴上避孕套的时机则更难。况且，男性在未射精以前，会反射性地先滴几滴精液，所以性交中途戴避孕套并不能有效地起到避孕作用。出于安全角度考虑，男性必须在行房事前戴好避孕套。如若不然，一旦避孕失败将会追悔不及。

不宜进行性生活的人群

❶慢性支气管炎患者。

此病是一种很难根治的慢性疾病，大多数患者均为肾阳不足而患此症。此类病人如果不对性生活进行节制，则会耗损大量精气，引起肾亏阳虚，从而使病情加重。

❷严重高血压患者。

性交时会使人心跳加快，血压升高，患有严重高血压者必须禁止性生活，否则会使头痛症状加重，严重者甚至会殒命。

❸各种心脏病患者。

性生活会使人体心脏负担加重，易使心脏病者病情加重，并且会大大增加发生意外的可能性。因此，此类患者最好少过或不过性生活。

❹大病初愈者。

一般来讲，大病之后，例如急性肝炎、急性肾炎、大出血、病毒性心肌炎、大叶性肺炎、伤寒病、流行性出血热和其他急性传染性疾病的恢复期，至少在两个月内不适合过性生活。经过检查确定已痊愈的病人，要在两个月以后才可以逐渐恢复性生活。

❺患生殖器疾病或泌尿道疾病者。

此类患者须禁止性生活，以免加重病情，使疾病难以治愈。

女性宜在什么年龄生育

通过医学研究表明：处于 24—34 岁这个年龄段的女性所生育的宝宝，在身体发育状况方面明显优于其他年龄段女性所生育的宝宝。

专家们通过比较认为：特别是处于

24—29 岁年龄段的女性生育的宝宝最优秀。另外，研究人员还提醒女性不应该过晚生育，因为在 35 岁以后才选择生育的大龄产妇，其由臀位分娩与手术分娩所导致的先天愚型婴儿的发病率相对较高。

男性宜在什么年龄生育

由法国遗传学专家摩理士进行的一项研究表明，处于 30—35 岁这个年龄段的男性所生的孩子最为优秀。

摩理士解释道，男性的精子质量在 30 岁时达到高峰，这种情况会一直持续 5 年，到 35 岁之后精子的质量才会逐渐下降。如果错过这个最佳时间段，所生孩子的智力便不是最理想的，孩子解决问题的能力也相对较差。

女性不宜过瘦

如今，越来越多的年轻女性为了保持身材的苗条而在日常饮食中只摄取低脂食物，对于脂肪望而生畏，其实这种做法会使女性丧失生育能力，因为这样的饮食习惯会悄悄“关闭”女性的生殖系统。

体重保持在标准体重以下的女性最有可能不知不觉丧失生育能力，虽然她们的月经周期看似不受影响，但她们实际上已失去了生育能力。

“性脂肪”的提出即是很好的证明，脂肪与生育能力有密切的关系。因为身体脂肪提供了繁殖能量，所以女性朋友们一定要注意体内脂肪的含量，不要为了骨感美而丢失了身体的健康，丢失了女性孕育后

代的能力。

孕妇宜常食鸭肉

鸭肉性平和而不热，脂肪高而不腻。它富含蛋白质、脂肪、铁、钾、糖等多种营养素，有清热凉血、祛病健身之功效。所以鸭肉是孕妇饮食中不错的选择。

纯白鸭肉：可清热凉血，妊娠高血压综合征患者宜常食。

青头鸭肉：通利小便、补肾固本、可利尿消肿。对于妊娠水肿有很好的治疗作用。有慢性肾炎病史的孕妇常吃，可有效地保护肾脏。

乌骨鸭肉：可预防及治疗结核病，它可抑制毛细血管出血，减少潮热咳嗽、咯血等症状。

有人觉得鸭肉很肥腻，但是鸭肉中的脂肪不同于黄油或猪油，其化学成分近似橄榄油，有降低胆固醇的作用，对防止妊娠高血压综合征有益，是孕妇饮食菜单中不可缺少的食品。

孕妇饮食宜适时调整

妊娠早期：这一阶段的孕妇往往有妊娠反应，其饮食要求以奶类、蛋、豆制品、瘦肉和新鲜蔬菜水果为主，一般与妊娠前的食量相同。

妊娠中期：这一阶段胎儿生长迅速，每日所需要的热量和营养素都会相应地增加。全天热量的分配适宜为早餐 12%，午餐 30%，晚餐 30%，加餐 28%。全天主食摄入不应低于 300 克，并及时监测血糖，

防止血糖波动。

妊娠后期：热量应该控制在每日每千克体重 40 千卡，主食也不应低于 340 克，分 5—6 次进食。多吃牛奶、蛋、瘦肉及动物肝、绿色蔬菜、海带、紫菜等。在整个妊娠期应注意补充富含钙、锌、铁的食物，必要时应口服鱼肝油及钙片。

更年期并不是衰老的开始

其实，更年期只代表了一个阶段，人体的老化从人们停止生长的那一刻就已经开始了，并非到了更年期才开始衰老。然而，这里所说的“老”只是外表等生理方面的老化，随着年龄的增加，人们会更宽厚、更有智慧，这反而是成长。所以，更年期有两个方面，一方面是生理老化正在进行，另一方面，则是心灵及精神成长持续进行。

女性 35 岁后必作的五大检查

健康检查的必要性在于很多致命性的慢性病早期并没有明显症状，等到人们身体不适时，往往病情已经到了中后期，对人们的生活及生命构成重大威胁，治疗起来也会耗时长久，疗效不佳。

因此过了 35 岁以后，女性朋友就要接受固定的健康检查，尤其是针对更年期容易出现的症状，如骨质疏松症，乳房、子

宫、卵巢的癌变，心血管疾病等，一定要按时检查，尽早发现才能尽快治疗。

❶骨质密度检查。

骨密度检查可以在骨折尚未发生之前，便断定受测者是否患有骨质疏松症，或

者虽然还没有骨质疏松，但已有骨质疏松症的危险。

骨质密度状况的检查方式很多，不同的身体状况有不同的检查方式。不过，检查前还是要先经过医师的诊断，然后再进行。

❷接受骨质检查的频率。

接受检查的频率，视年纪和危险性而定。骨质疏松症的患者最好能够每半年至一年进行一次复查，以便于确定骨质含量是否在继续大量地流失，如果骨质含量还在流失，就需要持续接受治疗，直至骨质含量稳定下来，之后就不用再频繁检查了。

如果在初次检查时骨质密度正常，可在五年后再复诊。如果能每隔一段时间作一次检查，并持续几年，检查结果就能够显示出一个人骨质流失的速度。

❸子宫颈涂片检查。

此项检查应每年检测一次，检查时间很短。月经过后到排卵前是做子宫颈涂片的最好时机，检查前二十四小时内不要冲洗阴道，也不要进行性行为，以免影响检查结果。

❹卵巢超声波检查。

由于卵巢也是更年期后常发生癌变的器官，而且不容易被发现，所以需要定期进行检查。可以在每年一次进行子宫颈涂片检查时，一并作妇科内诊、卵巢超声波检查。

❺乳房检查。

乳癌不是内脏癌症，它长在体表，所以大部分乳癌都可通过触摸发现。

乳房自我检查

每个月花 5—10 分种进行乳房自我检查，就能够掌握自己的健康状况。一般女性在生理期后一周内实施，停经、更年期或怀孕女性，每个月要找一天固定进行检查。

超声波及乳房摄影

除了自我检查之外，四十岁以上的女性每年应到医院进行一次乳房检查、乳房摄影和乳房超声波，每年作其中一种检查便可。

❻每年进行一次全身健康检查。

每年一次的全身健康检查，能及早发现身体上的异状，以便及早治疗。检查内容包括：身高、体重、血压、心电图、血液检查等。血液检查的项目应包括血糖、尿酸、胆固醇等。

更年期应注重心理调整

❶女性更年期心理调适。

不少女性进入更年期后，心理状态都会有所变化，会变得忧郁伤感、心灰意懒、性急易怒、情绪不宁，与家人或周围人关系不和谐，当出现矛盾时表现得更加明显。由于诸多心理变化的发生，有些人精神上会出现异常，如失眠、多梦、头晕、健忘、情绪不稳、容易急躁等症状，这些人往往敏感多疑、自我贬低、自我谴责，严重的还会有自杀倾向。因此，更年期的心理调适就显得尤为重要，这对更年期女性及其家庭而言都是不可忽视的。

首先要认识到更年期时女性的生理与心理会发生变化，这些失调都是正常的、暂时的。不要烦躁，否则会加重情绪的波动与不稳定，会使更年期的不良情绪形成恶性循环。

其次要加强自我控制能力，以一种乐观的心态去面对生活，要抑制郁闷的心情，以宽容的心态去对待周围的事物，安排好工作和生活。遇到不愉快的事时，要学会调节，比如转移注意力、找人倾诉、做一些力所能及的事等。

根据自己的兴趣爱好、身体状况及季节、气候等多方面因素，进行一些有益于强身健体、调节情绪的活动，并多接受一些当下的新鲜事物，丰富和充实自己的生活。还要加强医疗保健，定期作妇科检查，及早发现、及早治疗。平时适当服些传统中药及保健品，也可有效缓解更年期不适，顺利度过更年期。

②男性更年期心理调适。

伴随男性年龄增长而逐渐出现的雄性激素水平降低的状态，会引发男性出现抑郁、恐惧、不安、焦虑、情绪低落、神经过敏以及易疲劳等症状，加上男性本身承受着较大的社会压力，也易引发更年期的各种疾病。因此，男性处于更年期时需要正确的保健和关爱。

首先，保持生活规律化和正常化，注意身体的健康，要让自己的精神处于相对稳定的状态。此外，要学会面对来自家庭与社会的巨大压力，能够化解压力、应对压力，这样可以减轻心理负担。

保持稳定的心理，消除不必要的紧张。更年期的男性应该懂得更年期常识，了解自己生理和心理发生的某些变化，然后坦然面对。轻松应对更年期出现的各种症状，理智地控制自己的情绪。

多在户外进行活动，不要总是一个人闷在家中，条件允许的话可以进行一些体育锻炼，如打太极拳、打球等。在户外不仅可以呼吸到新鲜空气，而且还可以通过各种运动来调节自主神经，达到愉悦心情的目的。

要及时进行心理疏导。遇到令人头痛的事而情绪不佳时，不要放在心里，而应想办法将其排解出来。要学会自我解脱。另外，要学会倾诉，不要因为顾及男性的身份而不愿倾诉。向家人和朋友倾诉，会得到积极的安慰和劝导，从多角度考虑可以得出新的结论。

养成规律的生活习惯。吃饭要规律，不可饥饱不定；饮酒要适量，不可贪杯；要早睡早起；看电视调节心情，还有助于培养自己的良好心境。

关注男性更年期

男性也是有更年期的，中年男性约在五十岁时，因睾固酮分泌量减少，也会出现一些生理变化，如精子数目减少、精虫活动能力降低、睾丸变小、射精力量减弱、精液减少及前列腺肿大等。

但由于睾固酮下降的速度没有女性雌性激素快，大多数是非常缓慢地进行，甚至长达十至二十年，所以身体较易适应，只有少数人会经历失眠、躁动不安、头痛等症状，大多数男性都没有觉察到这些细微的身体变化。

男性更年期的调理方法

虽然男性的更年期综合征对于生活和工作的影响并不大，但也要注重预防和调理，包括以下几点：

❶建立良好的健康生活模式。

定期适度运动以保持肌肉及骨质的健康，少抽烟、不酗酒，生活规律，防止过度劳累，性生活宜适度，勿过度纵欲，以保养肾精。

❷保持良好的心境。

如果能将得失心、各种欲望降低，也可提高对疾病的抵抗力。

❸养成良好的饮食习惯。

应注意膳食平衡，多吃些新鲜蔬菜、粗粮及水果。要讲究营养丰富，但不可吃得过于油腻，晚餐不要过饱，以防损伤脾胃。

❹适度食补。

可以吃些能改善或增强性腺功能的食物，如虾、羊肉、羊肾、韭菜、核桃等。其次也可以吃一些有助于改善神经功能、心血管功能、安神养心的食物，如羊心、猪心、山药、核桃仁、大枣、龙眼、桑葚等。人到中年，可适度进补，但最好是在医生的指导下进行，不可滥用补药。

生活宜忌1500例 Part 05 美丽时尚宜忌

一、美容护肤宜忌

各年龄段的皮肤保养宜忌

处于不同的年龄段，人的肌肤状况也有所区别，对皮肤进行保养要做到因时而异。

年龄在15—20岁——养成良好的卫生习惯。如果皮肤属于油性皮肤，最好早晚使用生物矿泉水、香皂或泡沫洗面乳洗脸，这样不仅可以将面部污垢清除，也可以防止细菌的滋生。每星期最好作一次面膜保养。也可以使用控油的面霜，防止脸部变得油亮。皮肤细腻并且容易受伤者，可选用滋补或奶类面霜，甚至晚上也应该使用少量植物香精类面霜。如果皮肤干燥，就需要对皮肤加强营养，可使用乳油类面霜。

年龄在20—30岁——开始预防皱纹的产生。如果要防止皱纹的产生，不管是何种类型的皮肤，都应当使皮肤保持充分的含水量。最好每天都使用乳油类、含水化合物类面霜，只有这样才能使皮肤保持柔韧和弹性。防止外界对皮肤的侵害，如受到阳光的长时间照射、风沙等侵害。必须注意的是，这个年龄阶段皮肤的好坏，与选用的面霜恰当与否有着密不可分的关

系。有的面霜含有能够刺激皮肤或促使皮肤“早熟”的成分，使皮肤的坚实性逐渐失去。最好选用没有任何副作用的面霜，一星期作一次面膜护理，干燥型皮肤应该每五天作一次。这样才能达到比较理想的保养效果。

年龄在30—40岁——预防皮肤光泽消退。处于这个年龄阶段，如果对皮肤保养不当，首先会导致皮肤失去光泽。尽管有规律地保养、有良好的卫生习惯，但是仍需要进行一整套的护理疗法。这个阶段对皮肤保养的关键是使用果酸类护肤品清除皮肤表面的死皮细胞，然后使用面霜滋润皮肤。这种方法能促进新生细胞的生长。长期坚持，皮肤会变得坚实而富有弹性，柔韧而有光泽。越细腻的皮肤越容易产生皱纹，因此要选用营养类面霜，以防皮肤松弛，最好能够定期去美容院护理肌肤。

年龄在40—50岁——增加皮肤养料。人处于这个年龄阶段，身体的激素平衡开始失调，皮肤很容易脱水，面部也开始变得松弛。所以，这时候首要的问题是要及时补充养料和水分。早晚都应该使用补水、防皱和再生类面霜，每周至少进行2—3次乳清浴。为防止眼睛周围和嘴部四周鱼尾纹产生，最好选用维生素E面膜和面霜，并有规律地进行按摩。

年龄在50岁之后——更需要再生细胞的处理和水化物补充水分及养料。过了50岁之后，皮肤的弹性蛋白质和胶质逐渐减退，皮肤的坚实性也开始逐渐丧失。这时候保养皮肤最根本的方法是通过激素治疗，延迟更年期的到来。平时也不应该仅仅满足于清除坏死的表皮细胞，还要相应增加水化物和补充养料。经济条件许可的话，最好选用能增强皮肤新陈代谢的抗衰老类化妆品和高级防皱霜，早晚都要使用，以保持更年期的激素平衡。至少在每次换季开始前进行一次乳清浴疗法，以刺激皮肤的再生能力。必要时，可选择去美容院接受一系列的皮肤护理。

四季皮肤护理宜忌

对于季节和气候的变化，皮肤是相当敏感的，即使是油性肌肤，在冬天寒冷干燥的气候条件下，也往往容易变得干燥，这说明皮肤不是经常处于一种恒定的状态之下。所以如果不对娇嫩的肌肤加以妥善保养，就容易产生雀斑、发炎和老化等现象。

在春季，人的皮肤最容易发生问题，这是由于季节更替，皮肤要由适应冬寒转为春暖的变化所致。如果在紫外线强烈的日子里，突然换上短袖衣服，很容易导致红肿和发痒等病症（紫外线皮肤炎）的发生。

夏季天气炎热，人体皮脂和汗液分泌比较旺盛，虽然汗水能帮助散热，但汗液同时也成了细菌孕育和滋生的温床，因此夏天应经常沐浴。另外，要防止强烈的紫外线照射。

秋季天干物燥，对雀斑和皱纹的预防显得尤为重要。

导致冬季皮肤干燥的主要原因是进出室内外时，冷暖空气的交叠造成对皮肤的刺激，所以最好在沐浴之后，擦上乳液一类的保养品，来防止皮肤水分的过度蒸发。长时间处于温暖的室内时，也要注意对湿度进行调节。

宜对皮肤进行防晒保护

通过科学研究发现，日光中的紫外线伤害是导致脸部衰老的主要原因之一，也就是人们通常所说的光老化，它占肌肤老化原因的 60%。

导致人们肌肤受到伤害最严重的是紫外线中的 UVB 与 UVA 这两种物质，由于肌肤角质层在阻挡了大部分 UVB 的同时也受到了 UVB 的伤害，其中 UVB 有 20% 会渗入基底层，10%会到达真皮层，造成皮肤灼伤并降低肌肤免疫力，使肌肤表面失去光泽，产生黑色素并形成皱纹；而UVA则会老化肌肤，其中20%—30%的UVA能够到达真皮层，致使肌肤产生自由基，降低肌肤的弹性，产生皱纹等，也会使肌肤过早老化。

由此可见，防止紫外线对肌肤的伤害是十分重要的。一年四季，紫外线的辐射都很强，因此，人们应该养成全年防晒的习惯。

洗澡后不宜急于化妆

洗澡可以给人们带来身体的清洁和精神上的放松，许多女性朋友更是会乘兴为自己梳妆打扮一番。这看起来是件微不足道的小事，有谁会想到这样做会对身体造成伤害呢？

洗澡不仅是一个洗去灰尘以及去除皮肤外层老化表皮的过程，而且对人体的自律神经、皮肤的酸碱度、皮肤温度、内分泌系统、皮肤的水分量以及酸化还原能力和发汗量等，都会产生影响。在洗澡的过程中，水的温度和湿度会使正常皮肤的酸碱度发生变化，同时由于人为的反复清洗会使表面保护性的油脂层消失，皮肤几乎处于没有保护的状态下。洗澡后马上化妆，化妆品对皮肤的刺激作用将会是平时的多倍。

如果洗澡后确实需要化妆的话，最好在一小时以后进行。此时皮肤的酸碱度已恢复到洗澡以前的状态，化妆品对皮肤造成的伤害将会减少很多。

如果一些女性朋友希望通过沐浴来进行美容，那么可以在沐浴的过程中用中等软度的刷子轻刷身体，以达到促进血液循环的目的。

洗脸水温度不宜过高

大多数没到中年就出现许多面部皱纹的人多半有喜欢用热水洗脸的习惯。因为微血管在人的面部分布最密集，脂肪层也最厚，这些都是人体自身对面部肌肉的一种良好保护。然而热水具有强烈的渗透作用，如果洗脸水的温度过高的话，就会清除面部一层层的保护油脂，时间长了，面部的皮下脂肪将会明显减少，老化的皮肤也会失去弹性，皱纹增多自然也就不可避免了。

也有人喜欢在洗脸时用冷水，尽管这在某种程度上有利于人体健康，但这种习惯却不利于美容，原因在于冷水很难把脸部过剩的油脂和污垢彻底清洗干净。

贴心小提示

洗脸时不宜只洗面孔

洗脸时不要只对面孔部位进行清洗，还应顾及与之相关的边缘部位，特别是对两耳以及头颈的前后进行清洗，这些部位都是经络会聚的部位，应该逐一进行按摩。对两耳的穴位进行按摩能够促进全身的血液循环；对头颈的穴位进行按摩不仅能够对咽喉炎等疾病具有防治效果，而且还能达到使面部与颈部产生整体健美的效果。

Tips

香水不宜四季使用

虽然香水香气宜人，但却不适合四季使用。春夏和夏秋交替的季节是最适宜使用香水的时节，因为此时空气清爽，人的嗅觉也比较敏感，这时使用香水最能突出喷洒者的个性美。炎热的夏季是最不适合使用香水的季节，因为这时候天气热，人体会大量排汗，如果身上再洒上香水，香水与汗水混合常常会产生一股难闻的怪味。

切忌随便拔眉毛

有些爱美的女性认为自己的眉毛不够好看，为了对眉毛进行修饰，经常拔掉一些眉毛以修整眉形，实际上，这种做法对身体健康是极其不利的。

眉毛位于眼睛的上方，是眼睛的一道天然屏障。当脸上出汗或被雨淋到之后，眉毛能防止液体流入眼内造成对眼部的刺激。而当刮大风时，它又能阻止空中的灰尘和异物进到眼睛里去。拔眉毛十分不利于身体健康，那样不仅会失去对眼睛的屏障作用，而且眉毛周围有着非常丰富的血管、神经，拔眉毛时会对血管、神经产生一种不良的刺激或损害，引起面部感觉失调

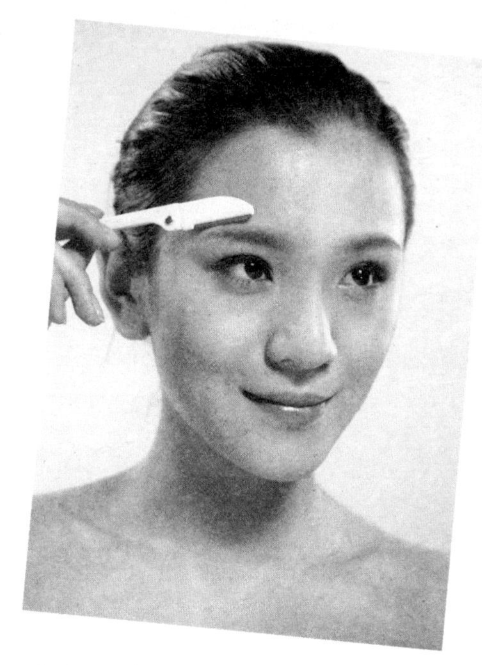

或感染、出血等一系列不良症状，严重的甚至还可能引发视力模糊、毛囊炎等疾病。而且经常拔眉毛，还会导致眼角皱纹增多，上眼皮的皮肤松弛，影响面容的美观。所以，爱美的女性在对面部进行修饰时，切忌随便拔掉眉毛。

不宜将香水直接洒在皮肤上

香奈尔曾经说过："不使用香水的女人，是没有前途的。"女人的一生离不开香水，一个优雅的女人应该成为香水的情人。

香水可以让女性变得更具魅力。然而，香水并不是什么时间、什么地点都可以使用的，在使用香水时也有很多讲究。一旦使用时不注意，就会使自己落入俗套，还可能对健康造成伤害。

许多人喜欢对皮肤直接喷洒香水，认为这样做会使香气更加浓郁，其实这种使用方法是错误的。

当香水直接与皮肤接触时，香水会与皮肤上的汗液发生化合作用，不仅会使香气大大减弱，还会对皮肤造成刺激而令自己感到不舒服，甚至会引起丘疹等。因此在洒香水时，最好喷洒在手帕或衣服上，这样就不会使香水散发出的迷人香气受到影响了。

化妆品宜慎用

市面上的化妆品品种繁多，各式各样，其中大多数打着"无害"、"无毒"或"纯天然"的旗号。可是，大部分化妆品含有的基本原料对人体都会有一定副作用，而且多数都能够在体内累积。其中大致包括以下几种：

❶指甲油。指甲油是用硝化纤维作为基本原料,并用其他化学溶剂配制而成的。材料中的脂溶性化合物很容易溶解在油脂中。可以想象,如果用涂有指甲油的手直接抓取东西吃,特别是吃蛋糕、油条这类的油脂性食品,有毒的化合物便会溶解在食品中被吃进体内,造成身体慢性中毒。

❷唇膏。唇膏大多都含有煤焦油染料,这是种可怕的致癌物质,它在唇膏中的含量远远超出了国家规定的标准。涂抹唇膏后,在饮水、交谈、进食的同时,免不了会在无意中把唇膏吃入体内。

❸护肤品。如果对护肤品使用不当,又不注意及时清洁皮肤,会导致毛孔堵塞,在皮肤中给螨虫创造了大量繁殖的有利环境，而虫体分泌的有害物质反过来会损害皮肤的表层，造成面部出现色斑、丘疹,甚至酒糟鼻。

❹香粉、爽身粉。夏季由于天热容易出汗，有些女性喜欢在会阴部扑撒爽身粉、香粉,时间长了,卵巢癌的患病概率将是不使用者的4倍。这是因为爽身粉、香粉中还含有大量的滑石粉，虽然滑石粉本身不含毒性，但会对卵巢产生强烈的刺激,从而使卵巢上皮组织细胞产生增生而诱发癌症。

总之,少用、慎用化妆品

是使用化妆品的基本原则。

化妆品如何选购

❶鉴别化妆品质量的优劣，首先应看颜色的变化。如营养类、美容类等化妆品颜色较淡，一般没有深色的。如发现颜色变深或间隔有深色斑点，就可能是变质所致。

❷看是否有气体产生。因为化妆品中微生物的产生可使膏体膨胀，严重时微生物产生的气体甚至可以冲出化妆品的瓶盖而外溢，这种情况说明变质已经十分严重。

❸化妆品中一般都含有淀粉、蛋白质和脂肪，微生物会产生各种各样的酶类，酶的作用会使化妆品中的淀粉、蛋白质和脂肪分解，从而破坏其乳化性。因此，膏体稀薄与否也是鉴别化妆品是否变质的一种有效方法。

❹在液体化妆品中，微生物会使化妆品混浊不清。混浊说明化妆品中的微生物已达到相当的数量，有的霉菌生长在液体化妆品中，出现丝状、絮状悬浮物，有的甚至成团状。

美白化妆品不宜多用

适当使用化妆品可以让女性看起来更美丽，尤其是使用一些增白类化妆品，它可以让皮肤变得素净白皙。但是增白霜中含有“除色素制剂”，有效成分为无机汞盐和对苯二酚，这些都属于毒性物质，因此不适宜长期使用。

无机汞盐中的汞离子能够取代酪氨酸分子中的铜，使皮肤中的酪氨酸向黑色素的正常转化受到干扰，从而达到增白的效果。皮肤很容易吸收汞，实验证明，使用增白霜数小时后汞元素就被皮肤完全吸收。如果长期使用的话，汞会在体内缓慢累积，到一定程度后，会造成局部皮肤发生接触性皮炎，还会出现体重减轻、身体乏力、口腔炎、头发易断且稀少、贫血、头痛和肾功能受损（出现蛋白尿）等症状。

除无机汞盐以外，对苯二酚同样会干扰黑色素的形成和黑色素化，并破坏黑色素细胞。在皮肤增白霜中，对苯二酚的浓

度超过国家规定标准时，将会导致身体出现一系列皮肤疾患或过敏性反应，而且会使视力受到影响。

如果仅仅为了一时的美丽，就以自己的健康为代价，那就非常不值得了。实际上，肤色的黑白由基因决定，外力干预是无法从根本上改变肤色的。根据自身的肤质特点决定化妆方式才是健康而且有效的。

宜作好眼部护理

眼部周围的皮肤是最细嫩也是最薄的地方。如果眼部皮肤总是处于缺水状态，就容易产生深层皱纹，而在紫外线的照射下，色素也容易在皮肤表层沉淀成色斑。所以眼睛周围皮肤一定要及时补充水分和营养，但切忌用过于油腻的保养品，因为如果眼部皮肤吸收过多的营养，周围会很容易形成脂肪粒，堵塞毛孔。同时也要注意避免长时间看电视或盯着电脑，尤其要避免熬夜工作，因为这样很容易导致黑眼圈或眼袋的出现。

忌重复使用去角质产品

人们通常都会定期进行去角质工作，但即使皮肤再粗糙，去角质工作也不宜进行过多。因为现在有很多深层清洁面膜、吸脂面膜本身都具有去角质的作用，所以在使用时不要与去角质产品同时使用，否则皮肤会因过度去角质而发红甚至过敏。在去角质时，要使用正确的手法，比如脸部要由内向外轻轻打圆圈，脖子上则要由下往上，否则会因为手法不当而出现更多细纹。

若平时洗脸用的洗面奶本身就带有某些温和的去角质功能，那么就要适当减少使用去角质产品的次数。

美容宜经常敷面膜

关于美容的问题，不管是想美白还是想补水，都可通过定期敷面膜来达到目的。敷面膜时，面膜能将皮肤与外界的污染隔离，同时因为肌肤温度的提高，血液循环加快，新陈代谢也会加快，这时毛孔会彻底张开，能更好地吸收面膜中的营养物质。肌肤得到了充足的营养和水分，自然会变得水嫩白皙了。因而敷面膜是一种有效的美容方式，只是需要坚持。

忌用面霜代替眼霜

很多人用面霜来代替眼霜，也许是图方便，但这种做法是不科学的，会适得其反。因为面霜和眼霜的油性和水溶性是不同的，眼部皮肤是最娇嫩的，面霜保证不了眼部皮肤所必需的营养成分。涂抹眼霜的手法也有讲究，应先将眼霜均匀地点在眼周皮肤上，再用中指和无名指指端顺时针轻轻地弹击，直至眼霜完全被吸收，而不要用力地绕圈擦，那样容易产生细纹。在涂护肤品的时候也不要先涂眼霜，正确的程序应该是先用水质护肤品和修护精华素，最后才是眼霜。

用完电脑宜护肤

很多人在用完电脑后，草草地洗洗脸就倒头大睡，这种做法是万万不可取的。现在有很多人几乎每天都要有超过 10 个小时的时间在电脑桌前度过，渐渐就会发现，皮肤出现了很多问题：干燥晦暗，出现斑点，产生皱纹……这些有可能都是电脑惹的祸。所以，在离开电脑后也不能偷懒，应该用正确的方法进行清洁护理。

❶先将脸上的彩妆卸掉。如果脸上有粉底，就要使用深层卸妆产品，轻柔地按摩脸颊，除去残妆。唇部和眼部都要使用专门的卸妆液。

❷用适合自己肤质的洁面乳，彻底清洁残存在毛孔中的污垢。

❸洁肤后可用冷水轻轻拍打，以促进面部血液循环，加速新陈代谢，使皮肤更具活力。

❹用化妆棉蘸上保湿水或爽肤水敷在脸上，最后再涂上滋润的营养露，眼部拍上

精华眼霜。

在电脑前工作宜用隔离霜

电脑的辐射很强，对人体健康，特别是对女性的皮肤健康有很大的伤害。但随着电脑和网络的普及，越来越多的人在工作和生活中都不得不面对电脑。所以，如果必须长时间在电脑前工作，记得要涂一些隔离霜。虽然隔离霜并不能起到完全隔离辐射的作用，但至少可以减弱这种辐射。而且电脑屏幕因为静电的原因，容易将大量的空气微尘吸附在其周围，使人们处于一种很脏的工作和学习环境中，涂点隔离霜可以有效地缓解灰尘对皮肤的侵害，起到保护皮肤的作用。

不宜长期使用一种洗发水

有的人追求名牌产品，会长时间使用一种洗发水，其实这是一种错误的做法。

近年来，专家们通过研究证明，不管使用哪一种洗发水，都会或多或少在头发中残留它的成分。时间长了，这些残留的化合物质会削减该洗发水的功能，还易使头发失去光泽和弹性。

要使这种情况得到解决，其实也很简单，停止使用自己喜欢的洗发水一段时间，改用另一品牌的产品。两个星期以后，当再次使用以前的洗发水时，就会发现它又变得和以前一样好用了。

染发和烫发不宜同时进行

染发和烫发不适合同时进行，因为染发会使头发受到损伤，随后再烫发会使发质受损更加严重。

染发前一般不需要对头发进行清洁，

头皮生出的自然油脂会保护头皮，用来防止化学药品直接与头皮接触，造成皮肤过敏。在头发的生长周期4—6周后，染过的头发仍要再进行处理，若是局部染发，就无须重染，依然可保持自然的感觉。

二、美容饮食宜忌

干性皮肤

干性皮肤的人可以多食用一些含维生素A的食物，如脂肪类，它可以促进皮肤油脂的分泌，使皮肤保持滋润；但不能随便过量食用维生素A，否则容易导致头皮屑过多，甚至头发脱落等情况。

油性皮肤

油性皮肤的人以及处于青春期油脂分泌旺盛的人，宜多食蛋白质含量高的食物，少吃促进皮脂分泌的食物，如甜食、淀粉类食物等；控制增加皮脂分泌的含油脂高的食物摄取量，如脂肪多的牛肉、猪肉、羊肉和奶油等食品；不宜食用刺激皮肤的食物，如辣椒、辣酱等。

黑色素沉积皮肤

此类皮肤的人可以多食维生素C含量高的食物，也可适当补充维生素C。维生素C可以使皮肤减少黑色素沉积，减退

或去除皮肤的黑斑或雀斑，加快皮肤变白的速度。同时，不宜过量饮用咖啡或饮用太浓的咖啡，否则皮肤也容易变黑。

肤色暗沉皮肤

皮肤中黑色素和脂褐素的含量可以决定肤色是白或者黑。黑色素形成的一系列反应多为氧化反应，而维生素C可阻止黑色素的形成；维生素E在人体内是一种抗氧化剂，它能有效抑制脂褐素在皮肤上沉积，使皮肤变得白皙。所以，肤色暗沉的女性要多吃富含维生素C和维生素E的食物，如葡萄、草莓、谷类、绿色蔬菜、松子仁等。尤其是在加班、熬夜之后，它们能有效恢复肌肤光泽。

松子仁有润肠、通便的功效，能有效改善便秘症状，因而对女性而言有很好的润肤美容功效；松子仁还能延缓衰老、强身健体、提高抗病能力。中医学认为，松子仁具有活血、美肤、润肺止咳的功效。但因其富含丰富的油脂，故胆功能严重不良者应慎用，有脾虚而腹泻者或热性咳嗽者不宜食用。

色斑皮肤

色斑的形成是由于皮肤黑色素颗粒分布不均，导致局部出现较正常肤色加深的皮下色素异常，也叫黑斑。而色斑皮肤的饮食原则以调补血气和疏通经络为主。皮肤的色泽与气血流通有关，气血不顺的人往往肌肤粗糙、斑点较多；而经络在体内贯通上下，连接脏腑和体表，一旦经络受阻，必然会出现色斑、暗疮等问题。

要少喝咖啡、少吃酸性食物。咖啡会刺激肠胃或导致失眠，使人产生精神上的不安，这种不安的情绪容易引起黑色素沉

积。酸性食物包括肉类、蛋、鸡、白砂糖、白米、酒、海产品等，它们会使血液循环减弱，影响新陈代谢，造成色素沉积，所以专家建议容易长色斑的人士，在日常饮食中少吃肉类（酸性），多吃青菜、水果（碱性），将有助于皮肤美白，降低色斑形成的概率。

皮肤粗糙

毛孔排出污秽物，导致毛细孔扩张，皮肤的表皮基底层不断地繁殖细胞，并输送到皮肤表层，待细胞老化之后，一般都会自然脱落。但是毛细孔阻塞者皮肤新陈代谢不顺利，老化细胞无法如期脱落，致使毛孔扩大、皮肤粗糙不堪。为了使表皮代谢保持顺畅，要多食用一些活血行经、排毒、清热解毒的食物，如绿豆、苦瓜、柠檬等。

柠檬的营养价值极高，它不但含有丰富的维生素和许多人体必需的微量元素，还含有独特的柠檬油、柠檬酸。这些营养素对促进皮肤新陈代谢、延缓衰老及增强抵抗力等都十分有帮助。绿豆性味甘凉，有清热解毒的功效。夏日上班族因为长期处于空调环境下，导致水分流失严重，体内的电解质平衡遭到破坏，喝绿豆汤是最理想的调节方法，不仅能够清暑益气、止渴利尿、补充水分，而且还能及时补充矿物质，对维持水液电解质平衡有着重要意义。但因为绿豆性寒，因此脾胃虚弱的人不宜多吃。

脸色苍白

血气充足使人皮肤红润，富于青春活力；贫血则使人脸色苍白，精神委靡不振，再好的化妆品也掩盖不住憔悴的面容。因此，预防和及时治疗贫血是健康、美容的基础。蛋白质含量高的食物能提高血液质量；维生素 C 有参与造血、促进铁质吸收与利用的功能；铁质是构成血液的主要成分，绝大多数女性脸色差、没有光泽是由缺铁性贫血引起的，所以要多食用富含铁质的食物。富含优质蛋白的食物有蛋乳类、鱼类、瘦肉类、虾及豆类等。富含维生素 C 的食物有板栗、山楂、番茄、生菜等。富含铁的食物有樱桃、猪肝、瘦肉、蛋清、海带、芹菜等。

樱桃之所以有“美颜色”的作用，与其所含的营养成分有关。据分析，每100克樱桃中含铁5.9毫克，其含铁量比柑橘高5倍，比苹果高5倍，比柠檬高9倍。由于铁元素含量高，铁质又是组成血红蛋白的主要成分，所以能使皮肤白里透红，娇美动人。但樱桃因含铁质多，再加上含有一定量的氰，若食用过量会引起铁中毒或氢氧化物中毒，每次以30克为宜。而樱桃性温热，因此热性病及虚热咳嗽患者都要忌食。

除痘控油

痘痘的产生是因为皮肤水油不平衡，油脂分泌过于旺盛，导致油脂吸附灰尘、污物堵塞毛孔，形成痘痘。饮食上要补充富含维生素和水分的食物，维生素A能促进上皮细胞的增生，可调解皮肤汗腺，消除粉刺；要少食油腻食物和刺激性食物。富含维生素A的食物有菠菜、牛奶、动物肝脏等。清凉去火的食物有银耳、芹菜、冬瓜、绿豆芽、梨等。

梨性寒凉，含水量多，含糖分高，其中主要是果糖、葡萄糖、蔗糖等可溶性糖，并含多种有机酸，故味甜，汁多爽口，香甜宜人，食用后满口清凉，既有营养，又解热症，对于因内热而引起的粉刺有很好的疗效。但脾胃虚弱或在月经期间的女性不宜吃生梨，可以把梨切块煮糖水食用。

头发护理宜忌

❶头部清洁注意事项。

干性皮肤的人可以多食用一些含维生素A的食物，如脂肪类，它可以促进皮肤油脂的分泌，使皮肤保持滋润。但不能随便食用维生素A，过量食用维生素A容易造成头皮屑过多，甚至头发脱落等现象。

慎选洗发精：针对自己的发质是油性、中性还是干性来选择适合自己的洗发产品。

经常洗头发：头发长期暴露在空气中，空气中的细菌和头皮皮脂腺分泌物混合产生头皮屑和污垢，所以要经常梳洗清洁，才能保持其健康、光泽与弹性。

染、烫头发要慎重：不当地染、烫头发不仅会损伤头发，甚至还会伤害头皮。染发剂用量过多会伤及发质，同时有罹患膀胱癌的危险。

平时避免紧张、熬夜及便秘：保持心情愉快，可以避免掉头发，因为压力太大亦会造成内分泌失调，使皮脂腺分泌增加而导致掉发。

②头发喜欢的食物。

头发的主要成分是角蛋白，并含有多种氨基酸及几十种微量元素。若缺铁和蛋白质，头发就会变黄及分叉；缺植物油、维生素和碘时，头发会变干、无光泽且容易折断；缺 B 族维生素时会出现脂溢性皮炎及头发脱落现象。

应多食鸡蛋、牛奶、瘦肉、豆类等富含蛋白质的食物，以及蔬菜和水果，它们含有许多构成发质所必需的微量元素，如铁、锰等，还应多食含维生素 B_6、维生素 E 的食物，维生素有预防白发和促进头发生长的作用，这些食物包括麦片、花生、豆类、香蕉、蛋类等。

贴心小提示

掉发的饮食宜忌

掉发严重主要是由于头皮分泌旺盛，使过多的油脂聚集在毛囊，进而影响毛囊吸收营养，导致毛囊逐渐萎缩，造成掉发。在饮食过程中注意补充有益于头发生长和健康的食物，进而促进头发生长、防止或改善掉发的情况。可补充植物蛋白类食物，如大豆、黑芝麻、玉米等；含碘高的食物，如海带、紫菜；含维生素 E 丰富的食物，如芹菜、菠菜、地瓜等，此外，还要多食用碱性食物，如新鲜蔬菜、水果。

黑眼圈饮食宜忌

黑眼圈按成因可分为两种，一种是血管型黑眼圈，是由于眼眶周围的皮肤特别薄，而皮下的组织又少，一旦血液循环不佳或血管扩张就形成了黑眼圈，此型多半呈

现紫黑色;另外一种是色素型黑眼圈,是指因色素沉积在眼眶周围而产生的黑眼圈。在饮食上应多摄取有利于促进微血管循环和消除黑色素的食物。能够促进血液循环的食物有莲藕、马铃薯、鸡蛋等;能够消除黑色素的食物有芝麻、胡萝卜、海带、绿茶等。

芝麻使头发乌亮的作用人尽皆知,但其消除黑眼圈的功效可能就鲜为人知了。芝麻富含对眼球和眼肌具有滋养作用的维生素 E,进而能抑制黑眼圈的形成。既能使秀发乌黑亮丽,又能消除黑眼圈,是当之无愧的"魔法食物"。

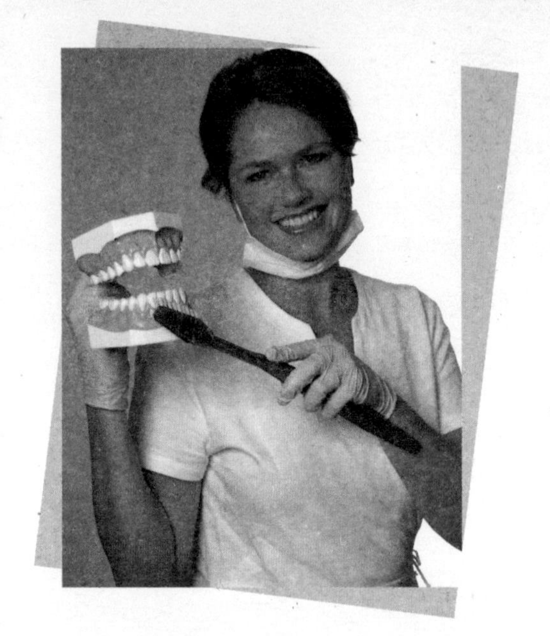

66 美白牙齿饮食宜忌

造成牙齿发黄的原因很多,一是由于牙齿表面存在着多种细菌,它们在牙齿表面分泌许多黏性物质,这些黏性物质可吸附余垢、烟渍,以及水中的矿物质,逐渐使牙齿变黄或变黑;二是在牙齿发育过程中形成色素,如四环素沉积在牙本质内,就会使牙齿变成黄色、棕色或暗灰色,称为四环素牙;如果饮用水中含氟过多,也可能导致氟斑牙,牙面出现棕褐色斑块;如果牙神经坏死与细菌分解产物结合,也会使牙齿变黑。要保持牙齿清洁,可多咀嚼纤维质食物,这对清除口腔垃圾很有帮助;防止细菌滋生,使牙齿更健康。纤维质食物的代表有芹菜杀菌的食物有芥末、绿茶、洋葱等。

芹菜富含纤维质,这些纤维就像一把大扫帚,可以扫掉牙齿上的食物残渣,当大口咀嚼芹菜时,实际上它正帮牙齿进行大扫除,减少患蛀牙的可能。另一方面,越是费劲咀嚼这些纤维质,就越能刺激唾液分泌,平衡口腔内的酸碱值，达到自然抗菌效果。

嘴唇干裂饮食宜忌

嘴唇只有一层薄薄的黏膜，没有角质层，所以一旦空气中的湿度降低，黏膜中的水分就会减少，造成嘴唇的干裂。较严重的干裂会引起唇部出血，或者引起细菌感染，造成嘴唇发炎肿胀，甚至引起嘴唇的溃疡，连带影响整个口腔。饮食上应先清热祛火，多吃凉性食物，避免吃热气太重的食物；补充体内水分和维生素，多吃新鲜的蔬菜水果。凉性食物有葡萄、梨、苦瓜、豆腐、绿豆等。同时可多食用补充维生素的食物，如黑豆、芝麻、海参等。

唇色暗淡饮食宜忌

唇色发紫是肺部不健康的表现；发黑则有可能是肝脏不好；唇色苍白的话，贫血的可能性非常大，需要多吃猪肝补血；如果觉得自己的唇色很红（只是有点粗糙），也先别得意，这很可能是体质过热引起的。严重的唇色不正常需要去医院接受正规检查，因为它不仅关乎形象，而且是内部肾脏等器官的健康指示灯。饮食上应调养内部肾脏，最好就医后对症进补。润肺排毒的食物有百合、银耳、无花果、橄榄、绿豆等。补血的食物有甲鱼、猪肝、红枣等。

三、衣物收纳与清洗

牛仔裤的收纳

牛仔裤可以卷起放置，比叠成一堆更好拿取，更省空间。

收纳化纤衣物忌用防虫剂

弹力呢、尼龙绸、涤腈之类的纯化纤衣物不会生虫，却容易与防虫剂发生化学反应,引起纤维膨胀,使衣物出现破碎的现象,因此,纯化纤衣物收藏时不宜放防虫剂。

毛涤、棉涤之类混纺衣物可视衣物含毛量或含棉量的多少适当放入防虫剂。

贴心小提示

丝袜使用小秘方

丝袜买回来以后,先不要将包装拆开,直接放入冰箱冷藏一夜,这样可以使尼龙丝结合得更加紧密而不容易破掉。穿的时候可以在足部擦上爽身粉,会觉得更凉爽、舒适。

Tips

宜依照长短收纳衣物

要想让衣柜有更大的收纳空间,一定要根据衣服的长短来挂放,按照短、中、长的顺序依次挂好。这样衣服的下面就刚好出现梯形的空间,可以用来放高、中、低的各种收纳箱,更加节省空间。

四季衣物收藏宜忌

❶春季:天气暖和灰尘多,穿过的衣物要先拍去灰尘,洗净后挂于通风处晾干。要用衣套或塑料袋套住衣物,以免沾染灰尘。

❷夏季:气候炎热出汗多,衣物要勤洗勤晒。对要收藏的夏季衣物只要洗净、晒干、烫好即可,不必作特殊处理。收藏时,装入塑料袋中保存,可防潮气。

❸秋季:湿气重,衣服最易发霉受损。穿过的衣物要挂在通风处,洗净后晒烫干燥,再加以收藏。最关键的是应始终保持衣柜的干燥,在梅雨季节,可在衣柜里装一只小灯泡除湿气。

❹冬季:冬衣厚且多,冬日阳光又不足,故应选择放晴之日将衣物洗晒后再收藏。如果住房潮湿,衣物容易发霉,可将生石灰用布包好,放入衣柜,以防霉湿。

纯棉衣物收藏宜忌

❶宜去浮色：新衣物收藏前，要用水清洗去浮色并洗净晾干，稍加熨烫。经常取出，在阳光下晾晒。

❷忌浆洗：收藏前切不可浆洗，否则易霉变或遭虫蛀。

羊毛衫收藏二忌

❶忌直接收藏：将羊毛衫洗涤晾干，再一件件地卷起来收纳，这样既便于拿取，又不会有褶皱。羊毛绒纤维是一种高蛋白合成物，沾有汗渍后极易遭受到腐蚀或引起虫蛀，所以，不管羊毛绒服装穿多长时间，哪怕只穿一次，也要洗涤后收藏。白色羊毛衫要用蓝纸或蓝布包好，这样可防毛衣变黄。

❷忌重压：装箱时，将羊毛衫放在上层，以免因重压而失去松软和弹性。

羊绒衫的收纳方法

羊绒衫宜轻轻叠好，平放在衣柜里，每件之间最好铺一块丝巾。不要重压，否则会破坏羊绒特有的毛感；也不要用衣架长期悬挂，那样容易使羊绒衫变形。羊绒衣服收藏前最好进行清洁处理。每件羊绒外面最好套一个衣袋悬挂在衣橱里，衣服与衣服之间保持一定的空隙，这样既可防止衣服之间摩擦起毛，也可避免挤压起褶。千万不要忘了在衣橱四角和衣服口袋里放些防虫片，不要让小蛀虫有可乘之机。

长靴的收纳

在购买长靴时，新靴子的长筒里面都会塞有纸卷，防止长靴变形。靴子买回家里以后也不要把里面的纸卷扔掉，等不穿这双鞋的时候再把纸卷放在里面，下次再穿的时候靴子也不会变形。

贴心小提示

衣服宜洗净后熨烫

未洗净或未熨干的衣服，贮藏久了会有霉点，用醋水洗净后再熨，霉点即可消除。熨丝绸织品时，要从反面轻些熨，不宜喷水，如果喷水不匀，有的地方就会出现褶皱。

TIPS

衣物晾晒宜忌

❶衣服不要在阳光下暴晒

衣服最好放在阴凉通风处晾至半干时，再放到较弱的太阳光下晒干，不要在阳光下暴晒，以保护衣服的色泽。尤其是毛、绸、尼龙等衣服，经直射光晒后，颜色往往会变黄。故这类衣服应在背阴处阴干。

❷晒衣服要注意风向

因为城市空气污染越来越严重，空气中往往含有大量的粉尘，很容易使衣服沾上粉尘，影响穿着效果。因此晾晒衣服时也要注意风向。

❸不同颜色衣服的晾晒

由于日光中的紫外线和大气中某些化学成分对衣服的颜色有一定程度的破坏作用，所以晾晒衣服时一般应该反面朝外。此外，不同染料的耐晒性能也不相同。一般像白色、米色等浅颜色耐晒，而蓝、黑、咖啡等深颜色不耐晒。在晾晒大红、果绿、咖啡、嫩黄、品蓝、湖蓝、草绿色等这类娇嫩、不耐晒的颜色的衣服时，应用干净的衣架挂上，正面朝外，衣扣扣齐，挂在阴凉通风处，以保持颜色的鲜亮。千万不要晾反面，这样做容易把正面颜色“捂花”，出现“绺”的现象，造成不必要的麻烦。丝绸、毛料服装在晾晒时最好用衣架，裤子要长挂，不要折叠晾晒。各类服装均应避免在日光下暴晒，也不要放在露天过夜，以防衣服退色。

❹晾晒前一定要整形

洗后的衣服，特别是经过拧绞的，在晾晒前一定要整形。所谓整形，就是将衣服的领子、袋盖、贴边这些地方拍、打、抻平。对于毛料衣服，在较厚的部位（如肩、胸等处），还要一手在里、一手在外地多拍打几下。这样做的目的是使衣服在干燥前褶皱尽量松开，便于熨烫。

皮鞋保养宜忌

❶穿新鞋前，宜先用鸡油擦一遍，然后晾干，再用柔软的干布擦上鞋油，这样将使皮鞋耐穿耐用，不怕雨淋。

❷鞋擦拭后，再涂上一层鲜牛奶，可使皮鞋更耐穿。

❸宜经常擦油，不过每次不要涂油过

多，否则会将皮革的毛孔堵塞。

④皮鞋宜经常穿，存放时间久了，将会变硬老化。

⑤皮鞋变硬时，涂少许凡士林或牛油滋润一下，可变得柔软。

衣物收藏四宜

①宜减少空气：将衣箱或衣柜装满，尽量少开，以减少箱里的空气。

②宜由浅到深：将浅色衣服放在箱子或柜子的上层，深色衣服放在下层。

③宜分类摆放：在柜、箱中存放衣服时要注意摆放的顺序。面料性质不同的衣服最好分开放置；纤维大多怕潮，不要放在最下层；最下层可放较耐潮湿的衣物；毛衣可放在中间部位；绢类最易发霉，应放在湿气最少的上层。

④宜防止污染：箱里要用白纸或牛皮纸垫好，缝间也要堵严，以防污染。

丝绸衣物收藏宜忌

①宜注意犯忌：丝绸衣物不可与毛料放在一起，这样会使丝绸织物变色。桑蚕丝衣物不能与柞蚕丝衣物放在一起，否则桑蚕丝衣物会变色。

②忌用樟脑：丝绸衣物不能接触樟脑，否则衣物会变黄。

③宜用蓝纸包衣：白色丝绸衣物在收藏时用蓝颜色薄纸包严，可防变黄；花色鲜艳的丝绸衣物要用深色纸包起来，可防退色。

④宜洗净晾干：丝绸衣物在收藏前，应洗净晾干，熨烫一下，可杀虫灭菌，防蛀防霉。另外，丝绸衣物不宜久挂，否则衣物会变形。

高跟鞋的倒放收纳

高跟鞋的倒放收纳是为了不使鞋子变形，要塞一些纸以固定鞋子的头部。可按以下方法去做：准备一个鞋盒、一些牛皮纸。将预备好的牛皮纸揉成团状塞入鞋头。鞋头与鞋跟对放后，放入鞋盒中即可。

清洗化纤衣物宜注意

洗棉纶和涤纶衣物时水温不可超过50℃；腈纶不超过40℃；维纶、氯纶、丙纶织品宜用冷水。衣服清洗后，不要用手拧干，挂起来滴干即可。

清洗羊毛衣物忌用热水

洗涤前，先用冷水浸泡30分钟，切不可用热水，以防缩水或弹性下降。将羊毛衫放入丝毛洗涤液中，10分钟后用手挤压，使脏水溢出，对领口、袖口等易脏部位多捏、多挤几次，清水洗净后，用手挤，不可拧，然后拉平晾晒。洗衣时将下摆和袖口往里卷一些，可以防止毛衣松散。

丝绸衣物的清洗宜忌

丝绸衣物洗涤时最好用温水，温度在35℃—40℃效果最佳。碱对丝纤维有破坏作用，应该用中性洗涤剂或丝毛洗涤剂，洗涤时不宜强力搅拌或用力搓扭，应大把轻轻搓揉。洗净后悬挂于阴凉通风处晾干，不宜暴晒，以免阳光中的紫外线辐射导致

纤维脆化、退色。晾至八成干时，用白布覆盖丝绸面，用熨斗烫平，不要喷水，否则会形成水渍，影响美观。

除葡萄汁渍忌用肥皂

吃葡萄时如果不小心将葡萄汁滴在棉或涤纶衣服上，忌用肥皂清洗，因为肥皂是碱性的，不但不能退色，反而会使汁渍颜色加重。此时应立即用白醋或米醋少许滴在污渍处数分钟，然后用清水洗净，即可清除痕迹。

除裘皮油渍宜用面粉

裘皮沾上油渍，可在油渍处适当撒些生面粉，再用棕刷顺着毛擦刷，直到油渍去掉。然后，用藤条拍打毛面，除去余粉，使毛蓬松清洁。

兔毛衣服洗涤宜注意

清洗兔毛衣物时，需用专门的洗涤剂单独清洗，最好用温水浸泡，不用放柔顺剂也能洗得很蓬松，有毛茸茸的感觉。不要用机器甩干，用手拧到不太滴水就可以了，平摊放在阴凉通风的地方晾干，千万不要放在阳光下直接晒，更不要用加酶洗衣粉洗涤，以免缩短衣物的寿命，因为加酶洗衣粉的去污力强，碱性也很强。

去除圆珠笔油渍宜注意

将衣服上的圆珠笔油渍用冷水浸湿后，用苯丙酮或四氯化碳轻轻擦去，再用洗涤剂、清水洗净。还可以涂些牙膏，加少量肥皂轻轻揉搓，如有残痕，再用酒精擦拭。

注意不能用汽油洗。

除食用油渍宜用牙膏

若进餐时不小心或下厨时未注意，将食用油洒在衣服上时，应立刻挤点牙膏，轻轻擦几次，再用清水搓洗即可，或将洗涤剂滴在食用油渍上，再用清水搓洗，就会干净。平常的豆油、花生油、动物性油脂渍都可以用此法去除。

牛奶渍忌用热水清洗

衣物上所沾的牛奶污渍千万不能用热水清洗，因为牛奶的主要成分是蛋白质，遇热会凝结，牛奶渍反而不好脱落，必须用冷水加中性清洁剂清洗。

草织帽不宜用水冲洗

草织帽不能用水冲洗，清洁时，应先用干布掸掉灰尘，再将毛巾浸入中性洗涤剂中，拧至半干后擦拭草织帽上的污垢，特别是帽檐儿上要仔细擦洗，再用在清水中投干净的毛巾擦草织帽，放在通风处晾干即可。

宜先将洗衣粉溶解

日常生活中经常会发现用洗衣机洗好的衣服竟然出现洗衣斑，原因可能是洗衣粉没有完全溶解。随手把洗涤的衣物和洗衣粉一起倒进洗衣机，洗衣粉根本无法搅匀。所以，机洗衣物时先把洗衣粉溶解再倒入洗衣机。这样洗涤出来的衣物就不会残留洗衣粉或洗衣斑了。

生活宜忌1500例

Part 06

外出旅行宜忌

1 2 3 4 5 6

一、旅游健康常识

准备出游衣物宜忌

❶衬衣、T恤随意穿。

外出旅行最好多带些衣服，以防天气变化，但也不要带过多的衣物，如果不是去寒冷的地方旅游，最好的选择是上身穿T恤。

❷风衣、夹克是必备用品。

外出旅行就要考虑到防风避雨的问题，风衣和夹克正好可以解决这方面的问题，遇到寒风可以御寒，遇到小雨则可以挡雨。

长途旅行宜穿牛仔裤

对于长途跋涉的人来说，牛仔裤耐脏、耐磨，因此，长途旅行时应该带上牛仔裤。休闲长裤具有随意舒适、透气性较好的特点，此外，还可选择有防水功能的运动裤。除带长裤外，带一条短裤也是很有必要的。

运动鞋宜大一号

生活中买鞋通常都讲究合脚，但户外活动时穿的鞋应该比平时穿的鞋至少大一号。原因很简单，长时间步行后，脚部会肿胀，如果穿完全合脚的鞋，那么步行一段时间后就会感觉挤脚了。应先穿好一双厚袜子再穿鞋，看脚趾在鞋内能不能自由活动。脚尖若是碰到鞋尖，则表明这样的鞋子并不合适。穿鞋子走一走，若是脚跟和鞋跟很容易滑动，长时间行走就很容易擦伤，因此这样的鞋子也不合适。所以，在旅游前一定要挑选一双适合的鞋子，可减少旅途中的劳累。

宜选择淡季出游

旅游淡季通常在每年春节后至5月

份以及 11 月和 12 月，这时大多数航空公司和酒店都会出现客源不足的现象，于是会采取将价格大幅下调的方式来吸引旅行社。旅行社的成本降低后，团费也会随之下降。出游的预算也会大幅下降，不会出游一次就荷包空空。不仅不贵，还能够更好地享受旅游带来的乐趣。

防晕车宜用姜

晕车的人，可在出门时随身携带一块鲜姜。在车船行进过程中，随时闻一闻鲜姜片，将姜的辛辣味吸入鼻中，便可预防晕车，也可以将姜片含在嘴里。嘴里含一些咸橘皮(陈皮)、咸梅子，且眼睛望向远处，也可以缓解晕车晕船的现象。

晕船宜用杧果

去南方或新加坡、马来西来、泰国等周边国家旅行时，难免会遇到乘船的情况。南方多杧果，出现晕船呕吐症状时，不妨用杧果来缓解。

外出住宿忌盆浴

旅店的卫生间即使看上去很干净，也可能存在细菌。所以在旅店洗澡时不应用盆浴或坐浴，而应该用淋浴。如果旅店无淋浴，可先用消毒剂将脸盆洗净，然后用脸盆接水洗。

旅途扭伤宜冷敷

旅途中一旦扭伤脚，可自己进行冷敷。先将冷水浸湿毛巾，拧干后敷在伤处，每次敷 5—8 分钟，隔 3—4 小时敷一次，可止痛、消肿。此外，还可用冷水淋患处，但绝对不可热敷，否则不但起不到消肿止痛的作用，还会使血管扩张，加速血液流通，使肿胀及疼痛感加剧。

盛夏旅游穿衣宜忌

盛夏旅行并非衣服穿得越少越凉快。当气温接近或超过 37℃时，皮肤不仅不能散热，反而会从外界环境中吸收热量。这时穿短袖短裤，便会感觉更热。事实上，着浅色丝绸类衣服是盛夏旅行的最佳选择。

景点门票选择宜忌

旅游时买通票，虽然可以省去各景点买票的时间，而且比分别买票要便宜一些，但在通常情况下，绝大多数游客不可能将一个景区内的所有景点都玩遍。因此，游客不必非买通票，可以玩一个景点买一张单票，这样反而省钱。

贴心小提示

旅行就餐宜忌

在景区及其周边的餐馆点菜吃饭通常价格不菲，但各旅游点的地方风味小吃则物美价廉。所以，游客就餐时不妨试试这些地方小吃，不但省钱，还可以通过品尝风味小吃来领略当地的饮食文化。

Tips

旅游中宜注意饮食卫生

肝炎、痢疾、霍乱等疾病传播的主要原因就是饮料和食物带菌，或在食物加工处理过程中受到污染。遵守以下几项原则，可以使“病从口入”的危险性降低。

不饮用未煮沸的自来水或牛奶。不喝非瓶装冷饮，也不吃冰块和冰激凌。因为冷藏并不能杀灭病菌，只能使病菌暂停活动，解冻以后病菌又会再度活跃。瓶装冷饮一般都是符合卫生标准的。

不吃削了皮出售的水果和未煮熟的食物。当然，自己削皮的水果可以食用。不要在有很多苍蝇、卫生条件差的饭馆吃饭。如果饭桌上到处都是苍蝇，那么厨房的卫生条件也一定会非常糟糕。

宜提前预订酒店

外出旅行最重要的就是要有舒适的休息处，只有充足的睡眠才能使旅行更愉快，所以要选好酒店。住在规模较大的酒店可以享受到优质的服务，住宿和停车都很安全。现在许多酒店都可以提前预订，非常便捷。而且有些酒店还可以在网上预订，这样都会便宜很多，既实惠又安全。

旅途中不宜睡得太少

外出旅行时，人们通常都会因忙于游玩而忽略了睡眠。许多人都认为自己很年轻，少睡一点没有关系。但是，经常睡眠不足会导致胃病。

现代医学研究发现，如果人经常上夜班、长途旅行或者通宵娱乐，常会因为睡眠不足而导致胃病。人体的胃和小肠在晚上会产生一种物质——TFF2 蛋白质，这种物质的含量会随着人体生物钟的变化而变化，通常在下午和傍晚会降到最低，在晚上睡眠时最高。TFF2 蛋白质能够有助于修复胃和小肠的损伤。如果经常睡眠不足，TFF2 蛋白质便会减少，直接影响胃和小肠的正常修复，增加人患胃肠道疾病的概率。

外出旅行时宜注意四种病

❶胃肠疾病。

有些人适应新环境的能力比较差，在

新环境中容易引起腹泻或腹胀。如果饮食习惯不良，还易患胃肠炎。

②感冒。

长途旅行各地温度不同，温差较大，很容易使人感冒。要随时注意增减衣物。

③水土不服。

各地的水质、饮食、气候等都有所不同，有些人不太适应这种变化，就会水土不服，出现食欲不振、失眠、头晕无力等症状。可从饮食上进行调理，多吃水果，少食油腻。

④咬伤。

旅行中被昆虫咬伤的情况时有发生，可用碱性液体冲洗伤口以止痛，如有不良症状，应及时到附近的医院去治疗。

旅游饮食宜忌

有些人在旅行中，会进食一些高蛋白食物，如鸡鱼肉蛋等，希望可以补充体力、增加能量、消除疲劳，但结果却不是很理想。人体在活动过程中，体内的脂肪、蛋白质、糖类都会分解，释放出能量以供人体需要，同时也会产生乳酸、磷酸等酸性代谢物质。酸性物质会使人感觉疲劳，肌肉关节酸痛。如果此时再摄入大量肉食，不仅不能将新陈代谢的废物排出体外，还会使人体血液变得更加酸性化。

旅行中可以多吃些含 B 族维生素和维生素 C 的食物，以清除人体内积存的新陈代谢的废物，缓解疲劳。或者可以喝茶，因为茶中含有咖啡因，能增强呼吸的频率，促进肾上腺的分泌，缓解并消除疲劳。

乘车前不宜吃得过饱

吃得太饱后乘车，容易因此而疲劳困

倦，或因汽油味的刺激而晕车，出现恶心、呕吐等症状。所以，乘车前不宜吃太饱，可吃些易消化的清淡食物，乘车时可坐在靠窗的通风处，以缓解晕车的不适。

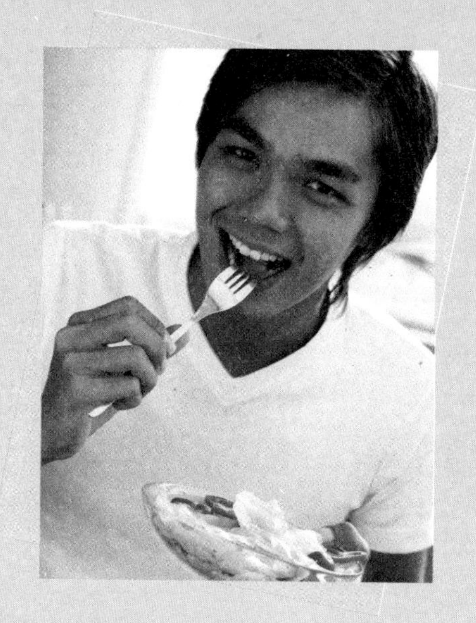

旅游不宜多喝水

旅游时由于口腔黏膜发干，会造成假渴现象，这时不要喝太多水，如果喝水过多，会使胃部过满，导致肺活量减少，呼吸发生困难，影响身体机能的正常运作。最好在早餐的时候喝足够的水，中途休息时少喝一点润润喉即可。到午休时，可慢慢地喝几口水，但不宜超过500毫升。晚餐时可正常喝水解渴。

如果是盛夏出行，可在早餐时吃一点带盐的食物，再喝一点水。旅途中如果口渴，可以含颗话梅，能生津止渴，或者含几片茶叶嚼食亦可。

旅游时不宜长时间受日光照射

长时间的阳光照射会使表皮细胞失去水分，皮肤变得粗糙，出现色素沉着。而且如果在烈日下曝晒时间过长，皮肤会产生烧灼感，出现红斑或起疱，阳光中的紫外线进入人体表皮，使表皮细胞被激活，释放出组胺，导致过敏性皮炎。所以，旅行中应准备好遮阳伞、遮阳帽、防晒霜等，不要长时间在海滨或旷野中接受日光照射。

旅游时宜坚持护肤

外出旅行，饮食不像平日那样规律，睡眠也不像平日那样好，再加上风吹日晒等原因，人的皮肤非常容易受到伤害。所以，

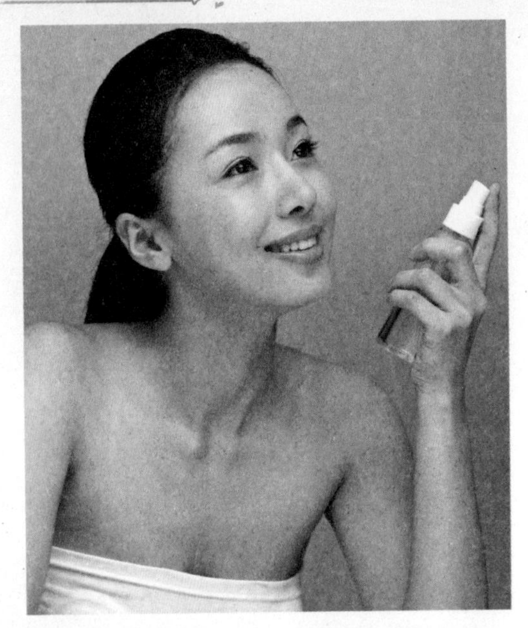

在旅途中不应怕麻烦，即使再疲劳也要抽出几分钟来保养一下面部的肌肤。

❶早晨起床后，先用温水洗去面部的污物油脂，再用凉水洗脸，擦一些补水防晒的护肤品。晚上可选择易找到的果蔬，如黄瓜、番茄等，切成片，敷于面部，为皮肤补充营养。

❷旅途中如碰到有山泉的地方，可用山泉水洗脸。因为山泉水的污染较少，无机盐含量较多，可增强皮肤的弹力和韧性，对皮肤很有益处。

❸适当饮水，补充面部皮肤因缺水而失去的营养；多吃水果，水果中的多种维生素和无机盐是皮肤的天然滋补品。

66 旅游时不宜忽视脚磨伤

外出旅游时，因步行时间长，脚很容易磨伤起泡，如果处理不当，会发生感染。预防脚磨伤应注意以下几点：

❶鞋子要合适，鞋跟不宜太高，鞋子不宜过小，最好穿旅游鞋，且保持鞋袜干燥。

❷每晚睡前要用热水烫脚，并对足掌部位进行按摩，以促进血液循环。

❸徒步旅行要循序渐进，不可贪多贪快，超过体力负荷。

❹脚磨出疱时，先用热水烫脚 10 分钟左右，然后用碘酒或酒精消毒，再用消毒针将疱刺穿，使疱内液体流出。但注意不要将疱皮剪去，以免感染。

二、境外旅游宜忌

宜购买旅行保险

出境旅游最好买一份保险，对人身安全、行李物品等都有一定保障，国内的许多游客还没有购买旅游保险的习惯和意识，这需要引起旅游者的重视。

宜防窃贼偷护照

在国外旅行期间，护照非常重要，它是证明游客合法身份的重要证件，一旦遗失，会给离境带来诸多麻烦。游客在旅游期间常会发生护照丢失的事件，通常是在饭店用餐时将包放在座椅上去取餐，回来后发现装有护照、机票、现金的包被窃。因此，出国旅游者一定要保管好自己的贵重物品。

入住酒店宜注意

❶酒店通常会有免费的保险箱，因为酒店不会对房间内丢失的贵重物品负责，游客应将自己的贵重物品寄存在酒店保险箱内，也可随身携带。

❷入住酒店后应查看安全通道的位置和房间的各种设备，外出时关好门窗，防止物品丢失。

❸离开酒店时应清点好自己的行李。

宜记好领队的联系方式

在国外旅游因为语言不通，所以要记好领队导游或当地中国大使馆的电话，一

旦发生迷路或其他意外情况，可及时和领队或中国大使馆联系，以取得帮助。

宜注意当地的禁忌

每个国家都有自己的风俗习惯和禁忌，游客在异地旅游时要注意当地的风俗习惯，以免引来麻烦。如印度以牛为神，印度教徒不吃牛肉；在韩国，吃饭时不宜交谈，不宜随便发出声音，如果不遵守这一礼节，可能会招人反感。所以出国旅游时，要多听导游讲解当地的民俗习惯，做到入乡随俗。

忌携带违禁品

易燃易爆物品，各种武器、弹药，涉及到国家机密的音像文字印刷制品等不许携带出境。进入旅游目的地国家，入境时也会有各种禁忌。如药品中的某些成分在一些国家是被禁止的，不得带入国境。出国旅行者一定要事先查阅该国家的相关规定，以免引起不必要的麻烦。

宜注意言行举止

在异地旅行，宜注意自身的言行举止，在公共场所忌大声喧哗、随地吐痰、乱扔垃圾，非吸烟场所不要吸烟，注意衣着得体，尤其是在参观当地的美术馆、博物馆、教堂时，不要随便吃东西，不可衣着不整。

三、野外露营宜忌

旅途避雷宜忌

如果在旅途中遇到强雷电，大家不要都聚在一起，而是要分散开各自找最低处蹲下，尽量缩小目标，并弃去身上所有金属和导电物体，如手电筒、手机、开罐器、瑞士刀等。

辨天气宜看月

夜晚时，如果月亮颜色呈青红色，则第二天多有雷雨。如果月亮周围有白云结成圆光，或大如车轮者（月晕），则第二天会是大风天气。

辨方向宜看月

农历初五、初六，月球只有一小部分被照亮，此时的月亮通常被称为月牙。晚上6时月亮在西南方，子夜在西方。

满月是在农历每月十五日，该日月亮很圆，晚上6时它在东方，子夜时在正南方，到次日早晨6时位于西方。

农历二十三日前后，月亮又变成了月牙，这段时间的月亮午夜时在东方，早上6时在南方。

出游宜携带的药物

专业医师建议出游医药包中应携带的药物：

①创可贴、酒精棉以及防晕车药。

②抗生素。

③祛痰药、适当的镇静剂、眼药水。

④消除疼痛的贴敷药、复合维生素。

⑤阿司匹林（止痛剂）。

⑥痔疮栓剂、止痒水、软膏。

⑦抗组胺剂、抗菌药膏、过敏药、鼻炎药。

⑧止泻药、胃药。

⑨伤口绷带、外伤药水。

⑩患有糖尿病及高血压等病的患者的日常用药。

辨方向宜看北斗星

大熊星座的7颗星排成勺状，即北斗星勺端两颗星向前延伸处的那颗星即北极星，北极星所在就是北方。

野外渡河宜忌

在野外活动时常常会遇到河流障碍，河流有的急、有的缓；有的暗礁众多、有的清澈见底。面对这些复杂的情况，该如何涉水渡河呢？

❶首先要对河流进行详细的侦察，对河道的流速、深浅和河底的结构进行全面了解。全面掌握情况后再确定渡河的方法和地点。

❷涉水渡河的地点应水流平缓、河水较浅、无旋涡和暗礁。如果是水流速度超过每秒4米、水深过腰的急流，切忌无保护地涉水过河。涉水过河时，最好穿上鞋，以避免被河底尖石划破脚，同时也能保持平衡。但如果河底有淤泥，最好脱去鞋袜，赤足过河。

❸通常山区河流的水温低，水流湍急，河底坎坷不平，涉水时应有适当的保护。一般来说，最好握一根树枝或竹竿等物支撑在水的上游方向，同时在腰间系一根保护绳，若不慎在水中摔倒，可以起到保护的作用。也可在河两岸树木上或石块上拉一条绳索，让过河者手抓绳索过河。集体涉渡时，彼此要环抱同伴的肩部，相互搀扶过河。

森林旅游宜忌

森林旅游能让人感受到回归自然的淳朴与清新，还可以学到一些野外生存的本领。但是，首先应掌握一些关于森林旅游的宜忌，才能更好地享受旅行的乐趣。

❶宜事先找好向导。

森林旅游的危险性比较大，一定要作好充分的准备，找好向导，带好可能需要的各种物品，如指南针、急救包、军刀、绳子、手电等，以防止意外发生。

❷忌随便触摸草木。

在森林中，不宜随便攀折一些不熟悉的树木，有些树木、草是有毒带刺的，如果被刺伤会有危险。也不要摘食不认识的野果，以免中毒。

❸忌穿短袖衫和短裤。

森林中会有草深树密的地方，应穿上长衣长裤，戴好帽子，鞋子要选择防水防滑的，以防被树枝刮伤或被虫蛇咬伤。

❹迷路时宜沿河流走。

迷路是森林旅游中常会遇到的问题，迷路时不要慌，可在身边的树皮上做好标记，然后再寻找正确的道路。遇到河流时，要沿着河流的方向走，便可以走出森林。

❺宜小心雷电。

在森林中遇到雷雨时，不要躲到高大的树下面，高大的树木容易招雷电，应躲到深密的灌木丛带中，注意不要把金属物品如刀具等带在身上，可放在一个易找到的地方，等雷电过后再去取。

❻忌喝森林中的溪水。

森林中的溪水看似清澈，但可能含有各种致命的病菌，需要煮沸后食用，切记不可生饮。

四、特殊人群旅游宜忌

儿童搭机宜注意安全

儿童因年纪尚小、身体发育不成熟，搭机时要注意安全，系好全身性保护装置。飞行高度变化会引起耳塞现象，婴儿可让其吸吮奶嘴，儿童可让其咀嚼、吞咽或闭口鼻闭气。三岁以上的孩子，可在医生指导下服用口服镇晕药。

不宜长时间连续步行

儿童因体力的限制，不宜长时间连续步行，父母宜给孩子选择舒适轻便的鞋子，每晚睡前给孩子按摩腿部，以防腿抽筋。

宜在出发前为适应时差作准备

五岁以上的孩子因生活已形成规律，所以外出旅游会产生时差效应。父母可在出发前几天适当为孩子调节一下饮食和活动量，有助于孩子适应时差。

宜注意增减衣物

儿童耐高温能力差，易中暑，而且比较好动，即使在低温条件下，也会因跑动而出汗，父母应为儿童准备好宽松的棉制夏衣或保温的羊毛制品，冬季还要准备好围巾、手套。

贴心小提示

宜定点旅游

儿童的适应力不如成年人，所以宜选择定点旅游，这样可避免东奔西跑和每日换住不同的酒店。

宜先作好旅游地的调查

如果父母有带孩子出国旅游的计划，应事先调查好当地是否有正在流行的传染病，看自己和孩子是否都接种过该疫苗，还要计划在目的地的逗留时间、住所环境、交通工具等。

老年人旅游宜忌

老年人退休后，没有繁忙的工作，也没有子女的拖累，生活比较闲适，便希望用这段充裕的时间外出旅游。但是，老年人的体力和精力都在下降，如果过度劳累，会打乱平时的正常生活规律，破坏机体各系统的平衡，严重者会发生意外。所以，老年人外出旅游一定要安排妥当，不宜盲目出行。

❶宜作好充分准备。

老年人打算出游时，应作好充分的准备，作好身体检查，带好应急药物，以备不时之需。旅游时要量力而行，不要做超越身体条件的活动。发现身体不适时，要及时就医。旅途中，要保证充足的睡眠，饮食宜清淡营养。要保持轻松愉快的心情，享受旅行的乐趣。

❷不宜贪吃。

外出旅游自然少不了要品尝各地的名小吃，以饱口福，但是老年人的身体不比年轻时，消化能力减退，贪食的话会引起消化不良、腹痛腹泻等现象，所以老年人进食要适量，品尝小吃也要适可而止。

❸行走不宜过快。

老年人出游时行走速度不宜太快，尤其是有心脏病的老人，否则会引起心慌气喘、头晕等情况。老年人应缓步慢行，不但可以健身，还可以欣赏到大自然的秀美。

❹不宜穿得太少。

老年人如果选择登山游玩，需要多准备一件衣服随身携带。因为即使是在盛夏，山里的气候也比较凉爽，早晚甚至有些寒冷，老年人身体较弱，不适宜单衣外出。还要注意劳累后不宜喝凉水，出汗后不宜用凉水洗澡，衣服被汗水浸湿后要马上更换，否则容易受凉生病。

❺不宜攀崖登险。

年轻人旅游时总爱攀登险峰，并拍照留念，但此举并不适合老年人，山路陡峭，怪石嶙峋，发生危险的概率非常大，老年人最好不要去尝试。

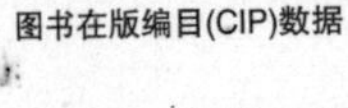
图书在版编目(CIP)数据

生活宜忌1500例／孟羽贤主编.—哈尔滨：哈尔滨出版社，2011.3
（爱尚生活坊）
ISBN 978-7-5484-0473-6

Ⅰ.①生… Ⅱ.①孟… Ⅲ.①生活－禁忌－基本知识
Ⅳ.①TS976.3

中国版本图书馆CIP数据核字（2011）第012924号

书　名：生活宜忌1500例

主　编：孟羽贤
副主编：王丽萍　范秀楠　盖　丹
责任编辑：李毅男　李金秋
责任审校：陈大霞
策　划：钟　雷
装帧设计：稻草人工作室

出版发行：哈尔滨出版社（Harbin Publishing House）
社　址：哈尔滨市香坊区泰山路82-9号　邮编：150090
经　销：全国新华书店
印　刷：洛阳和众印刷有限公司
网　址：www.hrbcbs.com　www.mifengniao.com
E-mail：hrbcbs@yeah.net
编辑版权热线：（0451）87900272　87900273
邮购热线：（0451）87900345　87900299　87900220（传真）　或登录蜜蜂鸟网站购买
销售热线：（0451）87900201　87900202　87900203

开　本：787×1092　1/40　印张：8　字数：200千字
版　次：2011年3月第1版
印　次：2011年3月第1次印刷
书　号：ISBN 978-7-5484-0473-6
定　价：22.80元

凡购本社图书发现印装错误，请与本社印制部联系调换。　服务热线：（0451）87900278
本社法律顾问：黑龙江佳鹏律师事务所